In de misosoep

Ryu Murakami
In de misosoep

Vertaald uit het Japans door Jos Vos

Uitgeverij De Arbeiderspers
Amsterdam · Antwerpen

De vertaler ontving voor deze vertaling een werkbeurs van de Stichting Fonds voor de Letteren.

Copyright © 1997 Ryu Murakami
All rights reserved
Copyright Nederlandse vertaling © 2005 Jos Vos /
Uitgeverij De Arbeiderspers, Amsterdam

Niets uit deze uitgave mag worden verveelvoudigd en/of openbaar gemaakt, door middel van druk, fotokopie, microfilm of op welke andere wijze ook, zonder voorafgaande schriftelijke toestemming van BV Uitgeverij De Arbeiderspers, Herengracht 370-372, 1016 CH Amsterdam. *No part of this book may be reproduced in any form, by print, photoprint, microfilm or any other means, without written permission from* BV *Uitgeverij De Arbeiderspers, Herengracht 370-372, 1016 CH Amsterdam.*

Omslagontwerp: Studio Ron van Roon

ISBN 90 295 6232 3 / NUR 302
www.arbeiderspers.nl

Deel 1

Ik heet Kenji. Mijn naam is Kenji. Kenji, dat ben ik. Zeg, ik ben Kenji, hoor! In het Japans kun je je op zo veel manieren uitdrukken. Wat heeft dat voor zin, vroeg ik me af. Tegen de Amerikaan zei ik: '*My name is Kenji.*' Met overdreven gebaren drukte hij zijn vreugde uit en riep: 'O, jij bent Kenji!' 'Tot je dienst,' zei ik en schudde de dikke reiziger de hand. We zaten in een hotel dat in het buitenland vast twee of drie sterren zou krijgen, dicht bij het station Seibu Shinjuku. Het was mijn eerste gedenkwaardige ontmoeting met Frank.

Ik was net tweeëntwintig geworden. Al sprak ik lang geen perfect Engels, toch verdiende ik de kost als begeleider van buitenlandse toeristen. Ik hielp ze op weg in het seksmilieu; daar had ik geen perfect Engels voor nodig. Sinds de opkomst van aids waren buitenlanders in de seksindustrie niet geliefd, of liever: werden ze botweg gemeden. Toch wilden veel buitenlanders het er eens lekker van nemen. Mij betaalden ze om hen naar relatief veilige cabarets, privé-clubs, massagesalons, sm-bars en badhuizen te brengen. Ik was bij niemand in dienst en hield er geen kantoor op na. Ik zette alleen een advertentie in een internationaal infoblaadje. Zo verdiende ik net genoeg voor een aardige eenpersoonsflat in Meguro. Af en toe bezocht ik met een vriendin een restaurant, en kocht de muziek of de boeken die me bevielen. Alleen dacht mijn lieve moeder, die in Shizuoka een kledingzaakje had, dat ik nog naar school ging.

Mijn vader was gestorven toen ik veertien was. Sindsdien had mijn moeder mij in haar eentje grootgebracht. Sommigen van mijn ouwe schoolmakkers zouden hun lieve moeder onbekommerd een dreun verkopen, maar ik niet. Het was vast niet aardig van me, maar ik had geen zin om verder te studeren. Nooit had ik hard genoeg gewerkt om mij nu, aan de een of andere hogeschool, in de exacte vakken te bekwamen. Met een alfaopleiding zou ik toch alleen maar verzeild raken op een of ander kantoor... Het leek niet eenvoudig, maar toch hoopte ik geld bijeen te sparen om naar Amerika te trekken.

'Is dit Kenji's kantoor? Mijn naam is Frank. Ik ben een toerist. Uit de Verenigde Staten.' Toen ik dit telefoontje kreeg, op 29 december vorig jaar, laat op de ochtend, las ik net in de krant over de moord op een schoolmeisje. Het meisje had behoord tot een groep tieners die zich prostitueerden in de uitgaansbuurt Shinjuku. Ze was een bekende figuur geweest in de *lovehotels* van Okubo. Haar lijk was gevonden bij een vuilniscontainer in een weinig gebruikt steegje van de rosse buurt, Kabuki-cho. Haar hoofd, armen en benen zaten in een aparte zak. Er waren geen ooggetuigen. Het onderzoek kwam maar moeizaam op gang.

Nu was dit zielig voor het slachtoffer, schreef de krant, maar misschien zouden alle andere schoolmeisjes eindelijk inzien dat het modieuze begrip *bezoldigd afspraakje* misschien aanlokkelijk klonk, maar een gruwelijke werkelijkheid dekte. De vriendinnen van het slachtoffer riepen in ieder geval dat ze zich nooit meer aan de prostitutie waagden!

Ik legde de krant opzij en reageerde op mijn gebruikelijke manier. 'Dag Frank, hoe gaat het?'

'Alles dik in orde. Ik wou vragen of je mij wat rond kon leiden. Ik heb je nummer gevonden in een toeristenblaadje.'

'De *Tokyo Pink Guide*?'

'Precies. Hoe wist je dat?'

'Och, da's het enige blad waarin ik adverteer.'
'Aha... goed, vanaf vanavond zou ik graag drie dagen een beroep op je doen.'
'Zeg eens, Frank, ben je hier alleen? Of met een groep?'
'Helemaal alleen. Doe je alleen groepen?'
'Nee, dat niet, maar dan wordt het wel duur. Voor drie uur, van zes tot negen 's avonds, vraag ik tienduizend yen. Van negen tot twaalf kost het twintigduizend. Na middernacht vraag ik tienduizend per uur. Daar komt geen taks meer bij, maar als we samen iets eten of drinken, betaal jíj mijn consumptie.'
'Oké, geen probleem, vanavond wil ik je vragen voor drie uur, van negen tot twaalf. En wat denk je, kunnen we afspreken voor drie dagen achter elkaar?'

Drie dagen achter elkaar, daar zat oudjaar nog bij, wat één probleem opleverde. Ik heb een vriendin, Jun, aan wie ik had beloofd dat wij samen kerstavond zouden doorbrengen – een belofte die ik helaas niet was nagekomen. Nou hadden Jun en ik de vorige dag gezworen dat wij het nieuwe jaar met zijn tweetjes in zouden luiden. Jun is scholier. Zij zou zich nooit van haar leven inlaten met 'bezoldigde afspraakjes'. Ik wist dat zij verschrikkelijk boos op me zou zijn. Maar ik had werk nodig. Al bijna twee jaar verdiende ik op deze manier mijn brood, en ik had nog niet zo veel bijeengespaard als ik wou. Ik maakte mezelf wijs dat ik met oudjaar een passend smoesje zou zoeken om vroeger met mijn werk te stoppen, en gaf Frank mijn jawoord.

'In orde,' zei ik, 'om tien voor negen kom ik naar je hotel.'

Frank wachtte mij op in het café-restaurant in de hotellobby, waar hij een biertje dronk. Hij had zichzelf beschreven als blank en gezet. 'In profiel lijk ik een beetje op Ed Harris, en ik draag een das met witte zwanen erop.' Nu zat er maar één buitenlander in de lobby, dus ik herkende hem zó. Ik stelde mij voor, schudde hem de hand en bekeek zijn gezicht eens goed.

Noch van opzij, noch van voren leek Frank ook maar enigszins op Ed Harris.
'Zullen we meteen vertrekken?' vroeg hij.
'Zoals je wilt, Frank, maar niet alles over Tokyo's nachtleven staat in de bladen. Als je nog iets wilt weten, kun je het beter nu vragen.'
'Nou, dat klinkt in ieder geval goed.'
'Wat dan?'
'*Tokyo's nachtleven*. Die woorden klinken al opwindend op zichzelf, vind je niet?'
Frank leek helemaal niet op de soldaten en astronauten die Ed Harris altijd speelt. Hij had meer weg van een effectenmakelaar, al moet ik toegeven dat ik nooit zo'n makelaar van dichtbij heb gezien. Ik bedoel dat Frank een onopvallend gezicht had en saaie, doordeweekse kleren.
'Hoe oud ben je, Kenji?'
'Twintig.'
'Ik had wel gehoord dat Japanners er jong uitzien, maar jij lijkt precies twintig. Geen vijftien, geen dertig – twintig!'
In een goedkope herenmodezaak in een van de voorsteden had ik twee kostuums gekocht. Die droeg ik om de beurt als ik werkte. In deze tijd van het jaar hoorden er nog een overjas en een warme sjaal bij. Ik heb haar van doorsneelengte, ik verf het niet en heb geen piercings. In de meeste sekszaken hebben ze een hekel aan klanten met een opzichtig voorkomen.
'En jij, Frank?'
'Vijfendertig.'
Hij lachte, en voor het eerst viel het mij op wat er zo raar was aan zijn gezicht. Het leek doodgewoon, maar je kon er onmogelijk uit afleiden hoe oud hij was. Hij beweerde dat hij vijfendertig was, maar voor hetzelfde geld had je hem in de twintig of in de veertig geschat, en zelfs in de vijftig. Het hing van de lichtval af. Nou had ik bijna tweehonderd buitenlanders ont-

moet, voor het merendeel Amerikanen, maar een gezicht als dat van Frank was ik nooit tegengekomen. Na een poosje had ik door wat er raar aan was. Het leek alsof hij een kunsthuid had. Het was of hij hevige brandwonden had opgelopen en de dokters hem een pracht van een kunsthuid hadden aangemeten. Die gedachte riep onwillekeurige herinneringen op aan dat krantenartikel over de moord op een schoolmeisje.

Ik nam een slokje van mijn koffie en vroeg: 'Wanneer ben je aangekomen in Japan?'

'Gisteren,' zei Frank. Wat dronk hij tergend langzaam van zijn biertje! Hij bracht het glas eerst naar zijn lippen en staarde een poos naar de witte kraag, alsof het om een kopje thee ging. Toen liet hij een piepklein slokje door zijn keel glijden, alsof hij een smerig medicijn moest innemen. Waarschijnlijk is hij een enorme krent, dacht ik. In de reisgids die de meeste Amerikanen gebruikten stond dat je nooit moest eten in een Japans hotel. 'Vlakbij je hotel ligt er gegarandeerd een hamburgertent. Veel verstandiger om dáárheen te gaan. Als je toch in je hotel iets moet gebruiken, bestel dan een biertje en doe daar een vol uur over. Koffie is onvoorstelbaar duur; dat kun je beter laten. Wil je proeven van de belachelijk hoge prijzen in Tokyo's luxehotels, bestel dan een glas *verse jus d'orange*. Het sap van een ordinaire sinaasappel wordt getapt uit een glazen praaltank, waarin het gekoeld wordt. Tegenwoordig betaal je al gauw acht dollar, in het slechtste geval vijftien. Je drinkt als het ware de hoge invoerrechten van de Japanse regering.'

'Frank, ben je op zakenreis?'
'Ja, dat klopt.'
'En wil het wat vlotten?'
'Het gaat prima. Ik importeer Toyota-radiatoren uit Zuidoost-Azië. Ik ben naar Tokyo gekomen voor mijn importvergunning, maar we hadden elkaar al ik-weet-niet-hoeveel concepten gemaild. Ik heb het hele zaakje in één dag afgehandeld. Wat een prachtbaantje.'

Dit scheen mij niet helemaal in de haak. Bij ons in Japan waren de meeste firma's op negenentwintig december nog aan de slag, maar de Amerikanen zaten toch in de kerstvakantie? Ook het hotel waar wij ons bevonden, en de manier waarop Frank zich kleedde, strookten niet met mijn idee van Toyota, importvergunningen en mails. Voor zover ik wist, verbleven alle Amerikaanse zakenlui die naar Shinjuku kwamen in de vier tophotels: het Park Hyatt, het Century Hyatt, het Hilton en het Keio Plaza (in die volgorde). Als ze een belangrijk contract afsloten, besteedden ze enorm veel aandacht aan hun kleding. Franks kostuum zag er verdorie goedkoper uit dan mijn eigen *Driedelige pak voor de jonge zakenman, met extra pantalon, tegen de speciale Konaka-prijs van slechts ¥29.800.* Het was een kostuum in een slonzige roomkleur, dat hem veel te krap zat, vooral in het kruis, waar het op het punt van scheuren stond.

'Blij dat het gesmeerd loopt,' zei ik. 'En wat wil je nou eigenlijk vanavond?'

'Seks,' antwoordde hij met een verlegen glimlach, die ik nog nooit bij een Amerikaan had gezien.

Niemand is volmaakt, waar hij ook vandaan komt. Iedereen heeft goede en slechte trekken. Dat ben ik door mijn werk aan de weet gekomen. Als ik een beetje mag generaliseren, genieten de meeste Amerikanen het voordeel dat ze openhartig zijn en een tikje naïef. Daar staat tegenover dat ze zich niet kunnen indenken dat iemand er andere waarden op nahoudt dan de inwoners van hun eigen land. Nou lijden de Japanners ook aan die kwaal, maar de Amerikanen zitten met het nadeel dat zij iedereen dwingen om naar hun pijpen te dansen. Ze verbieden mij vaak in hun bijzijn te roken. Of ze eisen dat ik met ze ga joggen. Simpel gezegd: het zijn net kinderen. Misschien is hun grijns daarom zo charmant. Als ze je verlegen toelachen, vind ik dat onweerstaanbaar. De wonderlijk schuwe grijns van acteurs als Robert de Niro, Kevin Kostner en Brad Pitt maakt deel uit van de Amerikaanse volksaard. Maar aan Franks glimlach was niets vertederends; ik vond hem veeleer luguber. Franks huid, die er zo kunstmatig uitzag, kreeg een overvloed van rimpels. In een oogwenk scheen zijn gezicht te verdwijnen.

'Volgens de *Tokyo Pink Guide* vind je hier *alles* wat je wilt.'

'De *Tokyo Pink Guide*. Bedoel je het tijdschrift?'

'Nou nee, ik heb ook een boek gelezen met die titel. Maar daar stond jij niet in.'

De *Tokyo Pink Guide* is het meesterwerk van een zekere Stephen Langhorne Clemens. Het hele seksmilieu van de stad wordt erin beschreven, op een tamelijk onderhoudende manier: hostess bars, host bars, peepshows, stripclubs, massagesalons, callgirls, zelfs de s m-, homo- en lesbo-scene. Het enige nadeel van het boek is dat al die informatie gauw veroudert. Seksbedrijven komen op en verdwijnen binnen drie maanden. Ik adverteer in het blad met dezelfde naam. Het verschijnt halfjaarlijks, zodat ook daar nog weinig van klopt. Maar goed, als alles erin stond, had niemand een gids nodig. Info-weekbladen als *Pia* en *Tokyo Walker*, maar gericht op buitenlanders, zie ik in dit land nog niet verschijnen. Om buitenlanders bekommeren wij ons absoluut niet. Als er problemen zijn, zetten wij ze meteen het land uit. Ik geef toe, aan deze stand van zaken dank ik mijn baan. Maar sinds de aidspaniek mogen buitenlanders haast geen sekszaak meer in. Het maakt geen verschil dat ook het aantal besmette Japanners dramatisch is toegenomen.

'Ik zou van alles willen proberen, ik wil naar allerlei zaakjes,' zei Frank en glimlachte opnieuw. Ik kon het niet helpen; ik wendde mijn blik af.

'Ik heb gelezen dat je hier de meest uiteenlopende dingen vindt. De hele stad is een sekswarenhuis!'

Uit de donkerbruine schoudertas bij zijn stoel nam Frank de *Tokyo Pink Guide* en legde hem op tafel. Niet het boek, maar het tijdschrift. Het was zo dun, en de foto op het omslag was zo slecht van kwaliteit, dat je in één oogopslag wist dat er onkiese zaken in stonden. De uitgever van het blad was een zekere Yokoyama, een man van in de vijftig die op de nieuwsafdeling van een televisiestation had gewerkt. Hij is altijd heel aardig voor me geweest. Al lijkt hij niets te verdienen aan zijn blad, toch hoef ik nooit voor mijn advertenties te betalen. Yokoyama vindt dat Japan het buitenland, en buitenlandse bezoekers, meer informatie moet geven. Met informatie over sport, muziek en seks doorbreek je de grenzen. Seks is nog het meest geschikt, want daarin komt onze menselijkheid het best tot uiting. Yokoyama zegt dat hij zijn blad uitgeeft uit pure onbaatzuchtigheid, maar als je het mij vraagt is hij gewoon een vieze ouwe rukker.

'In dit land worden toch alle mogelijke seksuele verlangens ingewilligd?' zei Frank. 'Ik wil in elk geval naar Kabuki-cho. Toen ik op je zat te wachten, heb ik een stadsplattegrond bekeken. Het ligt hier vlakbij. Kijk toch eens op deze plattegrond, hoeveel seksclubs ze daar hebben, het lijkt wel de Andromedanevel!'

In de *Pink Guide* stonden plattegronden van uitgaansbuurten als Roppongi, Shibuya, Kinshicho en Yoshiwara, maar ook van Shinjuku Ni-chome en de rosse buurten van Yokohama, Chiba en Kawasaki. Alle sekszaken waren aangegeven met een paar tieten, en Frank had gelijk: in Kabuki-cho waren die het dikst gezaaid. Van het Koma-theater tot aan de Kuyakusho-laan hingen de tieten als druiventrossen tegen elkaar aan.

'Waar beginnen we, Kenji?'
'Wacht even, Frank. Wil jij naar een boel sekszaken?'
'Jazeker.'
'Als je wilt, ligt er seks binnen handbereik. Je kunt een meisje bestellen vanuit dit hotel. Nou snap ik dat je allerlei zaakjes wilt uitproberen, maar dan moet je flink schuiven.'

Het restaurant waar we zaten was niet erg groot. Frank had een harde stem. De ober en de klanten om ons heen hadden een paar keer verstoord onze richting uit gekeken. Je hoefde niet veel Engels te kennen om te weten waarover wij het hadden.

'O, geld is geen probleem,' zei Frank.

De nieuwjaarsvakantie stond voor de deur, maar Kabuki-cho had nog niets aan levendigheid ingeboet. Een jaar of tien geleden richtte de seksindustrie zich vooral op mannen van middelbare leeftijd, nu waren er ook veel jeugdige klanten. Meer en meer jonge kerels zien er blijkbaar tegenop om een vaste vriendin of stoeigenoot te zoeken. In het buitenland werden ze homo; in Japan hebben ze de seksindustrie.

Toen Frank de typische neonlichten van Kabuki-cho zag, de kitscherige kostuums van de klantenlokkers, en de vrouwen die op straat zijn aandacht probeerden te trekken, sloeg hij mij op de schouders om aan te geven hoe geweldig hij het vond. In het café-restaurant van zijn hotel, dat je beslist geen eersterangszaak kon noemen, had hij maar een sjofele indruk gemaakt, maar in Kabuki-cho ging hij op in het straatbeeld en de massa, al was hij kleiner dan ikzelf (ik ben één meter eenenzeventig) en droeg niet eens een overjas.

Een groep negers maakte volop reclame voor een 'show-pub' met buitenlandse danseressen die net open was. Ze droegen allemaal dezelfde rode jacks, deelden foldertjes uit en zeiden in uitstekend Japans tegen de voorbijgangers: 'Heeft u zin in een stripshow? Vandaag maar zevenduizend yen per uur!' Frank wou een foldertje aannemen en kreeg het niet meteen. Hij had glimlachend zijn hand uitgestoken, maar de klantenlokker lette niet op hem en gaf een exemplaar aan een groepje Japanners dat net voorbijkwam. Ik denk niet dat die kerel het deed uit kwade wil. Misschien ging er éven iets door hem heen omdat Frank nu eenmaal wit was, of misschien had de show-pub gevraagd om voorrang te geven aan Japanners, niet aan berooide buitenlanders. Hoe het ook zat, beledigend kon je zijn houding niet noemen. Maar Frank verbleekte. Ik stond vlak bij hem en schrok. De huid van zijn gezicht, die er zo artificieel uitzag, begon te trillen en te beven, en uit zijn ogen verdween elke menselijke glans. Het duurde maar even, maar Franks ogen verloren hun uitdrukking en zagen er plots uit als knikkers van beroet glas. De klantenlokker merkte er niets van; hij mompelde iets in het Engels en gaf Frank toch een foldertje. Er was zo veel lawaai om ons heen dat ik zijn woorden niet kon verstaan. Ik denk dat hij beweerde dat al de danseressen uit Zuid-Amerika of Australië kwamen, of zoiets. Frank kreeg meteen zijn kleur terug. Eventjes maar, niet meer dan één seconde, had iets lelijks de kop opgestoken. Frank nam het foldertje en zei tegen de klantenlokker: 'Je spreekt zo vlot Japans, waar kom je vandaan?' Toen de zwarte kerel antwoordde 'New York,' zei Frank stralend: 'Nou, de Knicks hebben zich helemaal hersteld, hoor. Ze blijven maar winnen.'

'Weet ik,' zei de ander, 'wij volgen alle wedstrijden. Dankzij de televisie weten wij zelfs waar Michael Jordan op vrije dagen gaat golfen en hoe hoog hij scoort.'

'Dat meen je niet!' zei Frank en klopte de zwarte klantenlokker op de schouder. Toen liepen we verder. Frank sloeg een arm om mijn schouders en gaf te kennen: 'Wat een geschikte vent. Echt een heel goeie kerel.'

Hij hield halt bij een uithangbord waar een groot oog op stond.

'Zelfs ik kan zien wat dit is,' zei hij. 'Een *peepshow*, toch?'

Ik legde hem uit hoe de Japanse variant functioneerde.

'Vanuit een klein hokje kijk je door een eenrichtingsruit naar meisjes die zich uitkleden. In je hokje zit een gat in de vorm van een kleine halve cirkel. Je steekt je pik door dat gat. De meisjes trekken je af. Tot voor kort was het een heel populaire attractie, maar nu niet meer.'

'En waarom niet?'

'Peepshows zijn heel goedkoop. Als er niet veel klanten komen, verdienen de uitbaters weinig en kunnen ze de meisjes weinig betalen. Dan houden de jonge, leuke meisjes ermee op, en als de klanten dáár achter komen, blijven ze nog meer weg. Een vicieuze cirkel.'
'Hoeveel kost het dan? Hier staat drieduizend yen. Da's vijfentwintig dollar. Maar Kenji, als je voor die prijs een peepshow krijgt én afgetrokken wordt – dat noem ik goedkoop!'
'De entree is drieduizend yen. Voor de "extra behandeling" betaal je nog eens twintig à dertig dollar.'
'Ja maar, het blijft goedkoop, want het zijn toch de meisjes die optreden die je onder handen nemen?'
'Gewoonlijk heb je geen idee wie het doet. Je ziet nou eenmaal niet wie er aan de andere kant van het gat staat. Er gaan geruchten dat je onderhanden wordt genomen door ouwe oma's, of homo's die een centje bij willen verdienen. Door zulke geruchten hebben de shows nog meer aan populariteit ingeboet.'
'Dus het is niet de moeite waard?'
'Wel, het is echt heel goedkoop, en je hebt er geen tolk bij nodig. Ik ga wel even koffiedrinken, dan betaal je maar voor één persoon.'
Terwijl we dit gesprek voerden, werden we door klantenlokkers omringd. De meesten werkten voor *lingeriepubs* en hadden geen idee wie ik was. Ze kenden mij alleen van gezicht als het veteranen waren. In deze straat werkten misschien tweehonderd klantenlokkers, maar niet meer dan een op de vijf had ervaring. Wie zo'n soort baantje aanneemt, is aan het eind van zijn Latijn: iemand die om de een of andere reden niet echt kan werken, of zo snel mogelijk geld nodig heeft. Het personeel verandert voortdurend. Je kunt overigens wél afgaan op het advies van de veteranen.
'Kenji, wat vertellen die gasten?'
Ik vertaalde zo goed en zo kwaad als ik kon: 'Gewoonlijk vra-

gen wij negenduizend yen; vandaag maar vijfduizend en in geen geval meer!' U geniet van deze speciale prijs omdat het oudjaar is en wij een nieuwe zaak hebben geopend, we maken u niets wijs, de meisjes zijn jong hoor, deze kant op alstublieft, buitenlandse bezoekers meer dan welkom, u moet alleen dat trapje af, ik wijs u wel de weg, vallen de meisjes tegen, bevalt de sfeer u niet, heb ik u iets voorgelogen, dan loopt u gerust weer naar buiten, zulke gunstige prijzen geniet u alleen vandaag, in het nieuwe jaar schieten die prijzen meteen omhoog, is dat geen geweldig aanbod, we hebben online karaoke met een uitgebreide keuze aan Engelse songs!'

'Ik wist dat de Japanners vriendelijk waren,' zei Frank, 'maar dit is onvoorstelbaar!'

We hadden de tamelijk opdringerige klantenlokkers een eindje achter ons gelaten, maar Frank bleef voor de peepshow staan en keek voortdurend om naar die knapen. De meesten droegen goedkope pakken, net als ik. We waren in Kabuki-cho, niet in Roppongi, je zag hier ook weinig duur geklede voorbijgangers. Het enige verschil tussen de klanten en de klantenlokkers schuilde erin dat de eerstgenoemden voorbijliepen, terwijl de laatsten op straat bleven hangen. Zelfs van een afstand zien klantenlokkers er triest uit. De meeste vrienden van mij die dit baantje al lang uitvoeren bieden een verweesde aanblik. Niet dat ze ernstig ziek zijn, maar als je tegenover ze staat en met ze praat, is het of je woorden niet tot hen doordringen, of je geen staat op ze kunt maken. Vaak lijken ze onzichtbaar, al begrijp ik niet goed waar die indruk vandaan komt.

'In Amerikaanse rosse buurten heb je ook kerels die je naar binnen lokken,' zei Frank, 'maar die zijn lang niet zo beleefd. Deze jongens hier doen mij denken aan akela's uit de scouting die even komen uitleggen hoe je een knoop in een touw legt. Waar halen ze de energie vandaan om dat de hele avond vol te houden?'

'Per klant die ze opscharrelen krijgen ze provisie.'
'Nou, dat verdienen ze ook, maar kun je afgaan op wat ze vertellen?'
'Als de prijs die ze noemen erg laag is, moet je oppassen.'
Frank voelde wel wat voor een lingeriepub.
'Zullen we maar wat Japanse meisjes in hun ondergoed gaan bekijken?'
'Aan seks hoef je niet te denken, hoor.'
'Dat weet ik wel, daar wil ik ook heel rustig naartoe werken, en daarvoor lijken meisjes in lingerie mij het meest geschikt.'
'Op deze tijd van de dag betaal je zeven à negenduizend yen per persoon. Meisjes die Engels praten zijn hier nauwelijks te vinden. Je zult dus ook moeten betalen voor mij. In sommige zaken mag je de meisjes aanraken, in andere niet. Op sommige plaatsen geven ze een show, op andere komen er meisjes op je tafel dansen. De prijs is overal ongeveer hetzelfde.'
'Geef mij maar een doodgewone zaak waar meisjes met je komen praten,' zei Frank. 'Als de prijs overal hetzelfde is, ook waar ze extra's geven, zullen de meisjes wel het mooiste zijn in een zaak *zonder* extra's.'

Ik vond een klantenlokker die ik kende en vroeg of hij ons naar zijn zaak kon brengen. Hij heette Satoshi en was twintig, net als ik. Op zijn achttiende was hij naar Tokyo gekomen om te studeren, vanuit Nagano of Yamanashi, ik weet het niet precies, en meteen kreeg hij een inzinking. In die dagen kende ik hem nog niet, maar hij heeft mij ooit een overblijfsel laten zien uit die tijd. Op een keer had hij mij in de vroege uurtjes meegenomen naar zijn flat. Daar haalde hij een kleuterblokkendoos te voorschijn. Met die doos had hij hele dagen op de Yamanotelijn gezeten. Op de vloer van de trein had hij met zijn blokken gespeeld. Toen ik vroeg waarom hij dat had gedaan, zei hij dat hij het niet wist. 'Ik heb geen idee,' zei hij, 'ik had die blokken gevonden in een Kiddyland, voor ik het wist had ik ze gekocht, en toen dacht ik: nou wil ik er ook mee spelen. Een treinvloer leek wel geschikt, wat zal ik zeggen, ik vond het zo leuk kastelen te bouwen in een trein die echt bewoog, daar ging ik helemaal in op, ik hoefde geen vreemde dingen meer te denken, in die tijd beeldde ik mij in dat ik kleine meisjes de ogen uit moest steken met een naald, een tandenstoker of een injectienaald. Het joeg me doodsangst aan als ik eraan dacht wat er zou gebeuren als ik dat nou echt deed, maar toen ik eenmaal begon te spelen op die treinvloer werd ik bevrijd van mijn dwanggedachte, want het is verrekte moeilijk om te bouwen in een bewegende trein. Op bepaalde stukken van de Yamanote-lijn heb je grote bochten, vooral de bocht tussen Harajuku en Yoyogi stelde mij op de proef, daar moest ik mijn kasteel met beide armen beschermen tegen instorting, alsof het een pasgeboren baby was. Ik werd natuurlijk uitgekafferd, ik weet niet hoe vaak conducteurs en stationsbedienden mij de huid vol scholden, de spoorwegpolitie heeft mij ettelijke keren opgepikt, al wil ik nou ook weer niet zeggen dat ik tijdens het spitsuur aan de slag ging... In ieder geval: dit heeft een halfjaar geduurd, maar toen ik naar Kabukicho kwam, was ik meteen genezen. Niet dat die buurt mij na aan het hart ligt, ik kan niet geloven dat *iemand* ervan houdt, ik vind het er alleen erg leuk, en als je nou kunt werken in een stad die je bevalt, en je kunt naar een universiteit van je keuze, och, wat zou je het dán in je hoofd halen kleine meisjes de ogen uit te steken!'

'Bij ons werkt een meisje dat een beetje Engels spreekt,' zei Satoshi. 'Als die vrij is, stuur ik haar naar je toe zonder dat je bij hoeft te betalen.'

Hij bracht Frank en mij naar de groene deur van een kelderzaak. Ik was er al vaak geweest maar kan me niet herinneren hoe hij heet. Er zijn zo veel zaken met gelijksoortige namen. In Kabuki-cho loopt geen enkele klant een zaak binnen omdat die zo'n mooie naam heeft. De naam is wel het laatste dat je onthoudt.

Alle lingeriepubs zien er vanbinnen ongeveer hetzelfde uit. Niet dat ze op dezelfde manier zijn ingericht, maar ze zijn allemaal opgetrokken uit goedkoop materiaal. Frank keek naar de meisjes die op de banken bij elkaar zaten in hun ondergoed en glimlachte op zijn schaapachtige manier.

Het meisje dat een bneetje Engels kon, heette Reika. Zij had haar haren opgestoken en droeg paars, kanten ondergoed dat duur leek. Haar neus was aan de platte kant en haar huid wat schraal, maar verder viel ze wel mee. Samen met Reika kwam er een meisje bij ons zitten dat Rie heette. Groot van gestalte, met een doordeweeks gezicht en het fysiek van een volleybalspeelster. Rie hield van wit ondergoed en lachte veel. Alleen, als je in de seksbusiness veel lacht, betekent het niet noodzakelijk dat je een zonnig karakter hebt. Toen die meisjes zich bij ons hadden gevoegd en er whisky was gebracht, zei Satoshi 'Nou, bedankt' en liep de straat weer op. Behalve wij, waren er slechts twee andere klanten. Ik vroeg me af hoeveel Satoshi voor dit karweitje betaald kreeg. Ik kende hem wel een beetje, maar over dat soort dingen hadden wij het nog nooit gehad. Je probeerde zo weinig mogelijk te achterhalen wat anderen verdienden; dat was een van de voornaamste regels om in Kabuki-cho te overleven.

Frank was wat rood aangelopen en keek naar beide meisjes met dezelfde glimlach als daarnet. Zijn blos was niet alleen aan de verwarming te wijten. Als er meisjes in ondergoed bij je komen zitten, kun je je niet meteen ontspannen, dat geldt niet alleen voor nieuwelingen, ook voor doorgewinterde klanten. Het is heel wat anders dan staren naar meisjes in bikini op het strand. Je ziet het decolleté, de zwelling van borsten in de bustehouder, de sporen van een elastiek op de buik, de fijne schaduw van zwart schaamhaar door een wit broekje... Het valt niet mee om daar zomaar naar te kijken. Het voelt wreed aan.

Ik wendde mijn blik af van Frank, die zo schaapachtig grijnsde, en keek naar de computergestuurde vissen in het elektronische aquarium tegen de muur. Als je niet beter wist, zou je denken dat de bontgekleurde Braziliaanse maanvissen echt waren. Zelfs de manier waarop ze naar voedsel hapten zag er realistisch uit. Nou weet ik weinig van echte, levende maanvissen, maar dit namaakaquarium vond ik toch wat glad. Het leek weinig natuurlijk. Zoals Frank, als die glimlachte.

'Wilt u whisky-met-water?' vroeg Reika. Frank en ik knikten. Ze schonk ons merkloze whisky in en lengde die aan met water uit een spuitfles.

'Komt u uit Amerika?' vroeg Rie in het Japans en ging wat dichter bij Frank zitten. In deze bar mocht je de meisjes niet aanraken, maar als je je aan die regel hield, kwam het voor dat de meisjes zelf tot fysiek contact overgingen. Frank had het woord 'Amerika' opgevangen, want hij knikte en zei zachtjes 'yes'.

Ik maakte me al zorgen dat Frank veel te voorzichtig aan zijn whiskyglas zou blijven nippen. Ik legde uit dat je in een zaak als deze zoveel mocht drinken als je wou. Je betaalde naargelang de tijd die je er spendeerde. Toch dronk Frank met piepkleine teugjes. Het was irritant, want je kon onmogelijk zeggen of hij echt dronk of alleen zijn lippen bevochtigde. Reika zat naast Frank; Rie zat tussen ons beiden in. Reika legde haar hand op Franks dij en lachte hem toe.

'Hoe heet je?' vroeg Frank, en ze zei haar naam.

'Reika?'

'Jawel.'

'Een mooie naam.'

'Vind je?'

'Ja hoor, heel mooi.'

'Dank je.'

Reika sprak het Engels van een schoolmeisje van veertien. Ongeveer zoals ik. Alleen ben ik het wat meer gewend.

'Komen hier veel Amerikanen?'
'Nu en dan.'
'Je Engels is uitstekend.'
'Nee hoor, ik wil veel beter zijn, maar het is zo moeilijk. Ik wil sparen geld en naar Amerika.'
'Zo, wil je in Amerika soms naar school?'
'School is niks voor mij, ik ben te dom. Ik wil naar Niketown.'
'Niketown?'
'Hou jij van Nike?'
'Nike? Die fabrikant van sportspullen?'
'Ja! Hou jij toch van?'
'Gaat wel, ik heb sportschoenen van Nike, of wacht, van Converse misschien. Wat vind je toch zo bijzonder aan Nike?'
'Ik vind het gewoon heel leuk. Ben jij geweest in Niketown?'
'Ik zeg het je toch, ik ken helemaal geen Niketown. Jij wel, Kenji?'
'Alleen van horen zeggen,' antwoordde ik. Reika bracht het bandje van haar beha even op zijn plaats en ging verder: 'Eén groot gebouw vol Nike-winkels. En soms jij ziet Nike-reclame op reuzenscherm! Mijn vriendin heeft gegaan. Zij kopen vijf paar Nike. Ik wil gaan ook. Daar veel kopen is mijn droom.'
'Je droom?' vroeg Frank met een ongelovig gezicht. 'Niketown is je droom?'
'Ja hoor, ik droom,' zei Reika, en vroeg Frank waar hij vandaan kwam.
'Uit New York,' zei Frank. Reika trok een verbaasd gezicht.
'Kan niet,' zei ze. 'Niketown is in New York.'
Frank kreeg een kleur. Nu bedoelde Reika hier niets kwaads mee. Zij wou alleen zeggen: 'Vreemd dat je in New York woont en Niketown niet kent.' Niet iets om van te blozen. Maar ik zat naast Frank en zag duidelijk dat zijn huid, die eruitzag als

plastic, begon te trillen. Haarvaatjes werden zichtbaar, net alsof er waterverf uitliep, en zijn gezicht veranderde van bleek in dieprood. Ik rook onraad en zei tegen Reika: 'Alleen Japanners maken zo veel drukte om Niketown. De meeste Amerikanen hebben er nooit van gehoord – raar maar waar! Naar het schijnt komt de helft van hun klanten uit Japan. En New York is groot, moet je weten, veel groter dan Manhattan alleen.' Deze woorden herhaalde ik in het Engels. Reika knikte en Franks gezicht kreeg zijn oorspronkelijke kleur terug. Ik twijfelde er sterk aan of Frank wel in New York woonde en nam mij voor om dit onderwerp maar te vermijden. Frank was duidelijk van streek. Iemand als ik, die geen officiële vergunning had van het ministerie van Transport, kon met boze klanten niets beginnen. Ik zou mijn loon pas uitbetaald krijgen op onze laatste dag...

'Zullen we karaoke doen?' vroeg Reika aan Frank. Ze keek in de richting van een van de andere klanten, een kantoorman van middelbare leeftijd, die een microfoon in de hand had en helemaal opging in het zingen. Een wat jongere man, met een gezicht dat rood was aangelopen van de drank, zo te zien een ondergeschikte, neuriede mee en probeerde zwakjes mee te klappen. In één hand hield de zanger zijn microfoon, in de andere de hand van zijn hostess, die roze lingerie droeg. Als je alleen de hostess bekeek, leek zij warempel op een priesteres die in een oud-Griekse tempel een heilige vlam omhoogstak. Deze klanten kwamen vast van het platteland. In Kabuki-cho zie je allerlei provincialen die op zakenreis naar Tokyo zijn gekomen. Vast omdat Kabuki-cho een buurt is zonder pretentie. Zulke kerels herken je meteen, want ze lopen rood aan als ze wat op hebben. Hun gezicht en manier van kleden wijken wat af van de hoofdstedelijke manier. Velen worden de grootste nepzaken in gelokt. Je zou er aardig aan kunnen verdienen groepen uit de provincie rond te leiden, maar het is onbegonnen werk om al hun dialecten te leren!

'Nee, geen karaoke,' zei Frank. 'Ik zou liever wat Japans leren, hier, met meisjes in hun ondergoed.' En hij nam de *Tokyo Pink Guide* uit zijn tas. 'Lees dit boek en bevrijd u van alle remmingen!' stond boven de titel op de voorkant. Een slogan die te interpreteren viel als: 'Voor al wie zo geil wil worden als een bok!' Onder de titel stond: 'Wat? Waar? En voor hoeveel? Alles wat u moet weten over Tokyo's erotische attracties!' Om professionele redenen heb ik thuis ook een exemplaar, waar ik mij in mijn vrije tijd doorheen worstel, ook al om Engels te leren. Het is best aardige lectuur. Hoofdstuk 9, bijvoorbeeld, gaat over de homoscene. Het hoofdstuk begint met een historisch overzicht, waarin verteld wordt dat de Japanse knapenliefde in de hand werd gewerkt door het machismo van de samoerai, en door het feit dat boeddhistische monniken geen seksueel contact mochten hebben met vrouwen. Ook staat in het boek dat heel de Japanse seksindustrie dankzij aids last heeft van xenofobie, maar dat homo's uit minder bevooroordeelde naties nog steeds een warm onthaal vinden in Shinjuku Ni-chome. En er wordt in detail bij gezegd in welke zaken je als buitenlander terechtkunt.

Frank opende dit roze boek, keek Reika en Rie aan en zei: 'Goed, we beginnen met de les.' Achter in het boek stond een eenvoudige alfabetische woordenlijst.

'*Aho*!' bulderde hij en voegde er in het Engels aan toe: 'Dit betekent *loser*.'

'Wat zegt hij nou?' vroeg Rie, die Frank niet goed had verstaan.

'Aho,' antwoordde ik in het Japans, waarop zij zich op de knieën sloeg en uitriep (eveneens in het Japans): 'Schei toch uit! Wat snoezig!'

Frank las verder: '*Aijin*' (minnares). Vreemd hoe hard zijn stem opeens klonk. '*Ai shiteru*' (ik hou van jou), '*Aitai*' (ik wil je zien), '*Akagai*' (arkschelp, d.w.z. vagina), '*Ana*' (hol), '*Ana de ya-*

ritai' (ik steek 'm in je hol), '*Anaru sekkusu*' (anale seks), '*Asoko*' (kutje), '*asoko, asoko, asoko, asoko, asoko...*'
Ik vind het vertederend als buitenlanders zich inspannen om Japans te praten. Wanneer ze zich vlak voor je neus in haperend Japans uitdrukken, doe je graag je best om ze te verstaan. Voor andere talen geldt natuurlijk hetzelfde. Ik spreek het Engels van een schooljongetje van zestien, en ik heb gemerkt dat ik een veel betere indruk maak op mijn klanten als ik ieder woord keurig articuleer, in plaats van echte Amerikanen na te apen, zoals die idiote Japanse dj's op de radio doen. Frank bleef het woordje *asoko* herhalen en Reika en Rie lagen in een deuk. Ook de andere meisjes keken onze kant op. Aan hun gezicht zag je dat ze wisten dat er zich bij ons iets heel grappigs afspeelde. Zonder een spoortje van gêne of geilheid, haperend en toch vol overtuiging, met een doodernstig gezicht als een volleerd acteur, en op majesteitelijke toon, zei Frank: *asoko*.

'*Daisuki*' (Ik ben stapel op je!), '*Damè!*' (niet doen!), '*Dankon*' (genotsknots), '*Danna-san*' (jongeheer), '*Dare de mo ii desu*' (het geeft niet wie), '*Dechatta*' (oeps, ik ben al klaargekomen), '*Debu*' (dikke trut), '*Dendo kokeshi*' (vibrator), '*Doko demo dotei*' (ik heb het nog nooit gedaan), '*Doko demo dotei dakara deso desu*' (ik heb het nog nooit gedaan en nou kom ik klaar), '*Doko demo dotei dakara deso desu*', '*Doko demo dotei dakara deso desu*'... Frank had snel door welke woorden bij Reika en Rie de sterkste reactie uitlokten. Hij combineerde deze woorden met andere die hij al kende en herhaalde ze telkens weer. Ook andere meisjes die bij de ingang op klanten wachtten, waren opgestaan om naar Frank te komen luisteren. Reika en Rie vielen haast van de bank. De twee gasten uit de provincie hielden op met hun karaoke en lachten lustig mee. Zelfs de twee onguur uitziende obers beleefden plezier aan ons. Het was lang geleden dat ik zo had gelachen; er stonden tranen in mijn ogen. De enige die niet lachte, was Frank.

'*Sawaranai*' (ik blijf ervanaf), '*Sawaritai*' (ik wil het aanraken), '*Seibyo*' (geslachtsziekte), '*Seiko*' (geslachtsgemeenschap), '*Seiyoku*' (seksuele begeerte), '*Senzuri*' (aftrekken), '*Shakuhachi*' (pijpen), '*Shasei*' (ejaculatie), '*Shasei sangyo*' (ejaculatie-industrie), '*Shigoku*' (strelen), '*Shigoite kudasai*' (streel hem, alsjeblieft), '*Shigoite kudasai*', '*Shigoite kudasai*', '*Sukebe*' (geile bok), '*Sukebe jiji*' (ouwe geilaard), '*Suki desu ka?*' (vind je 't lekker?), '*Suki desu*' (ik vind 't lekker), '*Sukebe jiji suki desu ka?*' (vind jij oude geilaards lekker?), '*Sukebe jiji suki desu*' (ik vind oude geilaards lekker), '*Sukebe jiji suki des...*'

Haast iedereen lag krom van het lachen, maar Frank ging onverstoorbaar verder met zijn onemanshow. Hoe harder we lachten, hoe ernstiger hij keek. Alleen zijn stem verhief hij. Bij Reika en Rie parelden er zweetdruppeltjes tegen de neus, de slapen en de borsten. Er biggelden tranen over hun wangen, ze hapten naar adem. De kerels uit de provincie dachten al lang niet meer aan zingen, hun muziek weergalmde, maar klonk heel wat zwakker dan ons aller gelach. Frank hield zich aan de basisregel van alle goeie komieken: lach niet om je eigen grappen. Zo ging er een vol uur voorbij.

Toen kwamen er twee nieuwe klanten binnen en de kerels uit de provincie begonnen weer te zingen. De nieuwelingen schenen om Rie te hebben gevraagd, want ze zei: 'Ik heb lang niet meer zó gelachen!' schudde Frank de hand en ging aan hun tafeltje zitten. Reika zei: 'Dat was geweldig! Jij bent groot artiest!' en repte zich naar de wc om haar zweet weg te wissen. Ook ik was doornat. Mijn overhemd plakte tegen mijn huid, een onprettig gevoel. Zoiets krijg je nou als je je te barsten lacht in een zaak waar de verwarming wordt aangepast aan meisjes in ondergoed. Aan een van de obers die ik kende, vroeg ik de rekening. 'Wat een lollige *gaijin*!' zei hij en lachte poeslief. Ik wil niet beweren dat je in Kabuki-cho alleen depressieve figuren aantreft, maar iedereen sleurt een verleden met zich mee, en een moeilijk heden. In een lingeriepub komt het zelden voor dat ze zó met z'n allen zitten te lachen. 'Blij dat ze zich geamuseerd hebben,' dacht ik bij mezelf. Frank haalde zijn portefeuille te voorschijn en vroeg: 'Zeg Kenji, waarom is dat Niketown hier toch zo populair?' Bij hem viel er geen druppeltje zweet te zien. Ik vroeg me af waarom hij nu nog met die vraag op de proppen kwam. Ik antwoordde maar dat de Japanners verzot zijn op alles wat populair is in Amerika.

'Ik had er nooit van gehoord. Geen idee dat het bestond!'
'Kan ik geloven. Dat heb je alleen in dit land, dat iedereen zo'n drukte maakt om één en hetzelfde ding.'

We kregen de rekening, en Frank haalde twee biljetten van tienduizend yen te voorschijn. Op een van de twee zat een donkere vlek, zo groot als een flinke munt. Het maakte mij nogal ongerust, want de vlek leek op opgedroogd bloed.

'Frank, lang geleden dat ik zo heb gelachen.'
'Echt? De meisjes schenen het ook leuk te vinden.'
'Doe je zulke dingen wel meer?'
'Wat voor dingen?'
'De mensen aan het lachen maken, grappen maken.'
'Ik wou niet per se de clown uithangen. Ik wou alleen een Japanse les. Voor ik het wist gebeurde dit. Ik weet nog steeds niet hoe het zo gekomen is.'

We hadden de lingeriepub verlaten en liepen door de straat achter het Koma-theater. Het was net over halfelf, en Frank had nog niet laten weten wat hij hierna wou doen. Ik had zo zitten bulderen, en in de pub was het zo vreselijk heet geweest, dat ik in de eerste plaats wat wou rondlopen in de open lucht, om af te koelen en te kalmeren. Tot mijn verbazing liet één gedachte mij niet los. De gedachte aan Franks bebloede bankbiljet. Ik begreep maar niet waarom deze gedachte mij zo bezighield.

We naderden een steegje waar een sfeer hangt die ik altijd vreemd heb gevonden. Net of je in een filmdecor uit de jaren vijftig belandt. Er zijn tal van minuscule whiskybars, tearooms en majong-salons.

'Maar Frank, je hebt me daar een hele opvoering gegeven! Heb je soms geleerd voor acteur?'

'Nee hoor, alleen, toen ik klein was had ik twee zussen die er wel van hielden om een beetje gek te doen, als er een feestje was of zo, dan deden we de komieken van toen na.'

Wij hadden het steegje nu bereikt. Met al de kleine bars die daar lagen, de met klimop overwoekerde tearooms waaruit klassieke muziek naar buiten galmde, en de uithangborden in retrostijl, scheen de ouderwetse sfeer ook Frank aan te spreken, want hij hield stil op de hoek, onder het neon van een bar die *Auge* heette, en tuurde het steegje in.

'Hier lopen geen klantenlokkers,' zei hij.

Nee, die zag of hoorde je hier niet. Hier kwamen klanten die precies wisten waar ze heen wilden. In dit steegje trof je geen mannen aan die, bezopen en met de armen over elkaars schouders, op zoek waren naar een zaak waar zij zo goedkoop en makkelijk mogelijk aan een vrouw kwamen. Hier lag zelfs een zaak waar aarden bloempotten voor de deur hingen. Kleine witte bloempjes beefden in de decemberwind, die Kabuki-cho's geur van alcohol, zweet en afval met zich meevoerde, en baadden in het gele en roze licht van het Koma-theater.

'Hier hangt nog de sfeer van het Tokyo van vroeger.'

'Echt?' vroeg Frank, die weer in beweging kwam. 'Nou ja, zulke straatjes vind je in iedere stad. Kijk naar Times Square in New York. Vroeger waren daar niet zo veel sekszaken, maar een heleboel goeie bars.'

Hij zei dit met zoveel nostalgie dat ik dacht dat hij toch echt uit New York kwam. Het was ook onwaarschijnlijk dat alle New Yorkers op de hoogte waren van het bestaan van Niketown.

'En nu we het over Times Square hebben, tegenover het station van Shinjuku ligt een gebouw waar in koeienletters *Times Square* op staat. Is dat een grap of zo?'
'Nee, da's serieus bedoeld, het is de naam van een warenhuis.'
'Ja maar, Times Square heet zo omdat daar het oude gebouw staat van de *New York Times*. Zo'n gebouw heb je in Tokyo toch niet?'
'Nee, maar de Japanners vinden dat het goed klinkt.'
'Dat vind ik toch maar gênant. Is er geen journalist of intellectueel die daar eens een eind aan kan maken? Het is al een tijd geleden dat Japan de oorlog heeft verloren. Moeten jullie Amerika blijven na-apen?'

Toen we hierover waren uitgepraat, vroeg ik Frank waar hij nou naartoe wou. Hij zei dat hij wel eens een peepshow lustte, om meisjes te zien die helemaal naakt waren.

Daarvoor moesten wij een eindje terug. Aan weerskanten van de Kuyakusho-laan zijn er geen peepshows, alleen Chinese clubs, bars met gezelschapsmeisjes, eet- en dranktenten en lovehotels. Voorbij zo'n lovehotel sloegen wij af naar het station Seibu Shinjuku. Opeens kwamen we langs een autoverhuurbedrijf. Een mens vraagt zich af wat zo'n bedrijf daar verloren heeft. Wie zou het in zijn hoofd halen om in een buurt als deze een auto te huren? Om te beginnen is er, met al die smalle steegjes, niet eens plaats om te parkeren! Vaandels van vinyl, en een uithangbord waarop *Toyota* stond, wapperden in de winterse bries. Het prefab kantoortje ging bijna helemaal verborgen achter een twaalftal wagens die op het smalle terrein tegen elkaar stonden gedrukt. Al deze wagens werden beschermd door hoezen. Ik dacht bij mezelf: ik lóóp liever dan zo'n ding te huren. Frank had zijn kraag opgezet en hield zijn handen in zijn zakken. De hitte van de lingeriepub was nu echt vervlogen, maar hij droeg niet eens een sjaal of een jas. Het puntje van zijn neus zag rood, hij scheen het toch koud te hebben. Toen we voorbij het autoverhuurbedrijf liepen, bekeek ik hem en er ging een koude rilling door mij heen. Franks gezicht en zijn hele gestalte zagen er eenzaam uit, op een wel erg vreemde manier. Nu hadden alle Amerikanen iets eenzaams over zich. Het waren de afstammelingen van immigranten; een betere verklaring heb ik niet. Maar Frank was toch anders. Zijn goedkope kleding had er mee van doen, en ook was hij bepaald niet indrukwekkend van gestalte. Hij haalde mijn lengte van een meter tweeënzeventig niet eens, was aan de dikke kant, zijn haar werd dunner, en hij had een oud gezicht. En dat was niet alles. Ik weet niet goed hoe ik het moet uit leggen, maar er hing iets onechts over hem. Nu we in dit deel van de stad terecht waren gekomen, drong tot me door wat hier aan de hand was. Ik kreeg het ijskoud. We stonden vlak bij de container waar het lijk van dat vermoorde schoolmeisje was gevonden. Er liep nog altijd een politieman, die de mensen op afstand hield. De plek was afgezet met een lint. Allerlei dingen waarover ik me vragen stelde versmolten met de rilling die er net door mij heen was gegaan. Om te beginnen het krantenartikel dat ik die ochtend had gelezen. Uit de portemonnee van het vermoorde meisje was geld gestolen, en in de lingeriepub had Frank bebloede biljetten te voorschijn gehaald. Frank had ook beweerd dat hij Toyota-onderdelen importeerde. Toch toonde hij niet de minste belangstelling voor de wagens die daar bij elkaar stonden.

 Ik trachtte mijzelf in te prenten dat het om een toevallige samenloop van omstandigheden ging, maar mijn wantrouwen verdween niet. 'Blijf nou kalm,' zei ik keer op keer tegen mezelf. 'Je hoeft een man nog niet van moord te verdenken omdat hij een bankbiljet heeft met een vlek die misschien van bloed is, en omdat hij over zijn baantje liegt. En die wagens: misschien interesseren ze hem niet, omdat hij alleen onderdelen importeert.' Ik moest er eens met iemand over praten. Een telefoontje was al genoeg. Als iemand maar eens zei: 'Kenji, nou slaat je verbeelding op hol,' zou ik misschien van mijn gekke vermoedens worden bevrijd. Alleen Jun kon mij helpen.

'Euh, het is bijna elf uur,' zei ik tegen Frank en wees op mijn horloge.

'O, da's waar, maar we hebben net zoveel lol, ik dacht er al helemaal niet meer aan. Ik wil nog van alles uitproberen, maar wat denk je, Kenji? Zie je kans om nog een paar uur uit te trekken?'

'Eigenlijk heb ik afgesproken met mijn vriendin,' zei ik en Frank fronste zijn wenkbrauwen. Opeens zag hij er angstaanjagend uit. Net als toen Reika zei dat Frank niet uit New York kon komen.

'Maar goed,' zei ik, 'mijn werk gaat voor. Ik bel wel even op.'

En ik ging een telefooncel in naast het Koma-theater. Ik gebruikte mijn mobieltje liever niet. Frank begreep vast geen Japans, maar de gedachte dat hij naast mij stond te luisteren vond ik ondraaglijk. Het luchtte me op toen ik in de cel stond, van Frank gescheiden door een glazen wand. Rond deze tijd zat Jun gewoonlijk in mijn flat. Niet dat ze zat te wachten op mijn terugkeer, maar ze genoot bij haar thuis geen enkele privacy. Daarom zat ze nu in haar eentje te lezen of naar muziek te luisteren. Juns ouders zijn gescheiden toen ze nog klein was; ze woont samen met haar moeder en haar broertje. Ze gaat vóór middernacht naar huis en zegt dat ze bij een vriendin heeft zitten studeren; haar moeder stelt geen vragen.

'Hallo? O – Kenji, ben jij het?'

Wat een opluchting om Jun te horen – haar stem, erg laag voor een meisje van zestien.

'Wat voer je uit, zeg?'

'O, ik zat te luisteren naar de radio.'

Juns moeder werkt voor een verzekeringsmaatschappij. Jun zegt vaak dat ze dol is op haar moeder, en dankbaar dat haar moeder zo goed voor haar zorgt. Maar hun flat in Takaido is allesbehalve groot; er is geen ruimte voor een aparte meisjeskamer. Omdat Juns moeder 's avonds vaak tot in de late uurtjes werkte, kan Jun haar moeilijk vragen om naar een ruimere flat verhuizen. Ik heb Jun leren kennen in Kabuki-cho. Niet dat ze de straten afliep, maar ze deed wel aan 'bezoldigde afspraakjes'. Ze ging met oudere kerels naar de karaoke of restaurants, en kreeg daarvoor vijfduizend tot twintigduizend yen. We praten er niet vaak over.

'Ik heb nog een poosje werk.'

'En het is net zo koud! Ik heb een pot rijstsoep gekookt, hoor.'

'O, da's fijn. Zeg, mijn klant is nogal een rare.'

'Hoezo?'

'Nou, hij liegt er op los.'

'Wil hij niet betalen?'

'Nee, dat is het niet, maar hij lijkt mij wat verdacht.' En ik vertelde over het besmeurde bankbiljet en de Toyota's.

'Daarom is hij toch geen misdadiger?'

'Nee hè, wat een domme gedachte.'

'Ik heb hem niet gezien, en ik kan het dus niet weten, maar eh...'

'Maar wat?'

'Maar ik begrijp het wel...'

'Wat dan?'

'Dat meisje is op zo'n gekke manier vermoord, van een Japanner verwacht je zoiets niet, dacht ik al. Wat staat hij nu te doen?'

Mijn ogen volgden Frank. Hij had een poosje naar mij staan kijken. Toen kreeg hij daar genoeg van en begon heen en weer te lopen buiten de speelhal tegenover de telefooncel.

'Hij wil de *purikura* proberen.'¹
'Wat?'
'De purikura. Maar hij weet niet hoe het moet. Nu kijkt hij naar binnen bij andere klanten.'
'Dan hoef je niet ongerust te zijn. Moordenaars doen toch zeker niet aan purikura!'
Ik weet niet waarom, maar ik gaf haar gelijk.
'Weet je wat, Kenji, neem wat foto's van die vent. Ik wil zijn gezicht wel eens zien.'
'Goed,' zei ik en hing op.
'Kenji, wat is dit voor iets? Die meisjes beleven er zo veel lol aan. Hebben ze een foto laten maken? Is dat een pasfotoautomaat?'
Ik wou het net uitleggen, maar achter ons stond een bezopen zakenman te mopperen dat we voort moesten maken. Hij had een meisje bij zich met een gezicht als een koe. Normaalgesproken zou ik hem eventjes van repliek hebben gediend, maar nu zat ik met Frank in mijn maag, het was ijskoud, en dus antwoordde ik: 'Goed, we zullen ons haasten.' Ik besloot het zaakje maar meteen te proberen. De uitleg kon wel wachten. Omdat Frank geen kleingeld had, betaalde ik en zette hem voor de machine. Hij koos als achtergrond een typisch Japanse *yakitori*kraam², en gaf te kennen dat hij met mij op de foto wou.
'Die meisjes gingen ook samen op de foto. Ik wil er eentje als aandenken.'
Als je een purikura met zijn tweeën wilt nemen, moet je vlak tegen elkaar staan. Ik wil niet zeggen dat Frank mij afschuw

1. *Purikura* (een afkorting van 'Print Club') zijn minuscule pasfototjes verlucht met stripfiguren of andere grappige illustraties. Je neemt ze samen met vrienden of vriendinnen in speciaal daartoe ontworpen hokjes. Een uitermate populair verschijnsel sinds de jaren negentig van de vorige eeuw.
2. *Yakitori*: Japanse kipsaté.

inboezemde, maar ik had geen zin om mijn gezicht tegen het zijne te drukken. Ik vond het erg genoeg dat we allebei mannen waren, en nu kwam daar nog bij dat Frank zo'n gekke huid had. Hij was in de dertig, maar vertoonde niet één rimpel. Toch had hij geen zachte huid. Zijn gezicht was glad; het zag er volkomen kunstmatig uit. Bovendien gaf zijn huid zo'n versleten indruk. Zeker geen gezicht waar ik me tegenaan wou drukken, maar Frank sloeg zijn arm om mijn schouder, trok mij met geweld dichterbij en zei, naar de camera toegekeerd: 'Daar gaan we, Kenji, druk jij maar op de knop!' Franks gezicht voelde zo kil aan als het siliconenmasker van een diepzeeduiker.

'Zeg Kenji, naar het schijnt is die Amerikaan van jou goed maf.' Op weg naar onze peepshow kwamen we Satoshi weer tegen. Hij riep de voorbijstrompelende dronkaards nog altijd hetzelfde toe: 'Op dit uur van de dag, zevenduizend yen per persoon! In geen geval betaalt u meer!' Nu ik Satoshi in de weer zag, begreep ik plots wat hij bedoelde toen hij zei dat hij Kabuki-cho zo leuk vond. Dat dacht ik tenminste. In Kabuki-cho hangt een gevoel van grote vrijheid. Je hoeft je niet uit de naad te werken. Je verdient alleen je geld, anders kun je wel opstappen. Roem en eer vallen er niet te behalen. Frank stond wat verderop naar zijn foto's te kijken.

'Heeft de ober soms iets over hem gezegd?' vroeg ik Satoshi. 'Over zijn bankbiljetten, of zo?' Dat bleek niet het geval. Blijkbaar was ik de enige die zich afvroeg of er bloedvlekken op dat geld zaten. Ik nam mij voor er niet meer aan te denken. Ik had Jun niet nodig om mezelf ervan te overtuigen dat ik mij té bezorgd maakte. Het feit dat we langs de plek waren gekomen waar dat schoolmeisje was gedumpt, terwijl er ook zo'n bevreemdende sfeer had gehangen rond dat autoverhuurbedrijf, was te veel geweest voor mijn zenuwen. Tenminste, zo besloot ik het te zien.

'En nu wil hij, geloof ik, naar een peepshow. Is er een zaak die je ons kunt aanbevelen?' Satoshi lachte even en zei: 'Ze zijn ook allemaal hetzelfde.' Toen keek hij even naar Frank en voegde eraan toe: 'Jij hebt het niet makkelijk.' Waarmee hij bedoelde: 'Jij zit opgescheept met een armoedzaaier.' De dichtstbijgelegen peepshow lag op de zesde verdieping van het gebouw vlak voor onze neus.

'Kenji,' zei Frank, 'kom toch maar liever mee.'

Ik had hem naar de ingang van de zaak gebracht en voorgesteld dat ik buiten zou wachten, anders moest hij dubbel entree betalen, maar hij had zijn hoofd geschud en vijfduizend yen neergeteld. Omdat de show net begonnen was, moesten wij met zijn tweeën wachten op een sofaatje bij de receptie. Tijdens de voorstelling mocht je niet naar binnen, maar gelukkig duurde die maar tien minuten. Aan de muur hingen foto's van de ene keer dat de show op tv was geweest, laat op de avond, in een seksprogramma. De foto's waren aan de oude kant, de kleuren waren verschoten, de handtekening van de tv-presentator vervaagd. Frank keek naar een bord waarop in het Japans en het Engels stond: *Topklasse peepshow, bekend van de televisie!* Hij vroeg: 'En, Kenji, vindt je vriendin het goed dat je vandaag wat langer werkt?'

'Ja hoor, geen probleem.'

'Da's een meevallertje. Maar leg eens uit, hoe zit die zaak hier in mekaar?'

We konden de muziek van de voorstelling horen. Ik ken de titel van het lied niet, maar het was iets van Diana Ross. Ik legde uit wat er zou gebeuren. De meeste voorstellingen waren drie of vier songs lang. Er kwam een meisje te voorschijn dat haar kleren uittrok. Vrijwel meteen daarna verscheen een meisje aan je hok dat vroeg of je de 'speciale service' wou.

'Speciale service?' vroeg Frank.

'Je wordt met de hand bediend,' zei ik. 'Dat kost drieduizend yen extra.'
Mijn woorden hadden op Frank een onmiddellijk effect. 'Met de hand,' zuchtte hij, en staarde in de verte of in een ver verleden. Nooit had ik iemand met zoveel gevoel horen reageren op het bericht dat hij zou worden afgetrokken door een vrouwenhand.
'Als je het niet wilt, hoeft het niet,' zei ik. 'Je wilt straks nog seks, hè, misschien hoef je geen speciale service.'
'Da's het probleem niet,' zei Frank. 'Ik ben heel geil, moet je weten. Ik ben een echt seksbeest, om de waarheid te zeggen.'
'In dat geval hoef je maar ja te zeggen als er een meisje naar je toekomt.'
'Goed,' zei Frank. 'Ik zeg ja. Ik kijk er al naar uit.'
Als hij ernaar uitkeek, zag hij er wel verveeld uit. Nonchalant opende hij een weekblad dat bij onze bank lag. Op de eerste pagina van het kleurkatern stond een foto van Hideo Nomo in het uniform van de Los Angeles Dodgers. 'Nomo: nog geen contract voor een tweede jaar', stond er boven het artikel. Frank tikte met zijn wijsvinger tegen de foto en zei: 'Nou, honkbal schijnt echt populair te zijn in dit land.' Ik dacht dat hij een grapje maakte. Tussen alle Amerikanen die voor hun werk naar Japan komen, zit er niet één die Nomo niet kent. Geen kwestie van! Ze praten niet alleen over Nomo om bij het zakendoen het ijs te breken. Nee, het gaat veel verder. Nomo is in Amerika zonder meer de bekendste Japanner. En Frank dacht dat Nomo *in Japan* speelde! Bestond er een kans dat iemand die Toyota-onderdelen importeerde nooit van Nomo had gehoord?
'Die kerel is werper bij de Los Angeles Dodgers.'
Met enige verbazing bestudeerde Frank de foto.
'Je hebt gelijk. Hij draagt hun outfit.'
'Het is een beroemde werper. Vorig jaar heeft hij een keer

gezorgd voor *no-hit, no-run*.'
Het kon natuurlijk dat Frank niets van honkbal wist. Als dat het geval bleek, kon ik het nog net begrijpen. Maar deze mogelijkheid sloeg hijzelf meteen de kop in. '*No-hit, no-run*!' riep hij uit. 'Dat maakt bij mij wel wat wakker! Wij waren thuis met allemaal jongens, ik was de kleinste, maar we speelden allemaal honkbal. Wij woonden op het platteland, hè, niks dan maïsvelden, zo ver het oog reikt. Als we met elkaar speelden, was het altijd honkbal. Mijn vader was ook een fan, en ik weet het nog heel goed, in de zomer dat ik acht was, zorgde mijn op een na oudste broer een keer voor *no-hit, no-run*!'

Nog geen uur daarvoor had Frank beweerd dat hij twee zussen had. Ik hoorde hem nóg zeggen dat zijn zussen op feestjes populaire komieken nadeden. En nu vertelde hij dat hij alleen broers had, met wie hij honkbal speelde! Het gekke was dat hij niet eens hoefde te liegen. Het leek vreemd dat hij Nomo niet kende, maar om dat te verdoezelen hoefde hij toch niets uit zijn duim te zuigen? Hij zat niet in een vergaderzaal, maar in de wachtkamer van een peepshow! En ik was geen klant die hij moest imponeren, maar zijn gids door nachtelijk Tokyo. Als hij nou alleen had gezegd: 'Nomo? Nooit van gehoord,' had ik me er waarschijnlijk niet druk om gemaakt.

'Wij woonden op het platteland, waar niets te beleven viel, maar ze hadden er lekker bier. Als wij honkbal gespeeld hadden, dronken we altijd wat. Ik was nog klein, hoor, en toch moest ik meedrinken, want wie geen bier drinkt, is geen man, zo gaat dat op het Amerikaanse platteland. Overal maïsvelden, zo ver je maar kunt kijken, en een hemel zo blauw dat je er niet goed van wordt. 's Zomers is het snikheet, net of je een klap krijgt van de zon. Alleen al door in de zon te staan kan een zwakkeling eraan onderdoor gaan, maar weet je: als je honkbal speelt, betekent dat niets. Hoe gek het ook mag klinken, dan let je niet op de hitte. Zelfs als je werper er niets van terecht brengt en je de hele tijd op het veld moet blijven, kan de hitte je niets schelen.'

Bij het ophalen van deze herinneringen praatte Frank veel sneller dan voorheen. Ik deed mijn best om hem te volgen, maar werd door eigen herinneringen bestormd. Ook ik had als jongetje van veertien honkbal gespeeld. Wij hadden maar een zwakke ploeg, maar ik ben onze zomerse training en wedstrijden nooit vergeten. Frank had gelijk: zelfs als het zo heet was dat je nauwelijks overeind bleef, kostte het geen moeite om te spelen. Voor wie het kende, riepen de woorden 'zomer' en 'honkbal' meteen de geuren op van gras, aarde, geolied leer en kalk. Ik voelde een hevig verlangen naar dat verleden. Ik vergat helemaal dat Frank waarschijnlijk stond te liegen.

'Ik weet het,' zei ik, 'als je team een paar runs voor staat, vergeet je hoe heet het is. Je zweet niet eens. Pas als je even je ogen sluit, voelt het alsof je in een oven zit. Zo heet heb ik het op latere leeftijd nooit meer gehad. Geen enkele herinnering is mij dierbaarder dan het honkballen, in die lang vervlogen zomers.'

Opeens drong het tot mij door hoe ik stond te praten. Ik genoot van de herinneringen die ik ophaalde. Zelfs de voltooid tegenwoordige tijd en de vergelijkende trap kostten me geen moeite in het Engels.

'Zo Kenji, heb jij ook honkbal gespeeld?' vroeg Frank met weinig enthousiasme.

'En of.' Wat was ik blij dat ik op die manier kon antwoorden. Ondertussen schoot het door mij heen dat Frank misschien uit een ingewikkelde gezinssituatie kwam, zo eentje die wij Japanners moeilijk begrijpen. In tijdschriften lezen we dat er in Amerika zo veel echtscheidingen voorkomen, vijftig procent van alle huwelijken, maar we beseffen niet wat dat inhoudt. We denken: 'O, zo veel scheidingen?' en laten het daarbij. Tot dusver had ik een stuk of tweehonderd Amerikanen door het nachtleven geloodst. Als ik een paar avonden met hen was opgetrokken, en het ogenblik van afscheid kwam, waren ze meestal bezopen en haalden herinneringen op aan hun kinderjaren. Dit deden in elk geval de gasten die niet de seks hadden gekregen die zij wilden met een vrouw die ze leuk vonden, en dat wil zeggen: de meerderheid, want het is zo goed als onmogelijk om naar een ander land te reizen, in twee of drie dagen een vrouw te vinden die je bevalt, en haar te neuken. Waarschijnlijk was het om dezelfde reden dat mijn klanten, dronken en moe van het zwerven door nachtelijk Tokyo, gewoonlijk begonnen op te biechten hoe eenzaam ze waren. Ik heb mijn vader op mijn veertiende verloren en begrijp hun gevoel van verlies tot op zekere hoogte wel. Ze vertellen bijvoorbeeld: *Papa kwam nooit meer naar huis, en met Kerstmis dook er een man op die ik niet kende. Mama zei dat hij voortaan mijn vader zou zijn. Ik was nog maar zes en moest mij er wel bij neerleggen, maar het duurde lang voor ik het aanvaardde, wel twee of drie jaar, en na een poosje begon die nieuwe vent mij te slaan. We woonden toen in North-Carolina, waar het de gewoonte was om het gras tot in mei niet te maaien, maar die kerel was een verkoper van de westkust, hij kende onze gewoonten niet en liep zomaar over ons gazon, over het gras dat mijn vader had gezaaid, ik kon er niet tegen en waarschuwde hem, ik weet niet hoe vaak ik hem wel heb gewaarschuwd, maar hij bleef over ons gras lopen, toen slingerde ik hem een vreselijk scheldwoord toe, een woord dat ik net had geleerd, en hij sloeg me, en het heeft heel lang geduurd voor ik dát kon accepteren.* Als Amerikanen hun hart voor je openen, hebben ze veel moeite met het woordje 'accepteren'. Nooit hoor je ze beweren dat ze iets lijdzaam hebben ondergaan, zoals wij Japanners dat vaak doen. Bij elk gesprek met zo'n Amerikaan krijg ik het gevoel dat hij last heeft van een heel andere eenzaamheid dan ik, en ben ik blij dat ik Japanner ben. De eenzaamheid waarin je verkeert als je uit alle macht een situatie tracht te accepteren is iets heel anders dan de eenzaamheid die je voelt als je enkel iets *ondergaat*.

Ik denk niet dat ik de eenzaamheid van de Amerikanen kon verdragen. Ik was ervan overtuigd dat ook Frank zulke slechte ervaringen had gehad. Eerst zat hij in een gezin met alleen maar zussen, en daarna in eentje met enkel broers.
'Ik speelde honkbal op de middenschool,' zei ik. 'Ik was goed bevriend met de kortestop. Voor een tweede honkman had ik een goeie arm, en hij ook, en we oefenden vaak voor het dubbelspel, want dat betekende alles voor ons. Als onze ploeg aan de verliezende hand was maar er dubbelspel van kwam, staken we stiekem onze duim naar elkaar op.'

Ik wou Frank net vragen welke positie hij in de ploeg had gehad, toen de peepshow was afgelopen en er werd omgeroepen: 'Geachte klanten, wij danken u voor uw geduld, de cabines zijn nu vrij, neemt u plaats, neemt u plaats.'

'O, da's voor ons!' riep Frank. 'Kenji, kom!' En hij stond met een ruk op. Ik volgde hem en liep naar een van de deuren, maar van zijn houding begreep ik niets. Zat hij me daar vol vuur over honkbal te vertellen, en net als ik mijn verhaal wou doen, bleek hij ongeïnteresseerd. Net alsof hij snel op een ander onderwerp wou overstappen.

We werden naar twee cabines gebracht die een eindje van elkaar verwijderd waren. Voor iemand die zich een echt seksbeest noemde, stapte Frank met erg weinig enthousiasme naar binnen. Niet dat hij nerveus leek. Hij keek alleen verveeld, beleefde er geen lol aan. Ik stapte mijn cabine in, waar alleen een krukje stond, en een doos met papieren zakdoekjes. Als ik last had gehad van claustrofobie, zou ik het er niet lang hebben uitgehouden. 'Brr, wat een rare kwast,' mompelde ik tegen mezelf.

De voorstelling begon meteen. Het podium was halvemaanvormig en maar een paar meter in doorsnee. De cabines werden door eenrichtingsruiten van het podium gescheiden. De danseres kon niet in de cabines kijken, maar aan lampjes tegen de muur kon ze zien welke cabines bezet waren. De muziek begon en de meest waardeloze lichtjes die je je kunt voorstellen begonnen te flikkeren. Rechts van het podium ging een deurtje open en een klein, mager meisje kwam te voorschijn. De muziek was van Michael Jackson. Het meisje droeg een negligé. Er werd aan mijn deur geklopt en een meisje vroeg: 'Meneer, wilt u de speciale service?' Toen bekeek ze mij goed en zei: 'Asjemenou! Wat doe jij hier, Kenji?' Ongeveer een half jaar geleden had ze in een showpub in Roppongi gewerkt. Ik wist nog dat ze Asami heette. 'Asami?' vroeg ik. 'Hier heet ik Madoka,' giechelde ze. 'Ik wou je iets vragen,' zei ik. 'Drie hokjes verderop zit een *gaijin*. Ik denk dat hij de speciale service wil.' Zodra ik het woord *gaijin* uitsprak, fronste Asami, of Madoka, haar wenkbrauwen. Buitenlanders waren in de seksindustrie nooit minder populair geweest.

'Begrijp me niet verkeerd, ik vraag niet of je hem een "extra behandeling" geeft, ik wil alleen weten hoe overvloedig hij klaarkomt.'

'Hoe kom je erbij? Is het soms een wedstrijd?'

'Nee, ik wil het alleen weten. Ik neem je wel eens mee uit eten.'

'Goed,' zei ze en deed mijn deurtje dicht.

Ik had haar een aantal keren besteld als hostess in een showpub in Roppongi, en meisjes in de seksindustrie onthouden zoiets. In de krant had gestaan dat het vermoorde schoolmeisje was verkracht. Als Frank hier de vorige dag voor verantwoordelijk was geweest, zou de 'speciale service' bij hem niet veel sperma opleveren, dacht ik. Misschien was het stompzinnig om te veronderstellen dat er een verband bestond tussen Frank en het vermoorde meisje. Iemand als Jun zou waarschijnlijk zeggen dat ik te veel piekerde. Zelf was ik ook niet zeker dat Frank een misdadiger was, maar na twee jaar te hebben gewerkt in

Tokyo's rosse buurten, had ik een speciale intuïtie ontwikkeld voor gevaar, die mij vertelde dat ik Frank niet kon vertrouwen. Liegen kan iedereen. Maar wie blijft liegen, en voor wie liegen een tweede natuur wordt, die beseft nauwelijks wat hij doet. In extreme gevallen vergeet hij dat hij liegt. Ik ken zo een aantal mensen, en vermijd ze zo veel mogelijk. Het zijn de grootste lastposten die je je kunt indenken, en gevaarlijk bovendien.

Op het podium opende het kleine, magere meisje haar negligé en wiegde met haar heupen. Het was geen professionele danseres, gewoon een meisje uit het seksmilieu. Haar bewegingen hadden niets verleidelijks maar maakten eerder een komische indruk. Ze hadden ook wel iets triests. Op een plek als deze verwachtte niemand een overtuigende striptease. Het meisje deed wat er werd verwacht: ze drukte zich een halve minuut tegen iedere spiegel, trok haar beha naar beneden, masseerde haar borsten, stak een vinger in haar broekje enzovoorts. Ze droeg weinig make-up en zag erg bleek. Je kon de blauwe adertjes in haar gezicht en op haar benen zien. Ik dacht net dat het toch wreed was dat de goedkope belichting zo veel aandacht vestigde op haar aders, toen Madoka mijn deurtje opentrok en haar hoofd naar binnen stak.

'En?' vroeg ik haar zachtjes. In mijn kleine hokje hing plots een sterke parfumgeur. Madoka droeg een negligé met veel franje en een plastic kom vol condooms en natte washandjes. Ze zag er verdorie uit alsof ze op zoek ging naar de blauwe vogel van het geluk.

'Je bedoelde toch die gaijin in cabine 5?'

'Ik weet niet welk nummer erop stond, maar hier zijn toch geen andere buitenlanders?'

In de cabines was het donker. Doordat het licht achter haar rug scheen, kon ik Madoka's gezicht moeilijk zien, maar het leek alsof ze niet goed wist wat ze moest zeggen.

'Wou hij geen speciale service?'

Madoka schudde haar hoofd.

'Jawel, maar...'

'Is er iets gebeurd?'

'Nou, na een poosje hield hij mij tegen.'

'Is hij dan niet klaargekomen?'

'Dat bedoel ik nou ook weer niet.'

'Heeft hij een grote joekel?'

'Heel gewoon, denk ik, maar weet je wat zo vreemd was, ik heb nog nooit iemand zo'n gezicht zien trekken als je hem aftrekt, en wat zijn piemel betreft, hoe zal ik het zeggen, die was nogal eng...'

'Eng.'

'Ja, op sommige plaatsen hard, op andere zacht.'

'Met siliconeninjecties?'

'Nou nee, siliconen of parels zou ik wel herkennen, dat was het niet, maar zijn gezicht hè, eerst was het te donker om iets te zien, maar toen werd het belicht en merkte ik dat hij naar me keek... Zeg, mag ik nou gaan? Als ik met de klanten praat, krijg ik op mijn donder.'

'Ga maar,' zei ik, 'sorry dat ik je zulke gekke dingen vraag.'

'Geeft niet hoor,' zei Madoka, en deed mijn deurtje weer dicht. Ik had het gevoel dat ze niet méér wou vertellen over Frank. Het meisje op het podium had haar beha ondertussen uitgetrokken en lag te masturberen, met haar broekje om haar enkel. Ze lag achterover op de vloer, met haar benen wijd open en haar ogen dicht, en kreunde zachtjes. Of het nou helemaal gespeeld was, of ze misschien toch iets voelde, of ze van het soort was dat het opwindend vindt om door anderen te worden bekeken, dat wist alleen zijzelf. Ik had het je niet kunnen vertellen. Maar meisjes die seksueel opgewonden raken, trekken ongeveer hetzelfde gezicht en kreunen ongeveer zoals zij. Ook onder mannen kan er niet zo veel afwisseling bestaan. Madoka moest honderden, nee duizenden, mannengezichten in dezelfde staat hebben gezien. Wat voor gezicht had Frank wel getrokken toen Madoka hem bediende?

Toen we uit de peepshow kwamen, zei Frank haast niets, en ik voelde er weinig voor om met hem te praten. We liepen gewoon verder om het neon en het geblaat van de klantenlokkers achter ons te laten. Opeens, aan de rand van de buurt vol lovehotels, stonden we bij een *batting center*. Het was al na één uur 's ochtends, maar uit het batting center, dat met groene netten en een roestige omheining was omgeven, weerklonk het metalen geluid van honkbalknuppels die een bal raakten. Frank bleef even staan en keek verwonderd naar de omheining. Zo te horen hebben ze in Amerikaanse steden geen omheinde batting centers, en ook geen oefenclubs voor golfers. Vroeger dacht ik dat je die terreinen overal ter wereld aantrof. Ik dacht trouwens hetzelfde over de alcohol- en sigarettenautomaten in onze straten. Ik geloofde waarschijnlijk niet dat je zulke automaten in ieder land vond, maar ik twijfelde er niet aan dat je ze aantrof buiten Japan. Klanten die een beetje nieuwsgierig zijn, stellen mij daar altijd vragen over. Zeg, Kenji, waar hebben jullie die massa's drankautomaten voor nodig? In elke straat ligt er toch ook een supermarkt, die vierentwintig uur per dag open is. Je kunt toch goed zonder automaten? En als je die automaten bekijkt, waar zijn al die verschillende merken koffie, juice en sportdrank voor nodig? Hoe maken de fabrikanten ooit winst, als er zo veel drankjes op de markt zijn? Ik weet nog steeds niet wat ik moet antwoorden. In het begin begreep ik niet eens waarom de Amerikanen met die vragen zaten. Maar in buitenlandse ogen is er veel abnormaals aan Japan, en voor het meeste weet ik geen verklaring. Als Japan een van de rijkste landen ter wereld is, waarom werken de mensen dan tot ze erbij neervallen? Van meisjes uit arme Aziatische landen begrijp ik het nog wel, maar waarom moeten schoolmeisjes uit het rijke Japan zich prostitueren? Over heel de wereld werken de mensen voor het welzijn van hun gezin, maar waarom klaagt niemand in Japan over firma's die hun werknemers (de zogenoemde *tanshin-funin*) verplichten om in verre steden of landen te wonen, ver van vrouw en kinderen? Op zulke vragen weet ik geen antwoord, en dat ligt niet aan mijn domheid. Niemand schrijft erover in kranten of weekbladen, niemand praat erover op tv. Geen levende ziel kan uitleggen waarom de Japanners zich doodwerken, en waarom zij opgescheept zitten met het *tanshin-funin*-systeem, dat de rest van de wereld zo abnormaal vindt.

Frank kon zijn ogen maar niet van het batting center losmaken. Ik kreeg de indruk dat hij zelf wel eens aan de slag wou. 'Wil je het proberen?' vroeg ik. Verstoord keek hij op en knikte, zonder enthousiasme.

Op de benedenverdieping lag een speelhal. We namen een ijzeren trap naar boven waar een surrealistisch open ruimte verlicht werd door tl-buizen. Halverwege de metalen omheining hing een bord waarop stond: GEVAAR! NIET-SPELERS WORDEN NIET TOEGELATEN IN DE OEFENKOOIEN! Alles bij elkaar waren er zeven kooien, elk met zijn eigen oefensnelheid. De meest rechtse kooi bood de hoogste snelheid: 135 kilometer per uur. De meest rechtse kooi aan het linkeruiteinde was het langzaamst: 80 per uur. Twee klanten gingen de strijd tegen de machines aan: een jonge kerel in trainingspak, die geen woord zei, en een dronken vent die aangemoedigd werd door een vrouw buiten de afrastering. Telkens als er een bal op deze vent afkwam, schreeuwde de vrouw: 'Dát wordt een homerun!' De kerel was straalbezopen, stond te wankelen op zijn benen en miste de bal voortdurend, maar de vrouw bleef hem aanmoedigen: 'Laat je niet kisten! Laat je niet kisten!' Wie of wat zijn tegenstander was, had ik niet kunnen vertellen. De vrouw stond te schreeuwen op een betonnen platform dat veel weg had van een perron op een plattelandsstationnetje. Het had een dak, maar geen muren die de wind tegenhielden. Een slapende toezichthouder hing achterovergezakt op zijn stoel, in een hutje dat veel weg had van een tolhuisje langs de snelweg. Naast de toezichthouder stond een oliekacheltje waarin oranje vlammen flakkerden, met daarop een waterketel. In het hutje moest het wel warm zijn, want de opzichter zat daar in T-shirt. Een zwerver lag met zijn rug tegen de achterkant van het schuurtje, op een afgeplatte kartonnen doos. Hij dronk iets alcoholisch uit een bakje voor kant-en-klaarnoedels, en bladerde in een tijdschrift.

'In Amerika hebben we zoiets niet,' zei Frank.

In dit land zijn zulke plaatsen ook zeldzaam, dacht ik. Waar de werpmachines bij elkaar stonden, was het donker, maar er flikkerden groene lampjes aan de uiteinden van de bewegende werparmen. Uit primitieve luidsprekers weerklonk een song van Yuki Uchida, en te midden van het lawaai hoorde je nu en dan het geraas van de lopende band die de gevallen ballen verzamelde en wegvoerde, en het knerpen van de springveren die zich telkens weer samentrokken. De kerel in trainingspak was doornat van het zweet en speelde erg goed. Natuurlijk, hoeveel ballen hij ook raakte, ze vlogen maar twintig meter ver, tot in het net. Hoog tegen het net hing een ovaal spandoek waar 'homerun' op stond, maar het doek was gescheurd en de *m* ontbrak.

'Wil jij ook?' vroeg ik aan Frank.

'Nou nee, ik ben moe. Ik denk dat ik even ga zitten. Speel jij maar, Kenji, dan zal ik wel kijken. Da's genoeg, vind je niet?'

Frank nam een klapstoeltje dat tegen het hutje van de toezichthouder stond en ging zitten. De zwerver keek hem aan, en Frank vroeg de zwerver in het Engels of iemand het stoeltje nodig had. De man zei niets maar nam nog een slok van zijn wodka, *shochu* of wat het ook was. Sterke drank, daar twijfelde ik niet aan, dat kon ik ruiken, om nog maar te zwijgen van de stank van de man zelf.

'Woont die kerel hier?' vroeg Frank terwijl hij ging zitten, en bekeek de zwerver aandachtig.
'Vast en zeker niet.' Omdat het zo koud was, wilde ik best wel spelen, maar ik vond het wat gênant Frank te laten betalen. Ik vind honkbal best leuk, en het was maar driehonderd yen voor een spelletje, wat ik me best kon veroorloven, maar het was niet *mijn* idee geweest om hierheen te gaan. Ik geef toe dat ik weinig zin had om voortdurend door de stad te zwerven, maar ik had Frank dat batting center alleen maar laten zien omdat hij in de wachtkamer van de peepshow had verteld dat hij honkbal had gespeeld. Het hoorde allemaal bij mijn werk. Zelfs de driehonderd yen van de purikura had Frank mij nog niet terugbetaald. Driehonderd yen is niet veel, maar ik had aan het begin gezegd dat alle onkosten voor rekening van de klant waren. Als ik Frank behandelde als een maat van me, kreeg ik moeilijkheden. Toch kwam ik er maar niet toe om hem geld te vragen. Misschien omdat ik me moe voelde. Echt raar, hoe moe ik was.

'Is dat nou een zwerver?'

'Dat klopt.'

Ik voelde er niets voor om op zo'n koude plek te gaan kletsen. Ik wist dat ik kou zou vatten. Achter ons lag een parkeerplaats, en door de afrastering van het batting center zag je het neon van alle lovehotels. Franks neus zag rood van de kou, maar hij zat onderuitgezakt in zijn stoel en leek niet van plan veel te bewegen. Hij bleef maar kijken naar de zwerver, die geregeld slokjes nam van zijn sterke drank.

'Waarom jaagt niemand die vent weg?'

'Te veel gedoe.'

'Op het station en in het park zaten ook zo veel zwervers. Ik wist niet dat je er zo veel had, in Japan. Zijn hier ook bendes die zulke kerels te lijf gaan?'

Ik zei: 'Die zijn er zeker wel,' en dacht: heeft die idioot geen idee hoe koud het is?
'Dat zou ik ook denken, dat die er waren! En jij, Kenji, wat vind jij van zulke bendes?'
'Er is niet veel aan te doen, want die zwervers stinken zo. Je kunt moeilijk verwachten dat de mensen ze knuffelen.'
'O ja, ze stinken! Stank bepaalt voor een groot deel van wie we houden, en wie we verafschuwen. Sommige bendes in New York vallen alleen zwervers aan. Voor het geld hoeven ze het niet te doen, maar ze genieten van het geweld. Zo'n ouwe zwerver een voor een de tanden uittrekken, met een tang, of hem seksueel vernederen...'
Waarom had Frank het over zulke dingen, op dit late uur en op een plek als deze? Ondertussen had de vent van 'Laat je niet kisten!' zich suf geslagen. Hij wankelde, en zijn vrouw sleepte hem zo goed en zo kwaad als het ging naar huis. De kerel in trainingspak sloeg nog altijd raak. Op het platform, in de wind, was het zo koud dat het leek alsof ik geen broek of sokken aan had. Mijn voeten waren bevroren. Achter de meeste ramen in de lovehotels brandde licht. Ik staarde naar de zwakke, goedkope lampjes en het schoot mij te binnen wat Madoka in het hokje van de peepshow had gezegd. 'Nog nooit heb ik iemand zo'n gezicht zien trekken als je hem aftrekt.' Nu ik eraan dacht, ik had niet eens gevraagd of Frank wel was klaargekomen, maar het kon mij nog maar weinig schelen. Wat voor een gezicht had hij toch getrokken?
'Over zulke dingen praat je niet graag, hè?' zei Frank, die de zwerver nog steeds in het oog hield. Ik knikte, en dacht: als je dat weet, hou er dan ook over op.
'Waarom niet? Waarom heb je een hekel aan verhalen over jongelui die stinkende ouwe mannen te lijf gaan? Misschien omdat je je wel kunt voorstellen hoe dat gaat? Maar waarom vind je het een onprettig beeld? Waarom glimlacht iedereen altijd

meteen als hij een baby ziet die naar melk geurt? Waarom verafschuwen ze over heel de wereld dezelfde geuren? Wie heeft vastgelegd wat "kwalijke geuren" zijn? Vind je nou nergens iemand die wel eens een zwerver wil knuffelen, en de aandrang voelt om een baby'tje te vermoorden? Weet je, Kenji, ik denk dat zulke mensen toch bestaan.'

Franks woorden maakten me echt misselijk. 'Ik ga even spelen,' zei ik en begaf me binnen de omheining.

Ik betrad een van de oefenkooien. Het beton was wit geverfd, wat in het licht van de tl-buizen een blauwe glans gaf. Achter het net flonkerden het neon en de verlichte raampjes van de lovehotels. Ik rekte me uit en vroeg me af: wie zou een troostelozer uitzicht kunnen bedenken? Van de drie bats die gereedstonden, koos ik de lichtste en stak drie munten in de gleuf. Een lampje floepte aan op de werpmachine die honderd kilometer per uur deed, er klonk het gebrom van een motor die aansloeg, en meteen vloog uit het lange, smalle duister een bal op mij toe. Zelfs honderd kilometer per uur is erg snel. Ik was bij lange niet klaar om uit te halen en miste mijn eerste bal volkomen.

Ook daarna kwam ik moeizaam op gang. Achter mijn rug zat Frank mij aan te gapen. Toen stond hij op, kwam mijn richting uit, klampte zich aan de omheining vast en vroeg: 'Wat heb je toch, Kenji, je slaat de hele tijd mis!' Ik weet niet waarom, maar dat joeg me op stang. Van een lul als Frank nam ik zoiets niet.

'Kijk eens naar die andere knaap, Kenji!'

Frank wenkte met zijn ogen naar de man in trainingspak, twee kooien verderop.

'Die is geweldig,' zei hij. 'Met wat een kracht en snelheid slaat hij de ballen terug!'

De man in het trainingspak miste haast geen bal, al kwamen ze op hem af met honderdtwintig kilometer per uur. Hij sloeg ze keurig naar het middenveld. Zoals hij met zijn bat zwaaide, dat was niet meer normaal! Hij moest wel een prof zijn, eentje die werd betaald om in een ochtendcompetitie te spelen. Ik had gehoord dat zulke kerels in deze buurt woonden. Ze hadden in school- of bedrijfsploegen gespeeld maar waren in de problemen geraakt door vrouwen, drugs of gokken. Toen werden ze betaalde geheime krachten in het amateurhonkbal, omdat ze geen andere manier kenden om geld te verdienen. Zij werden betaald op basis van hun prestaties (tweeduizend yen per homerun, vijfhonderd yen per gelukte slag enzovoorts) en moesten dus veel oefenen.

'Ik kijk al de hele tijd naar je, Kenji, en je hebt niet één bal geraakt, al gaat jouw machine veel langzamer, en krijg je veel minder snelle ballen dan hij.'

'Weet ik,' zei ik een tikje te hard, waarna ik weer geweldig uithaalde en er helemaal naast sloeg. Frank schudde zijn hoofd en kreunde: 'O mijn God, wat was dát? Zo'n langzame bal!'

Dat was de laatste druppel. Ik beet op mijn tanden en stapte een eindje achteruit om te oefenen. Frank mopperde dat er een vloek op me rustte, dat ik verlaten was door de goden en zo, tot ik schreeuwde: 'Wees toch eens stil! Met dat gezeur achter mijn rug kan ik me niet concentreren!'

Frank zuchtte diep en schudde opnieuw het hoofd.

'Kenji, ken jij die beroemde anekdote over Jack Nicklaus? Tijdens een belangrijk kampioenschap moest Jack een bepaalde *putt* scoren, en hij concentreerde zich zo, hij merkte niet eens dat zijn hoed van zijn hoofd waaide. Dat noem ik nou concentratie!'

'Nooit van Nicklaus gehoord,' bromde ik. 'Doe me een lol en wees stil. Als jij je bek houdt, raak ik dat homerun-teken.'

'Hmpf,' snoof Frank en knikte, met een uitdrukkingsloos gezicht. 'Zullen we eens *wedden?*'

De klank van zijn woorden beviel mij niet. Misschien probeert hij dit altijd, dacht ik, en staarde naar zijn wezenloze smoel. Misschien is Frank zo'n gemene lul die netjes uitkient hoe hij je gaat pesten, en die ten slotte voor de dag komt met: 'Hmpf – zullen we eens wedden?' Maar het was te laat. Voor ik het wist, had ik geantwoord: 'Goed.' Dat koele, heldere oordeelsvermogen waar ik zo trots op ben en dat zo zeldzaam is voor een jongen van voor in de twintig, wel, dat werd beneveld door de woede die Franks slappe, wezenloze smoel veroorzaakte.

'Goed, Kenji,' zei hij. 'We spreken het volgende af: je krijgt twintig ballen, en als je een van die twintig tegen "homerun" mept, betaal ik vanavond dubbel tarief. Maar als het geen enkele keer raak is, win ik en betaal ik je niets.'

Ik had bijna gezegd: 'Oké, dat doen we,' maar hield me nog net in.

'Frank, dat is niet eerlijk.'

'Hoezo?'

'Als jij wint, verlies ik mijn inkomen en heb ik de hele dag voor niets gewerkt. Als ik win, betaal jij alleen maar dubbel. Da's oneerlijk.'

'Wat wil je dan?'

'Als jij wint, betaal je de helft van mijn tarief. Als ik win, betaal je dubbel. Da's redelijk, niet?'

'Oké, als jij wint, betaal ik je basistarief van twintigduizend yen, en nog eens twintigduizend yen voor de twee uur extra, dat maakt veertigduizend yen maal twee, dus tachtigduizend in totaal?'

Klopt, zei ik, al keek ik ervan op dat hij mijn tarieven zo goed had onthouden. In dit opzicht blijkt hij een gewone Amerikaan, dacht ik. Amerikanen vergeten nooit ofte nimmer de overeenkomst die ze met je sluiten; het maakt niet uit hoeveel ze zuipen of door hoeveel naakte wijven ze in vervoering zijn geraakt.

'Dat noem ik pas onfair! Als jij wint, strijk je veertigduizend yen op. Als ik win, maar twintigduizend.'

Hij keek recht in mijn ogen en voegde eraan toe: 'Wat vrekkig van je!'

Ik weet niet of dit als uitdaging was bedoeld. Maar het miste zijn uitwerking niet.

'Goed,' zei ik. 'We houden ons aan je oorspronkelijke voorwaarden.'

Frank vertrok zijn lippen tot een lelijke grijns.

'Kenji,' zei hij, 'dit spelletje betaal ik.' Uit zijn binnenzak nam hij een beursje met muntstukken. Met zijn vingers met onverzorgde nagels haalde hij er drie munten van honderd yen uit. Ik nam ze aan en dacht, als hij toch kleingeld heeft, waarom betaalt hij die purikura dan niet?

'Hoeveel ballen voor driehonderd yen?'

'Dertig.'

'De eerste tien mag je gebruiken om te oefenen. De weddenschap gaat in vanaf nummer elf.'

Ik was ervan overtuigd dat Frank alles op deze manier had gepland. Ik kon wel zien hoe uitgekookt hij was. Hij had ongetwijfeld gemerkt dat de semi-prof in zijn trainingspak alle ballen keurig naar het middenveld sloeg en toch nooit het homerun-teken raakte. Toen ik voor het eerst van Shizuoka naar Tokyo kwam, ben ik een maand of vier naar school gegaan. Ondertussen werkte ik in deeltijd voor een bestelfirma. Een paar treinhaltes van het flatje waar ik woonde, aan de oever van de Tama, lag een batting center. Bij lekker weer ging ik er vaak spelen. Ze hadden er ook zo'n homerun-teken. Iedereen die het raakte kreeg een prijs. Als ik het me goed herinner, kon je kiezen uit biercoupons of een teddybeer. Op zekere dag heb ik daar wel honderd ballen geraakt, zonder er eentje tegen het plakkaat te meppen. Bovendien heb ik maar één keer gezien dat iemand anders het raakte. Het net hing een stuk of twintig meter van de slagmanzone, op vijftien meter hoogte. Het was ovaal, niet groter dan één tatami-mat. Onmogelijk te raken met een strakke bal. Die teddybeer is ten slotte gewonnen door een huisvrouw die haar bal puur uit mazzel reuzehoog sloeg.

Het werptoestel kwam in beweging, en voor ik het wist waren mijn tien oefenballen voorbij. Ik probeerde mijn schouders te ontspannen en de ballen voluit te raken met mijn bat. 'Als je je schouders spant, lukt het niet, hoor,' zei mijn vader toen hij me leerde spelen. Ik was zeven of acht. Vader ontwierp machines voor openbare werken en werd vaak naar het buitenland gestuurd, vooral naar Zuidoost-Azië. Zijn gezondheid was niet zo best, maar hij was dol op sport. Toen hij voor mij mijn eerste honkbalhandschoen kocht en ik mocht vangen, zei hij: 'Hou de bal in de gaten.' Vandaag was mijn eerste officiële bal raak en vloog recht naar het midden van het net. Ik hoorde Frank al 'Ho!' roepen, maar de bal kwam twee meter onder het plakkaat terecht. De tweede bal was ook raak, maar vloog nog lager en belandde op de kooi die de werpmachines beschermde. Ik kon het niet helpen, iedere keer dat ik fluisterde: 'Hou de bal in de gaten,' dacht ik aan mijn pa. Veel herinneringen dat ik met hem heb gespeeld zijn er niet. Hij was altijd al weinig thuis, en toen hij werd ingeschakeld om een brug te helpen bouwen in Maleisië, bracht hij daar het grootste gedeelte van zijn tijd door. Toch droom ik geregeld dat hij mij een bal toewerpt.

Ik sloeg mijn derde bal op volle kracht terug, maar ver van het homerun-plakkaat. De vierde en vijfde scheerden over de grond. Na de tiende was ik een en al concentratie. Ik vergat Frank en werd bestormd door gedachten aan mijn vader. Mijn moeder schijnt hem lichtzinnig te hebben gevonden, een ware losbol, maar als kind trek je je van zulke dingen niets aan. 'Er zijn twee dingen waar ik spijt van heb,' zei mijn vader voor hij aan longkanker stierf. 'Het eerste is dat ik die brug nooit af zal zien, het tweede dat ik Kenji niet heb leren zwemmen.' Kennelijk wist hij bij mijn geboorte al dat hij het te druk zou hebben om veel met me te spelen, en had hij zich voorgenomen mij op zijn minst bij te brengen hoe je honkbal speelt en zwemt. Vaak denk ik dat mijn verlangen in Amerika te gaan wonen met mijn vader te maken heeft. Soms kwam hij een poosje naar huis. Als hij dan weer naar Maleisië vertrok, keek hij echt blij. 'Dat komt omdat hij daar een sloerie heeft,' zei mijn moeder, maar ik denk dat er meer achter zat. Best mogelijk dat hij een 'sloerie' had en van zijn werk hield, maar er was ook iets aan Maleisië zélf dat hij opwindend vond. Natuurlijk was ik triest als hij vertrok, maar zoals hij, met zijn koffertje in de hand, 'dáág' riep, hield ik veel van hem. Ik heb altijd gedacht dat ik ook ergens heen zou willen reizen, op precies dezelfde manier 'dáág' roepend.

Bij de veertiende worp draaide ik op mijn hiel en mepte de bal triomfantelijk recht omhoog, Frank krijste 'Nee!', ik schreeuwde 'Ja!', maar de bal belandde weer in het net, een meter onder het plakkaat. Dat was mijn beste slag. Als ik niet uitkijk, verlies ik mijn hele loon, dacht ik, en in mijn paniek sloeg ik enkele waardeloze grondballen. Bij de zeventiende sloeg ik er opnieuw naast en hoorde dat Frank zijn lach smoorde. Hierdoor verloor ik helemaal mijn kalmte. De laatste drie ballen kreeg ik niet eens weggemept.

'Wat jammer,' zei Frank. 'Een paar keer dacht ik dat het afgelopen was met me.' Hij trok een gezicht alsof hij met me te doen had. Hier moest iets gebeuren. De gedachte dat ik één avond gratis zou werken, voor zo'n lul, was onuitstaanbaar. Ik stapte uit mijn kooi, trok mijn jas weer aan en overhandigde mijn bat aan Frank.

'Nu ben jij aan de beurt,' zei ik.

Frank nam de bat niet eens aan. Hij deed of hij me niet begreep en vroeg: 'Wat bedoel je?'

'Nu ben jij aan slag. Tegen dezelfde voorwaarden.'

'Wacht. Daar heeft niemand iets over gezegd.'

'Maar jij hebt toch ook honkbal gespeeld? Ik heb geslagen. Nu is het jouw beurt.'

'Ik zei daarnet al dat ik moe was. Ik heb de energie niet om een bat te hanteren.'
'Dat liegje.'
Bij die woorden onderging Franks gezicht de vertrouwde verandering. Op zijn wangen werden blauwe en rode adertjes zichtbaar. Uit zijn ogen verdween alle licht. De uiteinden van zijn ogen, neus en lippen begonnen te trillen. Voor het eerst zag ik die gelaatsuitdrukking vlak voor me, zó dichtbij dat ik Franks adem voelde. Hij keek alsof hij vreselijk boos was, of vreselijk bang.
'Waar heb je het over?' vroeg hij en staarde me aan met die levenloze ogen. 'Ik weet niet eens wat je zegt. Noem je me een leugenaar? Hoe kom je erbij? Wanneer, waarom heb ik tegen je gelogen?'
Ik wendde mijn gezicht af. Ik wou hem niet meer aankijken. Hij probeerde er bedroefd uit te zien, en het was een lelijk gezicht. Alleen al door ernaar te kijken, en door in Franks gezelschap te verkeren, voelde ik mij ellendig.
'Toen je klein was, heb je toch ook honkbal gespeeld. Dat heb je verteld toen we zaten te wachten op de peepshow. Je zei dat jij en je broers nooit iets anders deden, dat jullie altijd honkbal speelden.'
'Ik denk dat ik zoiets gezegd heb, maar waarom ben ik een leugenaar?'
'Voor wie op zo'n manier kind is geweest, is honkbal iets heiligs, vind je niet?'
'Wat bedoel je?'
'Het is heilig. Iets belangrijkers bestaat niet.'
'O, Kenji, nou snap ik wat je wilt zeggen. Als ik bij de peepshow de waarheid sprak, is het nu mijn beurt om te spelen?'
'Precies. Als jongen sloegen we ook altijd om de beurt.'
'Goed dan,' zei Frank en nam de bat van me aan. 'En we wedden weer?' Hij stapte de kooi in. De man in trainingspak

was net aan het vertrekken. Behalve de zwerver en de slapende toezichthouder was er niemand te zien, op heel dit vreemde betonnen platform tussen de lovehotels, behalve Frank en ik.

'Als jij dat plakkaat raakt, Frank, geniet je morgen weer gratis van mijn diensten. Als je het niet raakt, betaal je beide avonden het volle pond.'

Frank knikte, maar voor hij de muntstukken in de gleuf stak, aarzelde hij even. 'Kenji,' zei hij, 'ik begrijp niet helemaal hoe het zo ver heeft kunnen komen.'

Het duurde even voor het tot mij doordrong waarover hij het had.

'Ik speel nu niet omdat jij in een slechte bui bent. Ik zou alleen willen dat wij goed met elkaar konden opschieten. Begrijp je dat wel?'

'Dat begrijp ik.'

'En weet je, daarnet wou ik je niet op stang jagen, met die weddenschap, omdat ik hoopte dat ik niets zou hoeven te betalen. Zo ben ik niet. Het was maar een spelletje. Ik wou je wat plagen, net als een kwajongen, over geld ging het helemáál niet, geld heb ik genoeg, misschien zie ik er niet erg rijk uit, maar dat betekent niet dat ik geen geld heb. Wil je eens in mijn portefeuille kijken?'

Voor ik kon antwoorden had hij een portefeuille uit zijn binnenzak gehaald. Het was een andere dan de portefeuille waarmee hij in de lingeriepub had betaald, een verweerd exemplaar van zwart leer. Er zat een dik pak biljetten in van tienduizend yen, en een ander pak met biljetten van honderd dollar. 'Zie je wel,' zei Frank met een glimlach. Ik vroeg me af wat ik wel moest zien. Franks *andere* portefeuille was van namaak-slangenleer. Echte rijkaards droegen nooit stapels bankbiljetten. Zo te zien had Frank niet één creditcard.

'Hier heb ik vierduizend dollar en tweehonderdtachtigduizend yen. Geld genoeg, zie je wel?'

Ik knikte ja en Frank deed zijn best om een vrolijk gezicht te trekken. Hij verwrong zijn wangen op een rare manier en bleef zo kijken tot ik teruglachte. Het gaf me kippenvel.
'Goed dan. Daar gaan we.'
Frank nam drie muntstukken en stopte ze in de gleuf. Toen nam hij niet plaats op het matje van namaakgras voor de slagman, maar op de thuisplaat, op het beton. Ik snapte niet waarom hij dáár ging staan, want hij zou er geraakt worden door de ballen die om zijn oren suisden. Het groene lampje floepte aan. De werpmachine schoot in actie. Frank draaide zich recht naar de machine toe en zakte ietwat door de knieën, met de knuppel voor zijn borst. Ook de manier waarop hij die knuppel vasthield was al helemaal fout, met de rechterhand onder de linker. Ik dacht dat hij een grapje maakte, dat hij een plechtige groet bracht voor hij ging slaan. Ik hoorde hoe de veer uiteengetrokken werd en zich toen plots spande. De bal kwam aanvliegen, maar Frank verroerde geen vin. Een bal zoefde vlak langs zijn oor met honderd kilometer per uur. Pas toen die bal de mat achter zijn rug raakte, zwaaide hij uit alle macht met zijn bat. Hij slaakte een wilde kreet en liet de bat met volle kracht neerkomen, alsof hij op de bodem moest inhakken. Ook al doordat hij de metalen bat fout vasthield, glipte het ding uit zijn handen en stuitte omhoog op het beton, met de klank van een schrille bel. Daar kwam de volgende bal. Ditmaal keerde Frank zich naar de bal met zijn zijkant, maar hij bleef op de thuisplaat. Ik stond aan de grond genageld. Een Amerikaan van middelbare leeftijd hurkte neer, *zonder bat*, in een positie waar de honkballen recht op hem af vlogen. Een zo alledaags iets als de slagmanzone kreeg opeens een nieuwe betekenis. Franks houding had niets te maken met honkbal of met welke sport dan ook. Hij zat daar gehurkt, met zijn gezicht naar beneden en zijn beide handen in dezelfde positie als toen zijn bat wegsprong. Het leek alsof hij in die houding bevroor. Ik schreeuw-

de: 'Hee, Frank,' maar zijn rug werd al geraakt door een bal. Hij bewoog niet, maar keek naar de betonnen vloer, waaraan de neonverlichting een blauwwitte glans gaf. Door de ijzeren omheining woei een windvlaag, en een reclameblaadje vloog door de lucht. Uit de luidsprekers weerklonk een oeroude hit. Frank knipperde niet eens met zijn ogen. Hij kon evengoed dood zijn. Ik verloor ieder besef van de werkelijkheid, het was alsof ik in een nachtmerrie was beland. Je hoorde alleen het gesuis van de ballen, die een voor een aan Frank voorbijschoten en op de groene mat belandden. Het doffe, regelmatige geluid klonk als het tikken van de tijd in een andere wereld: wonderlijk komisch en tegelijk reëel. De zesde bal raakte Franks achterste en toch bewoog hij niet, behalve dat hij zijn handen voor zijn gezicht hield en naar de bal tuurde. Het was een houding die getuigde van droefheid en overgave, alsof Frank schuld had bekend en zijn straf in ontvangst nam. Ik voelde me warempel alsof *ik* hem koeioneerde. Laten we hier gauw een eind aan maken, dacht ik en stapte in de kooi. 'Da's gevaarlijk, hoor,' zei ik en legde mijn hand op Franks schouder, hard en koud als metaal. 'Frank, het is gevaarlijk om hier te zitten.' Ik schudde hem heen en weer. Eindelijk keek hij op. Zijn blik verhuisde van zijn handen naar mij, en hij knikte stom. Hij keerde zijn gezicht naar me toe, maar zijn blik was op iets anders gericht, er zat geen glans in zijn ogen. We stapten uit de kooi, hij struikelde over een bal die daar was beland en viel voorover. Keer op keer bood ik mijn verontschuldigingen aan. Ik had het gevoel dat ik iets had gedaan wat ik nooit goed zou kunnen maken.

'Laat maar, Kenji, het gaat al,' zei Frank toen hij weer op zijn stoel plofte.

'Zullen we koffie gaan drinken?' vroeg ik, maar Frank schudde het hoofd, probeerde te lachen en zei: 'Laat me hier even zitten.'

De zwerver keek de hele tijd onze kant op.

Deel 2

30 december 1996.

Ik stond op tegen de middag en las om te beginnen de krant. Die stond vol informatie over de moord op het schoolmeisje.

In de vroege ochtend van de achtentwintigste december ontdekte een horecabediende, die terugkwam van zijn werk, op straat in Kabuki-cho twee plastic zakken met het in stukken gesneden lijk van een jong meisje. De man gaf deze ontdekking aan bij de politie van Nishi-Shinjuku, die het slachtoffer identificeerde als Akiko Takahashi (17), de oudste dochter van Nobuyuki Takahashi (48) uit het Taito-kwartier. Het lichaam vertoonde tekenen van seksueel misbruik. De politie constateerde een geval van verkrachting en moord en heeft een speciale afdeling opgezet om de zaak te onderzoeken.

Volgens de politie zat in een van beide zakken Akiko's romp. Haar hoofd en ledematen waren afgesneden en zaten in de andere zak. Haar gezicht vertoonde sporen van stompen en over haar hele lichaam zaten steek- en snijwonden. Vastgesteld is dat zij ongeveer twaalf uur dood was. Haar kleren, haar agendaatje en andere persoonlijke bezittingen waren in de zakken gestopt.

De zakken zijn gevonden op een verzamelplaats voor vuilnis in een weinig gebruikt steegje. Doordat er weinig bloed werd aangetroffen, kwam de recherche tot de conclusie dat de moordenaar

Akiko met de wagen heeft vervoerd nadat hij haar elders had verkracht, vermoord en verminkt.

Akiko hoorde bij een groep jonge delinquenten die actief waren in Kabuki-cho en Ikebukuro. Uit een gesprek met leden van de groep maakte de politie op dat Akiko voor het laatst is gezien in een speelhal in Ikebukuro, op de vooravond van 27 december. Daarna is ze spoorloos verdwenen.

Ik had dit stuk net gelezen en de televisie aangezet toen de deurbel ging. Ik deed open en daar stond Jun, met een winkeltas in de hand.

'Het is maar instant *rāmen*soep,' zei ze, 'wil je er wat van?'[3]

'Denk je echt dat hij de moordenaar is? Die gaijin?'
'Frank.'
'Ja, die. Denk je dat hij het heeft gedaan?'
'Hm, zo ver zou ik toch niet gaan. Ik weet het niet zo goed.'

Een psycholoog, een criminoloog en een zogenaamde 'expert in schoolmeisjeszaken' zaten op tv te babbelen met gezichten alsof er niets ter wereld was waarover ze niets wisten.

'Ik heb geen bewijzen. Er bestaat geen rechtstreeks verband tussen Frank en deze affaire. Dat maakt het des te vreemder dat ik dit gevoel heb.'

De *rāmen*soep was heerlijk. Aan de kant-en-klaar *rāmen* had Jun vleesballetjes toegevoegd, die ze apart had gekocht. Om zulke dingen hield ik nou van haar. Jun had een ietwat bruine glans in haar haar laten aanbrengen en piercings in haar oren. Bij deze gelegenheid droeg ze ook een zwartleren minirok, een mohair trui en laarzen. 'Losjes fladderende broeken, bruine haren en piercings geven aan dat schoolmeisjes willen ontsnappen aan de rigide structuur van de wereld der volwassenen,' zei de expert.

3. *Rāmen* is Japanse bami, die in een soort soep wordt gegeten.

'Wat een oetlul,' zei Jun en hapte in een gehaktballetje dat ze uit haar soep viste.

'Ja, een echte lul,' zei ik. Zelfs ik durfde niet te beweren dat ik een jong meisje als Jun *kende*, want ik ben nu eenmaal een jongen, en al twee jaar van school. Maar tv-experts, tenminste als ze niet te oud zijn, klinken alsof ze alles van schoolmeisjes afweten. Je kunt ze niet vertrouwen.

'Maar het is geen kattenpis, hè,' zei Jun, 'iemand in stukken snijden. Zoals in *The Silence of the Lambs*.'

'Ha, zeg dat wel,' zei ik. 'Door zulke films moet de dader toch beïnvloed zijn. Het lijkt mij geen Japanse manier om iemand te vermoorden.'

'Zeg, heb je die foto's van Frank?'

'Foto's?'

'Kom nou, je had gezegd dat je een purikura mee zou brengen.'

'Gisteren heb ik Frank naar zijn hotel gebracht. Pas rond drieën ben ik thuisgekomen. In het batting center vertelde hij de gekste dingen. Ik had wel wat anders aan mijn hoofd dan foto's. We zijn naar een batting center geweest, weet je. Daar werd hij opeens helemaal mesjogge.'

'Hoezo, mesjogge?'

'Hij kon zich opeens niet meer verroeren, al vlogen de honkballen om hem heen. Hij *stond* ook helemaal fout. Maar dat kwam niet doordat hij nooit eerder honkbal had gespeeld, of zo. Ik heb het nadien gevraagd, zie je. Hij zei dat er een stuk van zijn brein ontbrak.'

'Wat? Is hij achterlijk?'

'Nee, er is een stuk uit zijn hersenen gesneden.' Bij deze woorden bleven de eetstokjes die Jun naar haar mond bracht midden in de lucht hangen.

'Als je een stuk van iemands hersenen snijdt, gaat-ie dood, of niet soms?'

'Hij had het over een bepaald gedeelte, hoe heet het ook weer, je hoort dat woord wel eens, Frank heeft het gisteren nog genoemd, natuurlijk kende ik de Engelse term niet, ik moest er mijn woordenboekje bij halen, ik heb hem zelfs de juiste spelling gevraagd, wat was het toch weer? Ken jij de onderdelen van de hersenen?'
'De schedel.'
'Nee, da's toch bot. Een veel moeilijker woord.'
Op tv was er nu een kerel aan het woord die werd beschreven als een socioloog. 'Met andere woorden, het ziet ernaar uit dat de hoofdstedelijke overheid in de toekomst strenger zal optreden tegen prostitutie. Maar dat zou het einde betekenen van iedere discussie op volwassen niveau.'
'De voorhoofdskwab.' Ik streelde even over Juns hoofd. Haar schoolresultaten waren niets bijzonders, maar dom was ze beslist niet. Haar moeder maakte net een reis naar Saipan, die ze gewonnen had met de een of andere lotto. Jun had de nacht makkelijk bij mij kunnen doorbrengen, zonder dat haar moeder erachter kwam. Toch was ze de vorige avond voor middernacht naar huis gegaan, onder meer omdat ze een jongere broer had. 'Serieus' zou ik haar niet noemen, maar ze betrachtte in alles de normaalheid. Het is niet makkelijk om 'normaal' te leven. Je ouders, je leraren en de overheid brengen je bij hoe je het afgestompte leven van een slaaf moet leiden, maar wat een normaal bestaan inhoudt, legt niemand je uit.
  'Dat was het, zijn voorhoofdskwab, en er was nog iets anders, maar dat woord vond ik te moeilijk, het stond niet in mijn woordenboek. Franks voorhoofdskwab is weggesneden.'
'En waarom?'
'Wat?'
'Waarom heeft die Frank geen voorhoofdskwab meer? Kun je zo'n ding zo maar wegnemen?'
'Hij zegt dat zijn schedel was opengespleten bij een auto-on-

geval. Er was een stukje glas naar binnen gedrongen. Daarom moest een deel van zijn brein worden verwijderd. Als ik dat nou vertel, klinkt het onwerkelijk, vind je niet? Maar als hij het zegt, geloof je het.'

'Kenji,' had Frank gezegd, 'mag ik je mijn geheim toevertrouwen?' Voor ik bevestigend had kunnen antwoorden, was hij al van wal gestoken. 'Je hebt waarschijnlijk een paar keer gedacht dat ik raar deed. Toen ik elf was, heb ik een vreselijk ongeluk gehad, waarbij mijn hersenen zijn beschadigd. Daardoor kan ik mij soms helemaal niet bewegen, zoals daarnet. Soms vertel ik dingen waar niemand iets van begrijpt, of klink ik zo onsamenhangend dat je er geen touw aan kunt vastknopen.'

Hij greep mijn hand, raakte daarmee zijn hoofd aan en zei: 'Koud, hè!' Het was echt ijskoud. Op het platform, buiten de slagkooien, woei een harde wind, ijzig als op een plattelandsstation. Mijn handen waren verdoofd van de kou en mijn neus liep. Maar de kilte van Franks hoofd en handen was van een andere orde. Toen ik mijn arm om Franks schouders sloeg en hem uit de kooi leidde, had ik het al gevoeld. Hij leek wel van koud metaal. Ik ben ooit gaan kijken in het magazijn waar de machines werden opgeslagen die mijn vader ontwierp. Papa moest er een keer naartoe en ik mocht mee, maar het was midden in de winter en het magazijn lag tussen de heuvels buiten Nagoya. Rijen en rijen reusachtige machines stonden er, en ik had geen idee waarvoor ze werden gebruikt, maar de ruimte was vervuld van een ijzige, metalen geur. Toen ik Frank aanraakte, moest ik denken aan dat bezoek.

'Zelf voel ik niet eens hoe koud ik het heb,' zei Frank. 'Ik heb een deel van mijn zintuiglijke vermogens verloren, en vergeet constant dat mijn lichaam van mij is. Ik kan heel gewoon praten, maar soms laat mijn geheugen mij in de steek. Dan weet ik niet of de dingen waarover ik het heb echt gebeurd zijn, of dat ik ze heb gedroomd.'

Op onze weg van het batting center naar zijn hotel bleef Frank hier over door praten. Het klonk als een sciencefictionfilm, maar ik moest het wel geloven. Niet omdat de verbijsterende dingen die Frank had gezegd en gedaan werden verklaard, maar omdat hij zo ijzig aanvoelde.

'Ik snap het toch niet goed,' zei Jun, die bijna klaar was met eten. Zelf had ik nog niet eens de helft op. Ik heb een gevoelige tong, hete soep kost me tijd. 'Je wilt toch niet zeggen dat Frank een robot is?'

'Och, robots zie je alleen in films en stripverhalen... Maar normaal gesproken, als je iemands huid aanraakt, dan voel je toch iets?'

Jun was nu helemaal klaar met eten. Ik raakte de rug van haar hand aan en dacht: We hebben al een tijdje niet meer gevreeën. Al bijna drie weken niet. Toen we elkaar pas kenden, neukten we erop los als ik-weet-niet-wat, maar nu besteedden we meer tijd aan het eten van rāmen en Juns speciale salades. We deden het veel minder vaak.

'Dit warme, zachte gevoel herken je zo. Maar bij Frank voel je iets heel anders.'

Juns blik was op de tv gericht, maar ze kneep zachtjes in mijn hand en zei: 'Eet nou gauw op, joh. Wat ze daar vertellen, is slecht voor de eetlust.'

In het praatprogramma ging het nog altijd over de moord op het schoolmeisje. De specialisten hadden hun zegje gedaan, en nu stond een reporter opgewonden te praten met op de achtergrond een schets van een schoolmeisje. 'Het slachtoffer is bont en blauw geslagen, maar de manier waarop het is toegetakeld vertoont enkele opvallende kenmerken die ik zal toelichten met behulp van deze illustratie.'

'Vragen die kerels zich nooit af wat de ouders van zo'n meisje denken als ze dit zien?' vroeg Jun. 'Natuurlijk zitten die ouders niet te kijken, maar die vent klinkt alsof tippelende schoolmeisjes geen mensen zijn. Ik kots ervan.' En ze wendde haar blik af van de televisie.

De schets op het scherm was echt stuntelig en getuigde van slechte smaak. Het slachtoffer was in verschillende kleuren gearceerd om aan te geven waar het was geslagen, gesneden en gestoken. Hoofd, armen en benen zaten los van de romp. 'Zoals u ziet heeft Akiko over nagenoeg heel haar lichaam verwondingen opgelopen. Op borsthoogte, hier, ziet u, bij haar linkerborst, hier is haar huid afgestroopt, maar wat de experts het opvallendst vinden zit hier, ziet u, haar ogen, inderdaad, haar ogen, die zijn doorstoken met een scherpe, fijne naald. Dit wijst erop, volgens misdaadpsychologen, dat de misdadiger niet geobserveerd wilde worden, hij kon er niet tegen dat zijn slachtoffer hem bekeek. Met andere woorden, uit de misdaad kunnen wij afleiden dat hij een timide persoon is, iemand die in de eerste plaats niet wil worden gezien.'

'Of iemand die er plezier aan beleeft anderen de ogen uit te steken,' zei Jun.

Dat dacht ik ook. Op het scherm kregen we in close-up de reacties te zien van de huisvrouwen in de studio en de 'bekende Japanners' in het panel. Deze varieerden van 'afschuwelijk' tot 'ongelooflijk!' en 'schandelijk!'

'We weten dat Akiko tippelde, hè,' zei de reporter, 'zij behoorde tot een groep tieners die zich inlieten met prostitutie. De politie is aan het uitzoeken wie haar recente klanten zijn geweest, maar bij meisjes die niet zijn aangesloten bij een zogeheten *date club* blijkt dit vrijwel onmogelijk.'

'Je hoeft toch maar naar haar pieper te kijken,' zei Jun. 'Zo'n kind had toch zeker een pieper. Als die bij haar is aangetroffen, kun je met wat hulp van de telefoonmaatschappij de laatste tien of twintig boodschappen opsporen die ze heeft gekregen.'

'Daar zei de krant niets over.'

'Zulke belangrijke gegevens geven ze niet vrij. De dader leest ook kranten, kijkt ook tv. Als hij zou weten dat ze hem op het spoor zijn, sloeg hij zeker op de vlucht.'

De reporter was uitgepraat. Het panel van beroemdheden en 'experts' kreeg weer het woord. Een van de 'bekende Japanners' voer uit tegen schoolmeisjes die zich aan 'bezoldigde afspraakjes' bezondigden. 'Ik wil geen kwaad van het slachtoffer spreken,' zei hij, 'maar als wij dit verschijnsel gedogen, gebeuren zulke misdaden opnieuw. Al die schoolmeisjes zijn verschrikkelijk verwend, ziet u, maar fysiek al volwassen. We moeten er veel strenger tegen optreden, wie weet wat er anders nog gebeurt! En hetzelfde geldt voor de mannen die zulke meisjes misbruiken. Ze moeten allemaal worden gearresteerd, want als we dit de vrije loop laten, gaat ons land naar de filistijnen, en wordt het hier even erg als in Amerika.' Heftig applaus van de verzamelde huisvrouwen.

'In Amerika bestaan "bezoldigde afspraakjes" toch niet,' zei Jun. 'Wat zou zo'n kerel nou zeggen als Amerikaanse journalisten kwamen vragen waarom Japanse schoolmeisjes zich prostitueren!'

Bij het woord 'Amerika' dacht ik weer aan Frank. Toen we in zijn hotel aankwamen, had hij gezegd: 'Er is nog iets met me aan de hand wat helemaal niet *kan*. Normaal gesproken nemen je hersencellen niet meer toe als je een zekere leeftijd hebt bereikt. Je lever, of was het nou je maag, die produceert elke dag miljoenen nieuwe cellen, en hetzelfde geldt voor je huid, maar je hersencellen nemen juist af als je volwassen bent. Maar weet je, bij mij zit het zo, zegt de dokter, dat mijn hersenen blijkbaar nieuwe cellen produceren om de oude te vervangen. Oude en nieuwe cellen vermengen zich in mijn hoofd. Mijn geheugen brengt me in de war, mijn motoriek laat het wel eens afweten, en dat is allemaal te wijten aan mijn hersenen. Denk jij ook niet, Kenji?'

Op tv werd de moord op het schoolmeisje even losgelaten.

Het was tijd voor een nieuwsbericht waardoor ik bijna mijn laatste mondvol rāmen uitspoog. Een zwerver was levend verbrand.

'Volgt nu de rest van het nieuws. Op een betaaltoilet in het park van Shinjuku heeft de schoonmaakdienst vanochtend een ongeïdentificeerd lijk ontdekt, dat helemaal was verbrand. Het slachtoffer was overgoten met benzine of een gelijkaardige substantie en in brand gestoken. De politie sluit moord niet uit en heeft een onderzoek ingesteld. Het betonnen interieur van het toilet zag zwartgeblakerd van de vlammen. Buiten de toiletten lagen tassen met tijdschriften en oud papier, waarschijnlijk het bezit van het slachtoffer. De politie vermoedt dat het gaat om een van de daklozen die in het park hun toevlucht zoeken. Voor ons volgende bericht schakelen wij over naar onze verslaggever in Lima, Peru, waar nog steeds geen eind is gekomen aan het gijzelingsdrama op de Japanse ambassade...'

In plaats van rāmen, leek het alsof ik een oude zeem in mijn mond had. Opeens herinnerde ik me hoe akelig het aanvoelde om oog in oog te staan met Frank.

'Wat heb je toch?'

Jun keek me onderzoekend aan. Met grote moeite slikte ik mijn eten door. Uit de koelkast nam ik een fles Evian en dronk. Ik was echt misselijk.

'Je ziet bleek.'

Jun kwam op mij af en wreef over mijn rug. Door mijn trui voelde ik haar zachte meisjeshand. Zóiets, dacht ik bij mezelf. Zoiets zal Frank nou nooit voelen.

'Denk je weer aan die gaijin?'

'Hij heet Frank.'

'Juist omdat het zo'n gewone naam is, vergeet ik hem telkens.'

'Waarschijnlijk heet hij niet eens echt zo.'

'Een schuilnaam?'

Ik vertelde Jun alles wat Frank bij het batting center had gezegd.

'Ja maar, dat klopt toch niet? Als die gaijin, sorry, als Frank nou vertelt dat er mensen bestaan die een stinkende zwerver willen knuffelen, en een baby'tje zouden vermoorden?'

'Weet je, van alles wat hij zegt geloof ik geen woord, behalve de dingen die echt walgelijk zijn.'

'Denk je soms dat Frank die zwerver heeft vermoord?'

Ik vond het moeilijk om uit te leggen wat ik bedoelde. Ik had geen bewijs, en Jun had Frank nooit ontmoet. Je moest hem ontmoeten om te begrijpen welke afschuw hij opwekte.

'Als je dat nou echt gelooft, zou je deze opdracht dan niet laten schieten?'

Weigeren om Frank verder te begeleiden? Het idee alleen al bezorgde me kippenvel. Dat gaat niet, zei ik.

'Wat, ben je bang dat hij je vermoordt?'

Jun maakte zich echt zorgen. Ze had door hoe bang ik was. Ze stelde zich Frank waarschijnlijk voor als een huurmoordenaar uit een film. Maar Frank was geen huurmoordenaar. Zulke lui moorden op betaling. Als Frank iemand vermoordde, was het vast niet om het geld.

'Hoe zal ik het zeggen. Ik heb geen bewijs dat Frank die zwerver heeft omgebracht. Normaal gesproken kwam die gedachte ook niet bij mij op. Ik heb geen idee of de vermoorde zwerver de kerel was die bij het batting center zat. Het heeft geen zin om terug te gaan en te kijken of die zwerver er nog zit. Maar met zo'n vent als Frank weet je het nooit, ik heb de indruk dat hij *iedere* zwerver wel geschikt vindt.'

'Ik kan je haast niet volgen.'

'Dat begrijp ik, ik denk zelf ook dat ik de kluts kwijt ben.'

'Heeft die zwerver bij het batting center Frank soms iets misdaan?'

'Nee hoor.'

'Waarom denk je dan dat Frank iets te maken heeft met deze moord?'
'Het klinkt absurd, dat vind ik ook. Misschien heb ik last van waanideeën. Jij wou een foto van Frank, maar uit een foto kun je niets opmaken, denk ik. Hoe moet ik het uitleggen? Bij mij op school zaten er aardig wat klootzakken, dat zal bij jou op school ook wel zo zijn, toch? Echte klootzakken, die met opzet anderen pesten?'
'Nou nee, niet echt.'
Jun gaat naar een vrij goeie privé-school voor meisjes. Op zulke scholen vind je gewoonlijk niet de schoften waar ik aan dacht. Misschien is het soort gemenerik dat er plezier aan beleeft anderen te kwellen wel geleidelijk aan het verdwijnen.
'Ik heb de indruk dat de negatieve energie van zulke smeerlappen bij Frank een uiterste bereikt. Bij hem zie je het toppunt van kwaadaardigheid.'
'Kwaadaardigheid?'
'Jazeker. Een neiging die je ook bij mij zult aantreffen, en bij jou al even goed, of wacht, bij jou misschien niet, jij bent zo lief.'
'Maak je om mij maar geen zorgen. Vertel liever wat je bedoelt, je kunt die dingen zo mooi uitleggen.'
'Ik had vroeger een vriend aan wie iedereen een hekel had. De leraren hadden hem al lang opgegeven. Op den duur is hij van school verwijderd omdat hij het hoofd van de school met een mes te lijf ging, maar die jongen had het thuis moeilijk, hij heeft mij lang niet alles verteld, maar ik ben een keer bij hem thuis geweest, toen was zijn moeder er ook, en die was heel voorkomend en beleefd. Ze begroette mij met: "Wat ben ik blij je te zien" of zoiets. Hun huis was ruim en mijn vriend had zijn eigen kamer, veel groter dan de mijne en van alle gemakken voorzien, met de nieuwste computer en zo, ik herinner me dat ik erg jaloers was en toch hing er een rare sfeer in huis,

er leek iets niet in de haak. Toen bracht zijn moeder ons thee en koekjes, en zei iets heel gewoons, zoals: "Nou, Kenji, we hebben veel over je gehoord." Maar mijn vriend antwoordde: "Hou op, ma, en verdwijn." "Goed, doe alsof je thuis bent," zei zijn moeder. Ik antwoordde "Dankuwel" en ik keek haar na terwijl ze de kamer verliet, maar mijn vriend keek me aan en zei met een uitgestreken gezicht: "Vroeger sloeg ze mij voor de kop met een gasslang. Met de buis van de stofzuiger heeft ze me ook geslagen. En ze heeft me brandwonden toegebracht met een aansteker." Hij liet mij de littekens op zijn arm zien en zei: "Ik heb een broertje, maar hem heeft ze nooit onder handen genomen." Meer vertelde hij niet over zijn moeder, we begonnen een computerspelletje te spelen dat net was verschenen, maar ik moest even naar de plee, we zetten het spel op pauze, ik liep de kamer uit en daar stond me die moeder in het schemerduister van de gang, en ze kijkt me aan met een wezenloos gezicht, en zegt opeens: "O, het toilet? Helemaal aan het uiteinde van de gang" of zoiets, en ze giechelt schril, zo schril, hoe zal ik het zeggen, als een naald die een zenuw raakt. En die vriend van mij, als we nou naar een speelhal gingen, dan hoefden de jongens van een andere school maar iets te zeggen, het maakte niet uit wat, "Jullie zijn al twee uur aan de gang, laat een ander ook eens," of zoiets, ze hoefden maar één ding te zeggen en de gelaatsuitdrukking van mijn vriend veranderde, hij keek alsof hij ik-weet-niet-wat zou doen, alsof hij zich niet meer kon inhouden, en Frank trekt ook zo'n gezicht maar tien keer erger, hij kijkt alsof hij zichzelf niet meer is.'

'Een eng gezicht?' vroeg Jun.

'Niet *eng* zoals een gangster naar je kijkt,' zei ik. Ik vond het toch moeilijk om uit te leggen. Het was niet zeker dat iedereen die Frank ontmoette dezelfde indruk zou hebben als ik. Als hij je 's middags staande hield op straat en vroeg of je een foto kon nemen, zou je hem waarschijnlijk best aardig vinden, een tikje sjofel misschien, maar toch een vriendelijke, goedhartige gaijin. 'Het heeft geen zin, ik kan hem niet beschrijven, als ik nou zeg dat hij heel raar doet, schiet je daar niet veel mee op, hè?'

'Nee, daar heb ik weinig aan, want als je erbij stilstaat, heb ik nooit contact gehad met gaijin, heel anders dan jij, dat speelt ook een rol, want als je geen tientallen buitenlanders kent, weet je niet wat er raar aan ze is.'

Jun had gelijk. Japanners kennen nu eenmaal geen buitenlanders. Een kerel uit Texas die ik vóór Frank als klant had gehad, vertelde me hoe verbaasd hij was geweest in Shibuya, hartje Tokyo. Het leek wel alsof hij in Harlem was, had hij gedacht, toen hij daar een kijkje nam. Het zag er zwart van de jongelui die zich als hiphoppers kleedden. Ze waren stuk voor stuk voorzien van een walkman en een skateboard, ze hadden de Afro-Amerikaanse mode helemaal onder de knie, maar het gekke was dat ze geen woord Engels spraken! Hielden zulke gasten nou van negers, vroeg mijn klant. Een vraag waar ik geen raad mee wist. Ik probeerde mij ervan af te maken met: 'Ze vinden het cool om negers na te doen,' maar daar begreep die Texaan niets van. De inwoners van dit land spoken van alles uit wat je met de beste wil van de wereld niet aan een gaijin kunt uitleggen.

'Zullen we een wandelingetje maken?' vroeg Jun.

We verlieten de flat.

Toen we buiten stonden, zei Jun: 'Wat is dat nou?' Er plakte iets raars aan mijn voordeur. Het was klein en zwart, ongeveer half zo groot als een postzegel, het leek een snippertje papier. 'Een stukje mensenhuid,' dacht ik meteen.

Jun bekeek het onderzoekend en vroeg opnieuw: 'Kenji, wat ís dat?'

'Hoe moet ik dat weten,' zei ik en nam het tussen duim en wijsvinger. 'De wind zal het tegen de deur hebben geblazen.'

De aanraking bezorgde me koude rillingen. Het zat zo strak

tegen de deur dat het eraan vastgelijmd leek. Ik moest het loskrabben met mijn nagel. Zelfs toen ik het eindelijk los had, bleef er een donkere vlek achter. Ik gooide het van de trap. Mijn hart ging als een razende tekeer. Ik voelde weer misselijkheid opkomen, maar nam me voor Jun niets te laten merken.

'Ik vraag me af of het er al zat toen ik hier aankwam,' zei Jun toen we de trap afgingen. 'Ik heb niets gezien.'

Volgens mij was het beslist mensenhuid. Hoogstwaarschijnlijk had Frank het daar aangebracht. Maar ik had geen idee wiens huid het was: die van het schoolmeisje, of van de zwerver? Misschien had Frank het wel van een lijk gesneden dat nog niet was ontdekt. Mijn hoofd tolde, mijn maag lag overhoop. Onder aan de trap hield Jun stil. 'Kenji, je ziet weer zo bleek,' zei ze. Ik bedacht dat ik iets moest zeggen, maar er kwamen geen woorden.

'Kom, we gaan weer naar binnen. Er staat een veel te koude wind.'

Als het mensenhuid was, en Frank het daar had aangebracht, waarom had ik het dan weggegooid? Omdat ik het nog geen seconde wou aanraken.

'Kom, Kenji, terug naar binnen.' Jun klopte zachtjes op mijn arm.

'Nee,' zei ik. 'We lopen verder.'

Terwijl ik arm in arm met Jun over straat liep, beeldde ik me in dat Frank naar ons keek. Nu en dan bekeek Jun mijn gezicht, maar ze sprak geen woord. Ik was er zeker van dat die snipper vol vingerafdrukken zat. In ieder geval was het geen papier geweest. Zulke dingen waaiden toch niet tegen je deur! Zoiets fijns en duns, niet groter dan een vingernagel, werd niet toevallig door de wind tegen je deur geplakt. Iemand had het daar met opzet aangebracht, met een vingertop. Het was bedoeld als waarschuwing. En de enige die het nodig zou kunnen vinden me te waarschuwen, was Frank. Hij bedoelde vast: 'Als jij je gekke dingen in je hoofd haalt, en ernaar handelt, kan dit *jou* overkomen.' Ik zag zo voor me dat Frank, met zijn wezenloze gezicht, het nog vochtige stukje huid tegen mijn deur plakte en gromde: 'Wat dit betekent, begrijp je wel, hè, Kenji.'

Mijn vrienden zeggen dat ik de zaken van hun zwartste kant bekijk, dat ik een echte pessimist ben. Ik denk dat het komt doordat mijn vader zo vroeg is gestorven. Zijn dood was voor mij een grote schok. Achter je rug wordt altijd de slechtst mogelijke afloop voorbereid. En plots wordt die aan je onthuld. Als je met deze nieuwe werkelijkheid zit opgescheept, is het te laat om er iets aan te veranderen. Dat heb ik door de dood van mijn vader geleerd.

Door de mensenmassa heen liepen wij naar het station van Meguro. Jun had al lang door hoe vreemd ik me gedroeg, maar stelde geen overbodige vragen. Als kind had zij meegemaakt dat haar ouders waren gescheiden. Ze was vaak zo onzeker, bang en ellendig geweest dat ze gezelschap verlangde, maar wel het gezelschap van iemand die niet tegen haar sprak. Ik ben ervan overtuigd dat mensen als Jun en ik spoedig een meerderheid zullen vormen in dit land. Er zijn heel weinig Japanse jonge mensen die volwassen worden zonder geconfronteerd te worden met ongelukkige situaties die zij onmogelijk in hun eentje kunnen verwerken. Nu zijn wij nog in de minderheid, en je kunt ons *die overgevoelige jeugd* noemen als je dat wilt, maar wij zullen geen minderheid blijven.

Ik belde het blaadje waarin ik adverteer. Best mogelijk dat Frank om mijn privé-adres had gevraagd. Ik kreeg Yokoyama aan de lijn. Hij zat op kantoor.

'Hee, Kenji, nog aan het werk?'

Het was dertig december en de eindejaarsperiode was in volle gang, maar Yokoyama overnachtte op kantoor en werkte vrijwel alle zon- en feestdagen. Hij zegt dat hij niets leuker vindt dan op zijn Mac zijn blad op te maken met oude jazz op de achtergrond.'

'Wat wil je,' zei ik, 'die buitenlanders trekken zich niets aan van oud en nieuw.'

'Nee, en gelijk hebben ze. Zeg, heb jij iets van de politie gehoord?'

Mijn hart bonsde in mijn keel. Maar het ging niet over Frank.

'Is er iets gebeurd?'

'Je weet dat ik een website heb, hè?'

'Dat weet ik zeker, je bluft altijd dat je hem zelf hebt ontworpen.'

'O ja? Nou, de politie heeft mij gewaarschuwd.'

'Gewaarschuwd? Waarom?'

'Ik had er wat foto's op gezet, geen harde porno maar naaktfoto's natuurlijk, wat wil je, we geven een blad uit over het Japanse seksmilieu, maar de politie vroeg me om wat zelfbeheersing te betrachten, er waren foto's waarop je schaamhaar zag, maar die vind je tegenwoordig toch in elk blad, ik denk dat ze mij ten voorbeeld wilden stellen, en nou vroeg ik me af of ze met jou ook contact hadden opgenomen. Alleen omdat jij in ons blad staat.'

'Nee, ik heb niets gehoord.'

'Nou, dan is het goed. Als ze toch bellen, zeg dat je van niets weet.'

'Oké. Tussen twee haakjes, heb je soms een telefoontje gehad van een klant van me?'

Zelfs als Frank had opgebeld, zou Yokoyama hem vast niet mijn adres hebben gegeven.

'O ja, dat klopt.'

Het klonk als de gewoonste zaak van de wereld. Mijn hart begon opnieuw sneller te kloppen. Ik stond te bellen onder het uithangbord van de bakkerszaak vlakbij het station, met mijn rug tegen de wind. Jun hield mijn hand vast en keek naar de etalage, waar gedemonstreerd werd hoe je een nieuwjaarstaart versierde in typisch Japanse stijl. Af en toe keek Jun me ongerust aan.

'Van wie dan?'

'Hoe heette hij ook weer? John, James? Een heel gewone naam. Hij wou het nummer van je bankrekening, dat heb ik natuurlijk niet gegeven, maar nu je het zegt, het was een raar telefoontje.'

'Eh, wat was er zo raar aan? En... kwam het van iemand die nog in Japan zat?'

'Tja, dat vond ik juist zo vreemd. Hij zei dat hij belde vanuit Amerika, ik weet niet meer precies waar, ik geloof Missouri of Kansas, het was midden in de nacht, vanochtend eigenlijk, heel vroeg in de ochtend, ik dacht, die kerel is niet goed bij zijn hoofd, want ga maar na, Missouri en Kansas liggen zowat in het midden van de Verenigde Staten, daar is het nu zondagmiddag, 29 december. Wie haalt op zo'n moment in zijn hoofd: 'Ik moet mijn Japanse seksgids nog betalen! Even naar zijn nummer vragen?' Op zondag gaan al die lui toch naar de kerk, of naar een film, denk je niet? Wie belt er nou op zondagmiddag naar Japan omdat hij vergeten is zijn gids te betalen? Als het andersom was, zou ik het wel begrijpen, als hij geld van ons wou, maar hij zei dat *hij* wou betalen. Ik vroeg meteen of hij jou zelf had gebeld.'

'En wat zei hij?'

'Hij zei dat je niet opnam. Enig idee wie het was?'

'Ik eis altijd dat mijn klanten mij cash betalen, of per cheque. Als ze aan het eind van hun bezoek vertellen dat ze geld zullen overmaken vanuit Amerika, vertrouw ik ze niet.'

'Natuurlijk niet. Elke hoer kent de gulden regel: "Handje contantje". Begrijp me niet verkeerd. Ik zeg niet dat je een hoer bent.'

'Wat voor iemand was het? Hoe klonk zijn stem?'
'Tsja, dat vond ik meteen vreemd. Hij klonk zo dichtbij! Nu weet ik dat de verbinding met Amerika tegenwoordig erg goed is, maar het klonk zo helder en er zat helemaal geen storing op de lijn... Zijn stem, wel, daar is me niets van bijgebleven. Een heel gewone stem, zoals je overal hoort. Niet hees, niet bijzonder hoog of laag, een doodgewone manier van praten. Zijn Engels was misschien niet bijster verzorgd maar beleefd genoeg, dat is alles wat ik weet. Zit je soms in de nesten?'
'Nee, niet meteen.' Ik wist dat ik het toch niet zou kunnen uitleggen.
'Maar aan het eind zei hij iets geks. Over tovenarij, of zoiets.'
Ik wist niet zeker of ik hem goed had verstaan.
'Wat zeg je? Sorry, ik hoorde het niet goed.'
'Ik denk dat hij wel door had dat ik zijn telefoontje verdacht vond. Want kijk, ik lag nog in mijn bed. Ik ben best gesteld op buitenlanders, en ik behandel ze zo hoffelijk als ik kan, maar als ze je voor dag en dauw opbellen, en rare dingen mompelen, ik bedoel, ik kan het niet helpen dat ik knorrig klonk toen ik vroeg of hij jou al had gebeld. Hij begon te vertellen dat jij een reuzekerel was, die hem geweldig had geholpen. Hij zei dat jullie heel goed met elkaar hadden kunnen opschieten, dat hij in jou een echte vriend had gevonden... Ik vond het gekker en gekker, want zo'n Amerikaan die mij in de verste verte niet kent, wat zou die mij bellen uit een woonkamer in Kansas of Missouri, op zondagmiddag, alleen om wat te lullen over de gids die hem naar peepshows, lingeriepubs en s m-bars heeft gebracht, en om me te laten weten wat een reuzekerel je bent? Normaal gesproken, bedoel ik?'
Vlak voor het ochtendgloren, met een stukje mensenhuid binnen handbereik, had Frank vanuit zijn hotelkamer naar Yokoyama gebeld om te zeggen: 'Die Kenji was zo'n geweldige

vent! Geef me eens zijn rekening!' Ik zag het zó voor me. Zulk ongerijmd gedrag, dat was Frank ten voeten uit, al rende hij nou niet meteen naakt door de straten, voorzien van een hanenkam en beschilderd met bodypaint.
'Hoe weet je dat het Frank was die opgebeld heeft?' vroeg Jun. We waren gaan zitten in de koffiehoek van de banketbakkerij. 'Je ziet asgrauw, wat hete koffie zal je goed doen,' had Jun gezegd, en ze had me mee naar binnen getrokken. Nu dronken we allebei een cappuccino, die hier heel lekker heette te zijn, maar daar proefde ik niets van. Mijn tong en heel mijn keel leken bedekt met een dun vlies. Mijn hart ging tekeer, mijn hoofd was totaal in de war. Ik vertelde Jun alles wat Yokoyama had gezegd.
'Ik heb geen bewijs dat het Frank was.'
'Je denkt vast dat hij ook dat ding tegen je deur heeft geplakt?'
'Misschien wel,' antwoordde ik ontwijkend. Ik had Jun nog niet verteld dat ik dacht dat het een stukje huid was. Met zoiets absurds en onrustbarends, zoiets ronduit slechts, kon ik iemand om wie ik gaf niet lastigvallen. Als het enigszins mogelijk was, moest ik dit in mijn eentje afhandelen. Als ik bij Jun te rade ging, kreeg het onheil ook haar in zijn greep. Maar onder alle inwoners van ons land zijn meisjes van zestien misschien het fijngevoeligst. Voor hen verberg je niets.
'Dat gekke ding, hè...' zei Jun, op een vreemd kwajongensachtige toon. Alsof een kleuter buiten de voordeur een lijk had gezien en eruitflapte, tegen een volwassene: 'Daar ligt iemand te slapen, hoor!'
'Dat gekke ding, hè, leek wel papyrus.'
'O, papyrus? *De smaak van je eerste verliefdheid*, zoals ze vroeger zeiden bij de tv-reclame?'
'Kenji.'
'Wat?'

'Gewoonlijk hou ik van je grapjes, maar *dit* is misplaatst.'
Ik had het niet als grapje bedoeld. Ik had papyrus echt verward met de naam van een frisdrank. Ik was de kluts kwijt.
'Kenji, zat er soms geen bloed aan? Het was zo donker en vies. Was dat bloed?'
'Jawel,' gaf ik toe. Ik vond de kracht niet meer om te liegen.
'Het moet iemands bloed zijn geweest.'
'Waarom doet die Frank zoiets?'
'Hij wou me waarschuwen dat ik niet naar de politie moest stappen of zoiets.'
Mijn mobieltje zoemde in mijn binnenzak. Slechte voorgevoelens komen altijd uit. Ik had Frank aan de lijn.
'Hallo, Kenji. Hoe gaat het?'
Hij klonk zo vrolijk als maar kon. De woorden leken niet uit zijn mond te komen, maar uit zijn schedel, recht uit zijn brein. Hij zat waarschijnlijk niet op zijn hotelkamer, maar in een telefooncel. Op ons tafeltje stond een bordje met: *Niet telefoneren in de koffiehoek, svp.* Jun maakte een gebaar dat ik naar buiten moest, maar een jonge en aantrekkelijke serveerster die nieuwe taartjes in de etalage had gezet, zei: 'Ga uw gang, er zijn toch geen andere klanten.' Jun bedankte haar. Zij hield wel van deze banketbakkerij, en kende de serveerster blijkbaar van gezicht. Franks stem toverde zulke alledaagse situaties om tot iets heel nieuws. Als ik naar Jun en de serveerster keek terwijl ik de stem van Frank hoorde, voelde ik me niet lekker. Tussen alles waar Frank voor stond, en al waar Jun en de serveerster voor stonden, gaapte een diepe kloof, waar ik in tuimelde. Het leek wel of ik verdween in de buik van een monster.

'Alles goed,' zei ik en deed mijn best om het trillen van mijn stem te bedwingen. Ik kon Frank beter niets laten merken. Me van de domme houden. Hem laten denken dat ik maar een suffig gidsje was.

'Dat doet me plezier. Ga je vanavond weer mee?'

'Oké, tegen negenen kom ik naar je hotel.'
'Wat zullen we weer een lol hebben! Gisteren vond ik het super!'
'Blij dat te horen.'
'Enne... ik zit nu in een ander hotel.'
Mijn hart begon weer te bonzen, mijn keel was kurkdroog.
'Welk dan?'
'Een van die grote, vlakbij de ministeries. Het Hilton.'
'Welke kamer?'
'Ik heb nog maar twee nachten, en ik wou een betere kamer, maar die waren moeilijk te vinden zeg, alles zit vol omdat het bijna nieuwjaar is, dat jullie veel uitbundiger vieren dan Kerstmis.'
Hij gaf mij zijn kamernummer niet. Ik betwijfelde of hij in het Hilton zat. Het heeft geen zin me te zoeken, bedoelde hij.
'Hoe gaat het met je meisje?'
Ik keek meteen door het raam, want ik was bang dat hij ons in de gaten hield.
'O, goed, het verbaast me dat je dat hebt onthouden.'
'Gisteren is het zo laat geworden. Ik heb veel langer een beroep op je gedaan dan gepland. Ik maakte me al zorgen dat zij boos was. Meisjes, je weet hoe egoïstisch ze kunnen zijn!'
Zat hij ons echt te bekijken? Wist hij dat Jun bij me was?
'Nee nee, maak je geen zorgen, ze zit bij me. Alles loopt prima.'
'O, hebben jullie een afspraak? Sorry dat ik je stoor!'
'Nee, geen probleem, ik ben blij dat je belt. Gisteren zag je er niet goed uit. Ik was al bezorgd.'
'Ik voel me heel wat beter. Sorry voor de overlast! Vandaag leven mijn hersenen weer helemaal op. Ze produceren hartstikke veel nieuwe cellen, dat voel ik! Vanavond wordt het leuk, ik wil neuken!'
'Frank, kun je mij het nummer van je kamer niet geven? Als

er problemen zijn, kan ik meteen contact met je opnemen...'
'Wat bedoel je, problemen?'
'Niets bijzonders, maar is het niet beter dat je mij je nummer geeft, voor het geval we elkaar mislopen, of als ik misschien wat laat ben...?'
'Ik snap het, maar ik zit nog niet op mijn kamer. Ik heb alleen mijn hotel geboekt en mijn bagage achtergelaten. De kamer is nog niet vrij.'
'Bel mij dan terug als je het nummer weet.'
'Natuurlijk! Maarre, vandaag ga ik de hele dag op pad. Ik denk niet dat ik je kan bellen, en ik betwijfel of je mij aan de lijn zult krijgen.'
'Mag ik het de hotelreceptie vragen?'
'Ik, eh, ik denk niet dat dat lukt, want ik sta onder een andere naam ingeschreven, niet als Frank, dat snap je wel, hè. Ik ga hier allerlei ondeugende spelletjes spelen, dan kan ik ze toch niet mijn echte naam geven, maar als we *ergens* moeten afspreken, nou, wat vind je van de ingang van dat batting center van gisteren?'
'Neem me niet kwalijk, *wat* zeg je?'
'Ik zei: de ingang van dat batting center, niet op de eerste verdieping, maar er was ook een soort speelhal. De ingang daarvan, dat lijkt mij een geschikte plek.'
'Frank, op zo'n plek heb ik nog nooit afgesproken! Als het enigszins kan, wil ik je ontmoeten in een hotellobby of zoiets. Wat zou je zeggen van de lobby van het Hilton?'
'Nou, daar ben ik vandaag geweest, maar op zulke plaatsen voel ik me toch niet helemaal thuis. Hoe zal ik het zeggen, het is er zo druk, echt iets voor snobs, vind je niet? Ik hou er niet erg van, ik ben nou eenmaal een plattelandsjongen, ik voel mij er niet op mijn gemak.'
Waarom was hij dan van hotel veranderd? Hij had nog maar twee nachten. Daarom had hij een beter hotel gezocht. Dat had hij één minuut daarvoor gezegd!

'Frank, ik heb kou gevat en wil zo weinig mogelijk naar buiten. Ik zou het liefst binnen met je afspreken. Bovendien...'
Ik wou eraan toevoegen dat het bij het batting center gevaarlijk was omdat er veel louche figuren rondhingen, maar Frank onderbrak me.

'Oké, je hebt groot gelijk, wat stom van me om buiten te willen afspreken, waar dacht ik in 's hemelsnaam aan? Het spijt me, Kenji, maar je moet weten dat ik me gisteren echt heb geamuseerd. Even heb ik vreemd gedaan, maar jij was zo aardig, ik wou je even laten weten dat ik aan dat batting center de beste herinneringen heb. Maar we praten er niet meer over. Laten we ergens anders afspreken, maar liefst niet in de lobby van het Hilton.'

'Wat vind je van hetzelfde hotel als gisteren? Dat ligt vlak bij Kabuki-cho. Of misschien wil je vanavond naar een andere buurt?'

'Nee, prima, dat hotel is uitstekend.'

'Laten we dan afspreken om negen uur, in hetzelfde café.'

Ik wou ophangen, maar Frank zei weer iets verbijsterends.

'Kenji, breng je je vriendinnetje niet mee?'

'Wat?' riep ik een beetje te hard en keek op naar Jun, die de hele tijd in haar cappuccino zat te roeren. Ze had nog niet één slok genomen. Met een ongerust gezicht hield ze mij in de gaten.

'Frank, misschien hoor ik je niet goed. Vroeg je of ik mijn vriendin wou meebrengen?'

'Jazeker. Ik dacht: misschien kunnen we wat lol maken met ons drietjes. Vind je dat geen goed idee?'

Aan je gids door de rosse buurt vragen of hij zijn vriendin meebrengt, da's niet meer normaal! Was Frank ongerust dat ik Jun alles had verteld? Wou hij haar soms ook vermoorden bij dat batting center?

'Geen sprake van.'

Bij die woorden zei Frank bruusk 'begrepen' en hing op.

Ik nam een slokje koffie en vertelde Jun waarover wij het aan de telefoon hadden gehad. Het kostte mij moeite om Franks woorden getrouw weer te geven. Hij had zichzelf voortdurend tegengesproken, vooral toen het ging over zijn verhuizing naar een nieuw hotel. Ik moest de dingen die hij had gezegd herhalen in de juiste volgorde, anders kon je er geen touw aan vastknopen. Ik wou Jun alles precies vertellen. Alleen zij en ik wisten dat Frank abnormaal deed. Toen ik uitgesproken was, zei Jun: 'Nou, die doet wel verdacht! Als je eens naar de politie ging?'

'Om wat te zeggen?'

Jun zuchtte. Onze cappuccino was helemaal afgekoeld. Al het schuim was verdwenen. Het bruine goedje zag er uit als modderwater.

'Dat is waar, je hebt geen bewijzen, je kunt moeilijk zeggen: "Ik weet wie dat schoolmeisje en die zwerver heeft vermoord." Je weet alleen zeker dat Frank, die gaijin, een leugenaar is en een rare snuiter. Maar als je de politie eens belde zonder erheen te gaan?'

'Ik weet niet eens waar Frank zit, en hij *heet* vast niet eens Frank! Zelfs als ik hem aangeef, kan de politie hem nog niet vinden. Gisteren heeft hij waarschijnlijk niet in zijn hotel geslapen, want als ik er even over nadenk: ik ben niet meegeweest tot aan zijn kamer, ik heb niet eens gezien dat hij zijn sleutel afhaalde, en ik heb nooit naar zijn kamer gebeld. Onmogelijk om na te gaan waar hij de nacht heeft doorgebracht.'

'Waarom denk je dat hij mij wou ontmoeten?'

'Geen idee.'

'Kenji, als je vandaag eens niet ging?'

'Daar heb ik aan gedacht, maar Frank moet mij nog betalen.'

'Dat is toch niet zo belangrijk?'

'Nee, maar om de waarheid te zeggen ben ik bang voor

Frank. Hij weet vast waar ik woon. Wie weet wat hij zal doen! Ik voel me doodsbang. Ik geloof vast dat ik jou nu moest meebrengen omdat Frank wou zien hoeveel ik je over hem had verteld.'
Ik zei maar niet: 'omdat hij je wou vermoorden'. Een moeder met twee kinderen kwam de bakkerij in. De vrouw leek in de dertig, de kinderen zaten zo te zien op de basisschool. Ze vonden het heerlijk om taartjes uit te kiezen. Opgewekte, vrolijke kinderen, met goeie manieren. De moeder droeg een elegant mantelpak en een elegante jas. Haar omgang met de serveerster was beleefd en ongedwongen. Jun draaide zich even om en keek de kinderen aan. De kinderen lachten naar Jun. Ik dacht bij mezelf: tot voor kort zou ik mijn neus hebben opgehaald voor zo'n tafereeltje. Ik wist uitstekend wat 'boosaardigheid' betekende. Daarom wist ik juist dat Frank gevaarlijk was. Boosaardigheid ontspruit aan negatieve gevoelens als eenzaamheid, verdriet en woede. Je voelt dat er iets belangrijks is weggenomen; er zit een leegte in je die weggesneden is met een mes. Aan die toestand ontspringt boosaardigheid. Wrede of sadistische neigingen vertoonde Frank niet. Hij had niets weg van een genadeloze killer. In Frank ontwaarde ik een bodemloze leegte, waar van alles uit voortkwam. Iedereen voelt wel eens de drang om anderen te vermoorden, of soortgelijke kwaadaardige gevoelens. Maar iets houdt ons altijd tegen. De kwaadaardigheid die aan onze leegte ontspringt, komt diep in die leegte tot bedaren. Op den duur vergeten wij haar, want wij zetten haar om in iets anders, koortsachtige arbeid, bijvoorbeeld. Maar bij Frank lag het anders. Nu wist ik niet zeker of Frank een moordenaar was. Maar ik betwijfelde niet dat er een bodemloze leegte in hem school. Die leegte zette hem aan tot liegen. Zelf had ik dit ook wel eens meegemaakt, al waren mijn eigen ervaringen in vergelijking daarmee lief en onschuldig.

'Bel me om het halfuur,' zei Jun. Ik knikte. 'En zorg dat je nooit alleen bent met Frank.'

Frank leunde tegen een zuil in de lobby van het hotel aan het station Seibu-Shinjuku. Ik was net op weg naar het café-restaurant waar we hadden afgesproken, toen hij me toeriep: 'Hé, Kenji!' Ik was de zuil bijna voorbij. Frank dook zo plotseling uit de schaduw op dat mijn adem stokte.

'Wat is er nu?' vroeg ik. 'We hadden toch afgesproken in het restaurant?'

Maar Frank vond het daar wat te druk, en knipoogde. Een heel bevreemdende knipoog. Net voor hij zijn oog dichtkneep, draaide het weg en zag je niets dan wit. Vanuit de lobby kon ik zien dat het restaurant zo goed als leeg was. Frank volgde mijn blik en zei: 'Daarnet was het heel druk.' Hij droeg andere kleren dan de eerste dag: een ribfluwelen jasje, zwarte trui, spijkerbroek, sportschoenen. Zelfs zijn haar zat anders: de dag daarvoor was het plat over zijn voorhoofd gekamd, nu stond het overeind. In plaats van zijn oude leren tas droeg hij een stoffen rugzak. Hij leek een ander.

'Ik heb een leuke kroeg gevonden,' zei hij. 'Een whiskybar. Die vind je hier niet veel. Laten we daar eerst naartoe gaan.'

De kroeg lag aan de Kuyakusho-laan. Hij was vrij bekend, niet omdat de cocktails er zo heerlijk waren, het interieur zo bijzonder of het eten zo lekker, maar omdat je er ongecompliceerd kon drinken zonder poespas – een zeldzaamheid in Kabuki-cho. De zaak was bij buitenlanders populair, en ik was er vaak met klanten geweest. Er waren geen tafeltjes om aan te zitten, alleen een lange toog en staanplaatsen van waaraf je naar buiten kon kijken. Op onze weg van het hotel naar de bar moesten wij door een straat vol drankholen en klantenlokkers, maar Frank bleek niet in lingeriepubs of peepshows geïnteresseerd.

'Vandaag wou ik eerst wat drinken,' zei hij, toen we ons bier hadden gekregen en met elkaar klonken. Bier hadden we even goed kunnen drinken in het hotel! Had Frank een goeie reden om niet naar het café-restaurant te willen.' In een thriller heb ik wel eens gelezen dat de barman en de obers je gezicht onthouden als je twee avonden na elkaar op dezelfde plaats drinkt. Ik zocht de whiskybar af naar kennissen. Jun had mij gewaarschuwd dat ik niet met Frank alleen moest blijven. Het leek me ook een goed idee om een bekende te laten weten wie er bij me zat. Frank dronk van zijn bier en verloor mij geen moment uit het oog. Hij zag eruit of hij mijn gedachten probeerde te raden. Maar ik zag geen bekenden. De bar zat boordevol, met alle mogelijke klanten: jongelui die goed in de slappe was zaten, kantoorlui die eens iets anders durfden te dragen dan de voorgeschreven blauwe en grijze herenpakken, secretaresses die het nachtleven van haver tot gort kenden, modieuze jongens die niet alleen wilden drinken in Roppongi maar ook wel eens in Kabuki-cho. Later op de avond zouden hier ook hostessen binnenvallen en meisjes uit de seksclubs.

Frank dronk veel sneller dan de avond tevoren en zei: 'Kenji, je doet zo raar.'

'Ik ben wat moe. En verkouden, zoals ik al zei aan de telefoon.'

Iedereen zou mij raar hebben gevonden. Ik voelde mezelf niet eens normaal. Ik begreep goed hoe een mens zijn verstand verliest. Aan argwaan ontspruiten boze geesten, zegt het spreekwoord. Frank keek me aan. Ik zocht naar de juiste woorden. Ik kon beter duidelijk maken wat voor bange vermoedens hij bij mij had gewekt. Ik wou beslist niet de indruk wekken dat ik hem beschouwde als een moordenaar, alleen dat ik hem verdacht vond. Als deze Amerikaan wist dat ik hem van moord verdacht, bracht hij mij vast om. Maar als hij concludeerde dat ik, in mijn onnozelheid, niets vermoedde, kon hij toch nog in de verleiding komen mij te vermoorden, puur voor de lol.

'Laat eens horen, wat wil je vanavond doen?' vroeg ik hem.
'Heb jij een voorstel, Kenji?'

Zo opgewekt mogelijk ratelde ik een antwoord af dat ik van tevoren had bedacht.

'Als we eens naar het batting center gingen en daar tot vijf uur in de ochtend bleven spelen?'

'Tot vijf uur? In de ochtend?' zei Frank geamuseerd. Ik knikte van 'ja, ja' en hij begon te bulderen van het lachen, op een wel erg Amerikaanse manier. Hij sloeg mij vrolijk op de schouder en stak zijn bierglas omhoog. Een Amerikaan met bier in zijn hand die ongegeneerd zijn lach laat schallen geeft een al even natuurlijke indruk als een Japanner die, met een camera om zijn nek, een plechtige buiging maakt. De klanten om ons heen beleefden plezier aan Franks gedrag. Een buitenlandse gast die lol heeft, dat maakt een goeie indruk op de Japanners om hem heen. 'Die gaijin amuseert zich rot, dus is er nog hoop voor dit land, en voor onze bars! Wat boffen we, dat wij *altijd* naar bars als deze kunnen!' – zo luidt de redenering.

In deze bar draaiden ze jazz die ongewoon goed was voor Kabuki-cho. De smaakvolle belichting was zo discreet dat de mensen om ons heen Franks gezicht niet duidelijk konden ontwaren. Zelfs toen Frank mij vrolijk lachend op de schouder sloeg, waren zijn ogen ijskoud en glashard. Het kostte mij moeite om in die ijzige ogen te kijken en vrolijk te blijven. Nooit eerder had ik zo'n kwelling doorstaan. Wanneer zouden mijn zenuwen het begeven?

'Neuken wil ik, Kenji, neuken! Eerst wat bier drinken, en als ik me lekker voel, dan gaan we ergens heen waar het *opwindend* is.'

Onmogelijk te zeggen of mijn grapje over het batting center uitwerking had gehad. Nadat ik afscheid had genomen van Jun, was ik langs Shibuya gelopen om ter zelfverdediging een spuitbus te kopen. Jun had me een verdovingspistool aangeraden, maar voor je zoiets ontgrendeld kreeg, had Frank je al te pakken, en als je het voortdurend ontgrendeld liet, liep de

batterij leeg. Handig om iemand mee aan te vallen, maar niet geschikt bij de verdediging. Het veiligste was om mij van Frank te ontdoen. Hem een uur of drie naar een lovehotel sturen met een hostess uit een Chinese club, of een Latijns-Amerikaanse straatmadelief.
'Wil je vanavond graag een vrouw?' vroeg ik.
'Tuurlijk,' zei Frank. 'Het is alleen wat vroeg.'
'Dat snap ik wel, maar de kans bestaat dat er vanavond weinig meisjes werken. Binnen twee dagen is het nieuwjaar, de meeste bedrijven zijn met vakantie en de zakenlui zijn naar huis. Waarschijnlijk hebben veel prostituees ook vrij genomen, ze verwachten toch geen klanten.'
'O, daar hoeven we ons geen zorgen om te maken. Ik heb al inlichtingen ingewonnen.'
'Wat bedoel je?'
'Ik heb inlichtingen ingewonnen! Na het avondeten heb ik wat rondgelopen en een praatje gemaakt met die zwarte kerels die foldertjes uitdelen. Je weet wel, die kerels die we gisteren hebben gezien. Nou, die hebben mij van alles verteld, en ik heb ook een meisje aangesproken op straat. Ze sprak maar weinig Engels maar zei dat de meeste hoeren vandaag wel degelijk werken, want ze trekken zich niets aan van het Japanse nieuwjaar. Ze zijn alleen naar Tokyo gekomen om geld te verdienen.'
'Nou, jij kunt je plan wel trekken, je hebt mij zeker niet nodig?'
Wat zou het leuk zijn, dacht ik, als Frank mij met rust liet en in zijn eentje een vrouw ging zoeken.
'Laat me niet lachen, Kenji. Jij betekent veel meer dan een gids, je bent een echte vriend. Voel je je soms beledigd dat ik er in mijn eentje op uit ben getrokken? Als ik je heb gekwetst, bied ik mijn verontschuldigingen aan. Zeg op, ben je boos?'
'Nee, helemaal niet,' antwoordde ik en dwong mezelf tot een lachje. Frank gedroeg zich duidelijk anders dan gisteren.

Hij leek levendiger en enthousiaster, zijn stem klonk harder, hij leek zelfs wat opgewonden. Ik vroeg hem ernaar.
'Vandaag zit je vol energie, Frank. Heb je zo lekker geslapen?'
Hij schudde het hoofd.
'Niet meer dan een uur.'
'Eén uur?'
'Maar dat geeft niks, hoor. Als mijn hersencellen zich op grote schaal vernieuwen, heb ik weinig slaap nodig. Misschien heb je er wel eens over gehoord, maar de slaap is bedoeld om onze hersenen rust te geven, niet ons lichaam. Wie geen last heeft van stress, hoeft niet te slapen. Als je lichamelijk vermoeid bent, biedt het al verkwikking als je gaat liggen, maar je hersenen recupereren alleen door de slaap. Wie lang niet slaapt, kan woest worden, hoor, onvoorstelbaar woest.'
Een meisje dat ik kende kwam de zaak in. Zij lokte klanten voor een *omiai*-pub en heette Noriko. Ze was alleen. Ik wenkte haar. Een omiai-pub is een zaak die op straat meisjes benadert om gratis te komen drinken en karaoke te zingen. Mannelijke klanten moeten betalen om naar binnen te mogen en proberen afspraakjes te maken met de meisjes.
'Kijk wie we daar hebben! Kenji!' riep Noriko en wankelde op ons toe. Ik stelde haar voor aan Frank.
'Dit is Noriko. Zij kent de clubs in de buurt door en door. Aan haar kunnen we vragen waar we naartoe moeten.'
Ik legde Noriko in het Japans uit dat Frank een klant van me was. Noriko kan geen Engels. Zij is een door de wol geverfde jeugddelinquent, die meer tijd in verbeteringsgestichten en jeugdinrichtingen heeft doorgebracht dan in de schoolbanken. Niet dat ze mij dit zelf heeft verteld; in Kabuki-cho zat dit soort informatie in de lucht. Met andere delinquenten had ze dit gemeen: hoe bezopen ze ook raakte, over haar verleden begon ze nooit. Als je met Noriko omging, kwam je erachter dat de term 'jeugddelinquent' nog iets betekende.

Toen Noriko tussen ons in kwam staan, kreeg Frank een vreemde uitdrukking op zijn gezicht. In zijn ogen las ik woede, ongemak en gelatenheid. Noriko keek hem een fractie van een seconde aan, maar wendde haar blik onmiddellijk af. Een vrouw als zij wist uitstekend wanneer ze beter niet kon kijken. Dat had ze van kindsbeen af geleerd.

'Nu je het zegt, Frank, ik weet nog altijd niet je achternaam,' zei ik en betaalde Noriko's drankje. Ze had Wild Turkey met soda besteld. 'Frank, hier kun je het misschien wel zeggen. Dan kan ik je netjes aan deze dame voorstellen. Nou heb je de kans!'

Maar Frank keek hoe langer hoe knorriger. 'Mijn achternaam,' zuchtte hij en schudde zijn hoofd.

'Kenji, ben ik hier soms te veel?' vroeg Noriko en maakte al aanstalten om ons te verlaten. Met mijn ogen smeekte ik haar om te blijven.

'Masorueda,' zei Frank.

Ik dacht dat hij iets in het Japans wou zeggen en vroeg: 'Wát?' Waarop hij langzaam herhaalde: 'Ma-so-ru-e-da.' Nou heb ik bijna tweehonderd gaijin rondgeleid, maar zo'n achternaam ben ik nog nooit tegengekomen. 'Mijnheer Masorueda,' zei ik tegen Noriko.

'Ik dacht dat-ie Frank heette,' antwoordde zij en haalde een pakje Marlboro rood uit een zak van haar duffelse jas. Ze dronk met grote snelheid van haar whisky-soda en stak een sigaret op.

'Frank is zijn vóórnaam,' zei ik. 'Zoals Kenji, of Noriko.'
'Dat snap ik. Whitney: voornaam. Houston: achternaam. Op die manier, hè?'

'Hoe lopen de zaken?' vroeg ik.
'Slecht, het is veel te koud. Kom je vanavond naar onze bar?'
'Als hij hier dat wil.'

Frank keek ons aan met zijn gewone, uitdrukkingsloze gezicht. Noriko probeerde niet naar hem te kijken.
'Het is een gaijin, die sleur je toch overal mee naartoe! Of probeer je dat nooit, Kenji?'
'Niet zo maar, nee.'
'O, doe je dat niet.'
'Zeg Noriko, waarom sta je nu al te drinken? Klaar met werken?'
'Had je gedacht. Nee, ik ergerde me dood. Mag ik er nog een?'
'Goed hoor,' zei ik. Nu was het wel druk in de bar, maar je hoorde er jazzgitaar. Voor iemand van onze generatie wist Noriko veel over jazz. Ze bewoog haar hoofd heen en weer op het ritme van de bas die tegen de muren en de vloer bonkte en schudde haar lange, roestkleurig geverfde haar, waartussen de rook van haar sigaret opsteeg. Ze had een scherpomlijnd, vermoeid gezicht. 'Is ze hostess?' vroeg Frank. Ik was vergeten wat 'klantenlokker' in het Engels was en antwoordde maar dat Noriko hetzelfde deed als de zwarte jongens buiten. 'Ze is mooi,' fluisterde Frank in mijn oor. Dit gaf ik door aan Noriko, die beleefd '*domo*!' zei en Frank aankeek.
'Die gitaar, da's Kenny Burrell,' zei Frank tegen Noriko. 'Hij speelde vaak met Danamo Masorueda, een pianist die helemaal niet beroemd was, en ook niet bijster goed, maar die uit Bulgarije kwam. Zijn grootvader was een magiër bij een ketterse sekte, de Bogomils.'
Noriko vroeg wat die gaijin allemaal vertelde, en ik probeerde het te vertalen. 'Dan had die pianist toch dezelfde naam als hij,' zei ze en nam weer een sigaret, die Frank voor haar aanstak. '*Domo*,' zei ze weer en toen, met een glimlachje: 'Ah, sank yu.' Frank blies de lucifer uit en zei op zijn beurt '*domo*'.
'Maar een magiër?' vroeg ze. 'Bedoelt-ie zo iemand als David Copperfield?'

'Bedoel je een goochelaar?' vroeg ik Frank.
'Nee, nee!' riep hij en helde theatraal achterover. 'In de Middeleeuwen had je veel tovenarij in Europa, dat weten jullie toch wel, en Bulgarije was het middelpunt. Ik heb het nu niet over goochelen, maar over zwarte kunst, wat betekent: je aanbidt niet God maar de Duivel, en je haalt je kracht bij hem. Je wordt één met Satan. Ik denk dat het een meisje als haar wel interesseert.' En hij wees naar Noriko. Zijn ogen waren vochtig en zagen rood, zijn oogleden trilden. Ik moest denken aan de dooie kat die ik lang geleden had gezien, toen ik nog klein was. Op een verlaten stuk land trapte ik per ongeluk op een dooie kat die iemand daar had neergegooid. De kat rotte al. Ik hoorde uit de ontploffende buik gas ontsnappen, een oogbal sprong eruit en hechtte zich aan mijn schoen.

'En waar die satanisten zich nou mee bezighielden, in feite kwam het allemaal neer op seks. Alle perversiteiten die je je kunt indenken. Anale seks, coprofilie, necrofilie... Het begon al toen de tempeliers bij de verdediging van Jeruzalem in aanraking kwamen met een onorthodoxe Arabische sekte. Weet je, als je in de veertiende eeuw ridder wou worden, moest je de aars van je overste kussen. Ik weet zeker dat *zij* dit soort verhalen opwindend vindt. Ook de Rolling Stones werden op een bepaald ogenblik door het satanisme aangetrokken, en zij ziet eruit alsof ze van de Stones houdt.'

Ik deed hard mijn best om dit te vertalen. 'Wat een onzin,' zei Noriko. 'Satanisme zegt mij niets, en die muziek is helemaal niet van Kenny Burrell. Wat een idioot, hij lult maar wat uit zijn nek, het is toch zeker Wes! Of kent hij Wes Mongomery niet eens? Een echte *baka*, die lul.' En ze porde Frank in de arm.

Ik gaf Frank een vereenvoudigde vertaling van Noriko's woorden, maar ze stoof op: 'Vertel op, Kenji, heb je 'm aan zijn verstand gebracht dat hij een echte *baka* is? Het woordje *'fool'* ken ik zelfs, vooruit, laat 'm maar horen wat ie *is*!'

Ik gaf te kennen dat het Engels over wel meer woorden beschikt dan *'fool'*, maar daar trapte Noriko niet in. Van schoffies uit de *yakuza* verwacht je dit soort gedrag, maar ook figuren als Noriko kregen er wel eens last van. Zulke lui hoefden niet eens bezopen te zijn om uit hun slof te schieten. Je wist nooit hoe ze op je woorden zouden reageren. Je was je van geen kwaad bewust, maar opeens schenen ze te denken dat je ze in de maling nam. Als je de zaak weglachte, knapten ze. En als ze knapten, hielp er geen lievemoederen aan.

Frank stond weer te kijken met zijn brutale, bozige gezicht. Daar heb je het nou, dacht ik. Door dit gezicht ben ik voor het eerst aan hem gaan twijfelen. Noriko had het wel gezien en vroeg me: 'Wat hééft die gaijin?' Opeens zong ze een toontje lager.

Met zachte stem zei Frank: 'Kenji, is die meid een snol?'

'Hij vraagt of je 't nog verkoopt,' vertaalde ik. Noriko keek Frank aan alsof ze hem trachtte te peilen, en zei: 'Nee, daar hou ik me niet meer mee bezig, maar bij ons in de bar vind je wel van die meisjes.'

Met hetzelfde bozige gezicht zei Frank: 'Goed. Gaan we daar toch heen?'

Op elk tafeltje waar meisjes aan zaten, stonden genummerde bordjes. Er waren vijf meisjes. Ze dronken fruitsap of whisky-met-water en zongen wat karaoke. Noriko schonk Frank en mijzelf bier in, gaf ons een blaadje om op te schrijven en legde uit hoe de bar functioneerde. 'Op dit blaadje zet je het nummer van een meisje dat je bevalt.' Per blaadje betaalden we tweeduizend yen. Behalve het nummer moesten we ook een verzoek aangeven. 'Bijvoorbeeld: laten we ergens anders heen gaan. Of: laten we hier een poosje blijven drinken. Als je maar duidelijk maakt wat je wilt, want deze meisjes zitten niet in het vak.'

'Wat bazelt ze nou,' vroeg Frank. Ik fluisterde dat alle meisjes in deze zaak amateurs waren, net alsof ik simultaanvertaler was. Nu verschilden de vijf aanzienlijk van gezicht en stijl. Nummer 1 droeg een wit mini-jurkje, zat dik onder de make-up en zag er helemaal niet uit als een amateur. Een meisje dat geen hoer was, helemaal in haar eentje in Kabuki-cho, op dertig december, en gekleed in een wit mini-jurkje? Drie of vier jaar geleden hield je het niet voor mogelijk! Nummer 2 droeg een leren jack en een fluwelen broek, Nummer 3 een roomkleurig mantelpak. Nummer 4 en 5 waren samen en droegen allebei felgekleurde truitjes. Nummer 1 had net aan de microfoon gezeten; nu voerde Nummer 3 een tien jaar oude popsong uit van Seiko Matsuda.

'Kenji, wat is dat hier voor een zaak?' vroeg Frank. 'Die Noriko zei dat hier echte hoeren zaten.'

Ik wist niet meteen wat ik moest antwoorden. 'In het Japan van nu vind je meer en meer meisjes van wie je moeilijk kunt zeggen of ze nou beroeps zijn of niet.' Ik denk niet dat Frank hier veel van begreep. Nummer 1 en 3 lachten naar ons. Zelfs ik had niet kunnen zeggen onder wat voor categorie ze vielen. In de bar stonden een stuk of zeven tafeltjes en op de muren zat dof oranje behangpapier met een onbegrijpelijk dessin. Een dubbelzinnig interieur met zo'n sfeertje van: 'We willen graag klasse uitstralen en de wandtapijten na-apen uit een Europees paleis, maar ons budget schiet te kort.' Aan de muren hingen reproducties van stillevens zoals je die vaak aantreft in provinciale warenhuizen. De vier hoeken van de menukaart op de tafeltjes waren versierd met bloemetjes, en er stond met de hand op geschreven:

Yakisoba – onze saus moet u proeven![4]
Rāmen – 100% vers, hoor!

4. *Yakisoba:* Japanse bami goreng.

Er was een piepklein keukentje met net genoeg plaats voor een gootsteen en een magnetron. Een man van middelbare leeftijd, gekleed in herenpak, zag eruit als de manager, en er werkte ook een jonge ober met piercings in neus en lippen. Er zat één andere klant, een ambtenaar, ook al van middelbare leeftijd.

'Kenji, welke meisjes zijn nou beroeps?' vroeg Frank, met zijn balpen in de hand. 'Ik heb het je toch gezegd, ik wil neuken. Noriko heeft gezegd dat hier echte hoeren zaten.'

Ik vroeg me af of we uit deze vijf een meisje konden kiezen dat voor een 'afspraakje' met Frank mee wou. Ze zagen er alle vijf nogal dubbelzinnig uit; het konden hoertjes zijn, maar ook kantoormeisjes. Fatsoenlijke meisjes lieten zich in zo'n zaak natuurlijk niet zien, maar ik heb de indruk dat die in dit land niet meer voorkomen.

Op het blaadje dat Noriko ons had overhandigd stond een vakje waar je het nummer moest invullen van het meisje dat je interesseerde. Daaronder stonden vakjes waarin je jezelf mocht voorstellen. Je gaf je naam op, leeftijd, beroep en 'waar je meestal uitging'. Dááronder schreef je wat je graag met je afspraak zou doen. Helemaal onderaan stonden de antwoorden waaruit het meisje kon kiezen, als in een meerkeuzetoets:

1. Wat leuk! Ik ga met je mee!
2. Laten we ergens anders iets gaan drinken.
3. Laten we hier nog iets drinken, dan zie je wel wat je ervan vindt.
4. Sorry, vanavond liever niet.

Je blaadje werd overhandigd aan het meisje van je keuze, en na een poosje volgde haar reactie. Frank koos meisje Nummer 1. De andere vakjes vulde ik voor hem in. *Naam:* Frank Masorueda. *Leeftijd:* 35. *Beroep:* Directeur van een invoerbedrijf. *Waar ga je meestal uit:* De nachtclubs van Manhattan. *Wat zou je graag doen:* Genieten van een romantisch en erotisch avondje.

Zelf wou ik geen meisje kiezen, maar de bar stond niet toe dat twee klanten één meisje deelden, en dus vulde ik met enige tegenzin 'Nummer 2' in. Per formulier betaalde je tweeduizend yen contant. Frank gaf Noriko een biljet van tienduizend, uit de portefeuille van namaak-slangenleer, en zij bracht onze formulieren naar de meisjes. Nummers 1 en 2 bekeken Frank en mijzelf aandachtig, grepen naar hun pennen en bogen zich over onze blaadjes alsof het examenformulieren waren.

Noriko zei dat ze weg moest en wou al vertrekken, toen Frank haar tegenhield.

'Wacht heel even,' zei hij.

'Wat nou weer?' morde ze, en ging zitten. Ik vertaalde, met een angstig voorgevoel.

'Ik moet je echt bedanken.'

'Graag gedaan, het is gewoon mijn werk.'

'Ik wil je iets laten zien, weet je, iets over geestelijke energie. Mag ik even? Kijk om te beginnen naar mijn wijsvingers.'

Frank legde zijn handpalmen tegen elkaar, als een Japanner voor een boeddhistisch altaar.

'Kijk goed. Mijn linker- en rechterwijsvinger zijn even lang, heel normaal, maar binnen een halve minuut is de rechterwijsvinger veel langer. Begrijp je? Kijk maar goed.'

Hij hield zijn handen voor zich uit alsof het pistolen waren en stak de wijsvingers uit vóór onze neus.

'Kijk goed. Nu begint mijn rechterwijsvinger te groeien, net als de bonenstaak in dat verhaaltje van Jack en de bonenstaak. Let op, anders zie je niets.'

Ik zat naast Frank, Noriko tegenover hem. Vanaf mijn zitplaats zag ik duidelijk Franks linkerpols en de rug van zijn rechterhand, want de mouwen van zijn jasje en trui waren omhoog gekropen. Het viel me op dat er op de rug van zijn linkerpols zo weinig haar stond. Hij had er een soort foundation op gesmeerd in zijn huidskleur. Ik dacht meteen dat hij iets wou verbergen. Terwijl hij het had over Jack en de bonenstaak, en ik dat voor Noriko vertaalde, hield ik die pols in de gaten. Onder de foundation liepen dikke strepen. Eerst dacht ik dat het om een tatoeage ging. Hell's Angels, bijvoorbeeld, kerfden in hun huid en smeerden inkt in de wond. Maar toen drong het tot mij door dat het helemaal geen tatoeage was. De haren rezen me te berge. Zelfmoordlittekens, dié had Frank. Nou ken ik toevallig een meisje met drie van die littekens aan haar linkerpols. Maar Franks littekens waren ongelooflijk. Binnen een afstand van twee centimeter had hij er tientallen, te veel om te tellen, en ze liepen over de helft van zijn pols. Hoe vaak was die pols wel opengesneden, waarna de wond was geheeld en de pols opnieuw opengesneden? Van de gedachte alleen al werd ik misselijk.

'Kenji!' zei Frank. 'Waar kijk je naar?' Ik huiverde. 'Het doet er niet toe, maar vertaal wat ik zeg.'

Noriko zag er al niet meer normaal uit. Haar blik stond wazig, en tegen haar voorhoofd klopte een dikke ader.

'Jij bent alles vergeten, snap je wel, zodra je op straat komt, ben je alles vergeten.'

Mijn vertaling klopte niet helemaal. Ik vertelde de gehypnotiseerde Noriko precies het tegenovergestelde.

'Kenji, jij hebt niet naar mijn vingers gekeken,' zei Frank. Hij greep Noriko vast bij haar schouder en zei wat harder: 'Ik hou van je, hoor.' Toen keek Noriko weer helder uit haar ogen. Ze nam keurig afscheid en stapte naar buiten. Frank grinnikte en vroeg opnieuw: 'Kenji, waar zat je naar te kijken?'

Toen Noriko weg was, duurde het een poosje voor ik mijn stem hervond. 'Naar niks,' zei ik. Ik probeerde gewoon te klinken, maar het lukte niet. Mijn stem beefde, sloeg bijna over. Ik heb altijd een hekel gehad aan het paranormale. Ik kan niet tegen hypnose en dat soort dingen. Ik vind het heel onprettig te

zien hoe iemand zijn bewustzijn verliest. Het was de eerste keer dat ik iemand vlak voor mijn neus gehypnotiseerd zag worden.
'Ik keek naar Noriko. Zoiets heb ik nog nooit gezien!' Mijn stem bleef beven. Er zat niets anders op dan Frank de indruk te geven dat ik niet bang voor hem was, dat ik enkel was geschrokken van de hypnose. Nou wist ik niet hoe je hypnose in het Engels zei. Ik vroeg het aan Frank. 'Hypnosis' zei hij, met een raar Brits accent dat ik hem nog niet eerder had horen gebruiken.
'Dat snap ik niet goed, Frank,' zei ik.
'Wat?' vroeg hij.
'Als je kunt hypnotiseren, hoef je toch helemaal niet naar de hoeren. Je kunt toch elke vrouw krijgen!'
Dat lukte niet zomaar, zei Frank. 'In deze tijd van het jaar is het te koud. Als ze zich niet concentreren, kom je er niet. In open lucht kun je nou eenmaal niets beginnen. Maar als ze zich concentreren, doen ze wat je wilt. Het moeilijkste is hun behoedzaamheid, daar moeten ze van af. Maar het heeft geen zin te neuken met een vrouw die net een pop lijkt. Geef mij maar een hoer.'
De ober met de piercings bracht de antwoorden van Nummers 1 en 2. Ze hadden allebei gekozen voor: *Laten we hier nog iets drinken, dan zie je wel wat je ervan vindt.* 'Wilt u van tafel veranderen?' vroeg de ober. 'Voor de nieuwe tafel moet u wel betalen, en ook voor de drankjes van de dames. Bent u daartoe bereid?'
'Niks aan te doen,' zei Frank en we verhuisden allemaal naar een tafeltje voor vier.
Meisje nummer 1 heette Maki; nummer 2 Yuuko. Maki legde meteen uit dat ze voor een super-exclusieve club in Roppongi werkte. Alleen omdat ze een avondje vrij had, was ze hierheen gekomen. Bij ons in Roppongi betaal je per persoon zestig- of zeventigduizend yen, alleen om binnen te mogen, schepte ze

op. Ik had meteen door dat ze loog. Van haar gezicht, haar figuur, haar manier van praten, uit heel haar stijl las je af dat ze zeker niet voor zo'n chique zaak werkte. Ze schuimde de bars van Kabuki-cho af en dróómde van exclusieve clubs! Yuuko, van haar kant, beweerde dat ze student was, net terug van een feestje, het eerste feestje van een vereniging waarbij ze zich had aangesloten. Ze had zich zo verveeld dat ze vroeg was weggegaan. Ze wou alleen nog niet naar huis, en daarom was ze naar onze bar gekomen. Voor een student zag Yuuko er oud uit. Waarom loog iedereen hier zo? Net of ze niet zonder liegen konden leven.

Al gaf Yuuko zich uit voor student, toch sprak ze geen woord Engels. Had er soms geen Engels bij haar toelatingsexamens gezeten, vroeg ik me af, maar dat zei ik niet. Ik kon beter geen domme vragen stellen. 'O, geen Engels, hè?' constateerde Frank droogjes. Yuuko staarde verlegen naar het tafelblad en zei: 'Ik zit op een huishoudschool.' Misschien was het wel waar.

Yuuko bestelde oelong-thee en Maki whisky-met-water. 'In een zaak als deze deugt de whisky nooit,' mopperde Maki nadat ze een slokje had genomen. Ze scheen te bedoelen dat ze in haar exclusieve club de beste whisky gewend was. Ze babbelde erop los in het Japans, alsof er op de wereld geen andere talen bestonden.

'Wat drinkt u graag?' vroeg Yuuko aan Frank.

'Bourbon,' zei hij. Nou, daar had ik niets van gemerkt. Ik moest volop voor Frank en de twee meisjes tolken, en het leidde mijn gedachten wat af. Toch zat ik nog steeds met Franks littekens, en het gezicht van de gehypnotiseerde Noriko, in mijn achterhoofd. Sinds Noriko's vertrek werden Franks littekens bedekt door zijn mouwen. Noriko was iets ontnomen. Zij was een ander geworden.

'Wat voor *baa-bon* drinken ze in Amerika? Ik denk vast Turkey, Jack Daniel's, Brighton en dat soort spul?' Maki stelde deze vraag met een air alsof zij alles van het onderwerp afwist. Eerst had Frank geen idee waarover zij het had. Zelfs *baa-bon* moest ik voor hem vertalen. Voor Japanners is *bourbon* een moeilijk woord om uit te spreken. Toen ik aan dit baantje begon, begrepen de Amerikanen nooit wat ik bedoelde. Eentje dacht zelfs dat ik het had over *Marlboro*.

'Al die merken die je daar noemt, zijn voor de export,' zei Frank. 'Bourbon komt uit het zuiden, en de lui die daar wonen, houden het beste spul voor zichzelf. Neem nou de whisky van J. Dickens uit Kentucky, da's een goed voorbeeld. Achttien jaar oude Dickens is zo heerlijk als de beste cognac. Ja, het zuiden wordt vaak verkeerd begrepen, maar het heeft ook goeie kanten.'

Nou hadden de twee meisjes geen idee wat 'het zuiden' was. Het klinkt ongelooflijk, maar ze hadden nooit over de Amerikaanse burgeroorlog gehoord. Toen Frank zijn verbazing uitsprak dat ze wél allerlei bourbon kenden en toch niets van die oorlog wisten, zei Maki: 'Hebben wij toch niks mee te maken?' Ze scheen er niet eens mee verlegen.

Het schoot me opeens te binnen dat ik al vijftig minuten bij Frank zat. En ik had Jun nog niet gebeld.

Ik vroeg Yuuko of ik in deze zaak mijn mobieltje mocht gebruiken en ze antwoordde: 'Hoe moet ik dat weten?' op een toontje van: ik ben hier toch geen hostess?

'Tuurlijk mag het,' zei Maki, 'iedereen doet dat hier, ik ook,' – waaruit ik meteen afleidde dat zij een semi-prof was die vanuit deze zaak opereerde. Frank en ik zaten bij elkaar op de sofa, de dames tegenover ons. Nou weet ik weinig van meubelen, maar je zag zó dat deze tafeltjes en sofa's goedkope prullen waren. Het straalde ervan af. Er was een armzalige poging ondernomen om klasse uit te stralen, maar het goedkope materiaal maakte de bar juist triester. Om te beginnen waren alle tafeltjes en sofa's piepklein, en het was bepaald niet prettig om de sofa's aan te raken. Het leek alsof de lichaamssappen van alle eenzame, gefrustreerde klanten die daar ooit hadden gezeten in de bekleding waren gesijpeld. Het tafeltje had zo'n typische triplexglans, maar in het blad waren nerven aangebracht, om het op echt hout te laten lijken. Ik heb in mijn leven nooit veel goeie meubelen gezien, maar goedkope rotzooi herken ik meteen, want die deprimeert me. De twee jonge vrouwen voor onze ogen pasten zo wonderwel bij het meubilair dat ik ter plekke een nieuwe spreuk bedacht: 'De zielen van trieste, armzalige lui schuilen in trieste, armzalige meubels.' Maki droeg een Vuitton-tasje. Ik denk dat ik wel weet waarom meisjes als zij op mode belust zijn en achter Louis Vuitton, Chanel en Prada aan lopen. Als je iets van echt goeie kwaliteit bezit (het hoeft niet van een bekend merk te zijn), stelt het je nooit teleur. Maar het is erg moeilijk iets van kwaliteit te pakken te krijgen dat *niet* van een bekend merk is. Je moet er veel voor over hebben om je smaak te ontwikkelen.

Onze sofa had rare armleuningen die het onmogelijk maakten om veel te draaien of je benen over elkaar te slaan. Mijn dijen zaten tegen die van Frank geperst. Toen ik mijn mobieltje uit mijn jaszak wou halen, kwamen mijn arm en elleboog onzacht met Frank in aanraking. 'O, wil je je meisje bellen?' vroeg hij. Yuuko stak Frank een balpen en een papieren servetje toe en zei: '*Name, name, you, name!*' In grote letters schreef hij FRANK, waarna hij de pen weer van het servetje nam en me lachend vroeg: 'Kenji, wat was mijn achternaam ook weer?' Een lach om kippenvel van te krijgen. Jun nam op.

'Kenji! Alles oké?'

Ik begon al van 'ja' maar Frank mompelde: 'Laat mij even met haar praten,' boog zich over me heen en greep mijn gsm. Instinctief omklemde ik het ding, maar Frank maakte zich er moeiteloos meester van. Hij leek net een hongerige gorilla die een banaan uit een boom haalt. In een opwelling schreeuwde ik bijna: 'Klootzak!' maar mijn strijdlust maakte meteen plaats voor de drang me gewonnen te geven. Als ik een hond was geweest, was ik afgedropen met de staart tussen de poten. Ik zat rechts van Frank en had mijn gsm in mijn rechterhand gehouden. Toen hij zijn linkerarm voor mij langs uitstrekte, bedekte die mijn hele gezicht. Frank had mijn rechterpols gegrepen, het mobieltje van mijn oor gerukt en het mij met zijn andere hand ontfutseld. Het was alsof hij een paar vingers mee wou trekken. Dit gewelddadige optreden verliep zo snel dat beide meisjes dachten dat we maar wat aan het dollen waren. Ze staarden ons vergenoegd aan en piepten geamuseerd: 'Schei toch uit!' Frank beschikte over een meer dan gewone kracht en zijn hand voelde al net zo aan als zijn schouders toen ik hem de avond tevoren uit de oefenkooi hielp. Metalig. Ik vroeg me af of hij mijn gsm zou vermorzelen. En hij had het allemaal gedaan zonder enige moeite. Hij had zich helemaal niet ingespannen.

'Hallo! Met Frank!' riep hij naar Jun, harder dan de Ulfuls, die op dat moment door de bar schalden. Gek dat zijn stem zo opgewekt klonk. Hij leek een van die sterverkopers die in Amerikaanse films goeie zaken doen aan de telefoon. 'Jij bent Kenji's vriendin, hè? Hoe heet je ook weer?'

Doe nou alsjeblieft alsof je geen Engels verstaat, dacht ik.

'Wat? Ik hoor je niet goed, de muziek staat te hard!'

'Hé, Frank,' begon ik. Ze kan niet veel Engels, wou ik zeggen, maar hij keek me vernietigend aan en gromde: 'Zwijg. Ik ben aan het woord.' En hij trok het angstaanjagendste gezicht dat ik ooit bij hem had gezien. Maki merkte niets, maar Yuuko keek net op en haar glimlach bestierf. Zelfs een dom meisje van een huishoudschool dat geen woord Engels sprak, voelde aan dat er met Franks gezicht iets bijzonders aan de hand was. Het leek alsof Yuuko in tranen ging uitbarsten. Eén ding wist ik ondertussen over Frank: hoe bozer hij werd, hoe killer ook. Naarmate zijn kwaadheid groeide, zonken zijn gelaatstrekken dieper

weg en verstrakte de kille glans in zijn ogen. Uitdrukkingen als 'hij kookt van woede' waren op Frank niet toepasselijk.
'Wat? Ik vraag alleen hoe je heet! Je naam!'
Frank zat nu echt te brullen. Jun had blijkbaar geen moeite om te doen of ze geen Engels verstond.
'Kenji,' zei Frank, 'hoe heet je meisje?'
Dat wou ik niet prijsgeven, daarom zei ik: 'Zij praat haast nooit met buitenlanders, ze is vast in de war.' Ik bedoelde eigenlijk dat Jun zich weinig op haar gemak voelde, maar dat woord kende ik niet.
'Wat zou ze in de war zijn, ik wil alleen goeiedag zeggen want ik vind dat jij en ik veel dichter bij elkaar staan dan een gids en zijn klant.'
Op dat moment werd de karaoke ingezet, wat nog een stuk harder klonk dan het liedje van de Ulfuls. Met zoveel lawaai kon je onmogelijk telefoneren. Frank staarde woest naar de enige andere klant, die net begon te zingen. Hij hief de armen ten teken van onmacht en gaf mij m'n mobieltje terug.
'Straks bel ik nog een keer,' schreeuwde ik tegen Jun en schakelde uit.
'Dit lawaai is een regelrechte *aanslag*,' mopperde Frank. Een aanslag! Ik vond het grappig en triest tegelijk dat juist hij dit woord in de mond nam. Net een hoer die over de deugd preekt. Maar Frank had gelijk: de karaoke was oorverdovend. En die vent van achter in de veertig verpestte dan ook nog de laatste hit van Mr Children. Uit louter beleefheid klapten de meisjes mee. Hij had het nummer duidelijk gekozen om indruk op ze te maken. Nu is een song van Mr Children bepaald geen garantie voor succes bij de vrouwen, maar deze lul ging zo te keer dat je de aders van zijn keel zag zwellen. Met een nors gezicht gebaarde Frank dat de muziek te hard stond om bij te praten. Ook ik was ontstemd. Ik maakte me zorgen om Jun en om Noriko die gehypnotiseerd naar buiten was gelopen,

maar bovenal zat ik vol angst en wantrouwen jegens Frank. Onder deze omstandigheden ergerde ik me dood dat iemand keihard een lied zong waar ik helemaal niet naar wou luisteren. Waarom wordt zulk belachelijk gedrag ook toegestaan in dit land? Niemand vraagt zich af of hij zijn medemensen geen last bezorgt. De man vertrok zijn gezicht om Mr Childrens hoge noten te halen en zag er lelijk uit. Het was geen lied dat hijzelf per se wou zingen; hij wou alleen indruk maken op de meisjes en merkte niet dat ze zich dood verveelden. Als je erover nadacht, deed hij iets volkomen nutteloos, en was hij de enige die dit niet besefte. Ik werd er pisnijdig van en vroeg me af waar dit eigenlijk goed voor was. Ze moesten hem afmaken. Op hetzelfde ogenblik keek Frank mij aan en knikte mij glimlachend toe, alsof hij wou zeggen: 'Groot gelijk.' Ik kreeg een schok. Op het servetje dat Yuuko hem toestak las ik dat Frank een nieuwe naam voor zichzelf had bedacht. Achter 'Frank' had hij 'de Niro' gezet. Toen hij zo slinks naar me lachte, was hij daar net mee klaar. Het was of je tegen iemand zei: 'Ik kan die klootzak wel vermoorden!' en meteen het antwoord kreeg: 'Helemaal met je eens.'

Hierna trok Frank weer een gewoon gezicht en schreeuwde in mijn oor: 'Zeg, Kenji, dit moet je even vertalen.' Yuuko bleek een grote fan van Robert de Niro. Ze leek kinderlijk blij dat Frank dezelfde naam had. 'Leg haar nou eens uit dat *de Niro* betekent: *uit de Niro-clan.*'

Hoe zit het toch met deze kerel? dacht ik. Heeft hij echt mijn gedachten gelezen?

'Hoor eens, Kenji, deze meisjes spreken geen woord Engels. Maak jij nou even duidelijk dat Robert de Niro *Robert van de Niro-clan* betekent.' Tussen de karaoke door schreeuwde Frank telkens weer een paar woorden. Mijn hart bonsde nog altijd. 'Als dit lied uit is, zeg ik het,' antwoordde ik ten slotte. Alle onrust die zich in mij had opgehoopt, balde zich samen. Ik had het voorgevoel dat er iets vreselijks ging gebeuren. Franks gedrag was totaal veranderd. Hij had Noriko en mijzelf een belachelijke, valse naam opgegeven. Daarna had hij ons allebei geprobeerd te hypnotiseren (al werkte het alleen bij Noriko), hij had mijn gsm afgepakt, en nu reageerde hij op mijn gedachten alsof hij wou bewijzen dat hij ook al telepatisch begaafd was. Ik snapte er niets meer van.

Het lied was eindelijk uit. De zanger nam het kille applaus in ontvangst, slaakte een kreet van triomf en gaf het v-teken. Ik probeerde niet naar hem te kijken. Voor mij bestond hij niet.

Toen legde ik de meisjes uit wat 'de Niro' betekende. Yuuko keek vol bewondering naar het servetje en zei: 'Namen zijn toch boeiend, hè.' Maar Maki lachte sarcastisch. 'Met de filmster heeft deze knaap niets gemeen,' zei ze. 'Al heten ze allebei de Niro, ze hebben niks met elkaar te maken.'

Maki was een vrouw van het vulgairste soort, zoals je ze veel aantreft in Kabuki-cho. Oerlelijk, vol complexen en ook nog oliedom, maar omdat ze de slechtst mogelijke opvoeding had genoten, was ze zelf de laatste om het toe te geven. Ze was overtuigd dat ze het verdiende om op een veel betere plek te werken, en veel eleganter te leven. Nu dit niet lukte, gaf ze anderen de schuld. Ze was op alle anderen jaloers en schreef al haar ellende aan hen toe. Ze was altijd zo rot behandeld dat het haar heel makkelijk viel om het ze betaald te zetten met haar scherpe tong.

'Wat zegt ze?' vroeg Frank. Ik vertaalde.
'O ja? Wat is er zo anders aan Robert de Niro?'
Ik zag het niet zitten. Hoe bracht ik dit tot een goed eind? Moest ik dat idiote wijf het zwijgen opleggen en Frank naar buiten sleuren? Moest ik doen of ik naar de plee ging en halsoverkop de benen nemen? In korte tijd was er zo veel gebeurd dat ik niet helder kon denken. De smalheid van de sofa had er ook mee van doen. Met mijn dij zat ik zo dicht tegen die

van Frank aangedrukt, dat een deel van mij al meteen iedere gedachte om te vluchten had laten varen. Als je lichaam in het nauw zit, dan ook je geest. Ik wist dat dit niet het goeie moment was om me druk te maken over die karaokezanger of over Maki, maar het schijnt dat mensen in grote nood de hoofdzaak dolgraag de rug toekeren en zich verliezen in onbeduidende kleinigheden. Net als een man die vastbesloten is zelfmoord te plegen. Hij neemt de trein en piekert zich dood of hij zijn voordeur wel heeft dichtgetrokken. Al zag ik duidelijk dat dit niet het moment was, toch piekerde ik me suf hoe ik Maki op haar nummer kon zetten. En ik wist maar niets te bedenken. Zo'n oerdom wijf als zij was omgeven door een ondoordringbare barrière van stompzinnigheid... Als je haar recht in haar gezicht een debiel noemde, zou ze enkel terugschelden: 'Een debiel? Wat *bedoel* je nou?'

'Alles, toch?' zei Maki. Ze keek opnieuw naar Yuuko en herhaalde: 'Alles, hè?'

Yuuko mompelde ontwijkend: 'Ja... ik weet het niet zo goed.'

'Maar ze zijn toch heel *anders*. Van gezicht, manieren, postuur...'

En ze lachte weer, op dat akelige maniertje van d'r.

'Heb je Robert de Niro wel eens ontmoet?' vroeg Frank. 'Hij heeft een restaurant in New York, waar ik hem een paar keer heb gezien. Hij is niet zo groot, ziet er heel gewoon uit. Als je nou Jack Nicholson neemt of zo, die woont aan de westkust en gedraagt zich echt als een ster, maar de Niro doet heel gewoon. Daarom is hij juist zo'n groot acteur! Wat hij in een rol stopt, en heel de sfeer die hij oproept, daar moet hij hard voor knokken, hij levert een enorme inspanning!'

Ik dacht niet dat het veel zou uithalen, maar vertaalde dit toch. Op dat ogenblik verscheen de ober met de piercings en zette twee porties chips en *yakisoba* voor de meisjes neer. Ik zei

meteen: 'Dat hebben we niet besteld,' maar Maki snauwde: '*Ik wel!*' en nam een portie in ontvangst. 'Eet jij ook wat,' zei ze tegen Yuuko, die 'heel graag' antwoordde en meteen aanviel.
'Kenji, heb je vertaald wat ik zei?' vroeg Frank, die de meisjes verbaasd gadesloeg.
'Tuurlijk,' zei ik.
'Wat kwamen we hier nou eigenlijk doen? Zijn we hier naar toe gekomen om twee wijven te zien vreten? Ik wil neuken! Die Noriko zei dat hier hoeren zaten. Zijn die wijven geen hoeren?'
Ik vertaalde even.
'Wat een lul,' zei Maki tegen Yuuko, met haar mond vol *yakisoba*. 'Hier komen zulke losers. Daarom heb ik zo'n afkeer van dit soort zaken. Jij toch ook?'
Yuuko wierp mij een zorgelijke blik toe en zei: 'Nou, je kunt het die buitenlander toch niet kwalijk nemen dat hij ons aanziet voor iets wat we niet zijn?'
'Niet waar,' zei Maki. 'Wij hebben die kerels toch niet gevraagd bij ons te komen zitten?'
Ze liet een stukje yakisoba op haar jurk vallen, riep 'verdomme!' en begon als een razende met een natte zakdoek over de vlek te wrijven.
'Hé! Breng een nat handdoekje!' gilde ze tegen de ober met een stem die ver boven de Ulfuls uitkwam. De jongen deed wat hem gevraagd was. Met een boos gezicht wreef Maki over de donkere vlek op haar witte jurk, maar ze kreeg hem niet weg.
Maki was klein en mollig, met een rond gezicht, een donkere kleur en een ruwe huid. Zelfs voor zulke meisjes betaalden sommige mannen goed geld. Als een vrouw zich prostitueert, en niet zo lelijk is dat een man zijn blik afwendt, vindt zij altijd wel klanten. Zo buitengewoon eenzaam zijn de mannen van tegenwoordig. Waardoor vrouwen als Maki het hoog in de bol krijgen.

'Nu heb je toch een pracht van een vlek!' zei Frank met een glimlach tegen Maki. Ik vertaalde.
'Wat bazelt-ie nou? Hij snapt er helemaal niks van!' riep Maki, en begon te vegen met de andere kant van de handdoek.
'Zeg, maar da's toch een Junko Shimada,' zei Yuuko tegen haar. 'Wat erg, hè?'
'Inderdaad,' zei Maki en gluurde dreigend in onze richting. 'Ik ben blij dat tenminste *iemand* hier verstand van heeft! Ik zie er misschien niet zo uit, maar ik heb altijd gewerkt in de beste zaken, ook toen ik student was, en niet alleen in nachtclubs! Mijn eerste studentenbaantje was op een markt in Seijo-Gakuen. Daar verkochten ze exclusieve producten die alleen heel rijke mensen konden betalen, zoals *sashimi* van verse zeebrasem. Tweeduizend yen voor vijf flinterdunne plakjes. En tofu ook, in het begin kon ik het niet geloven, ergens dichtbij de Fuji maken ze per dag vijfhonderd porties met de hand, en voor iedere portie betaalde je vijfhonderd yen.'

Opzettelijk negeerde Maki Frank en mijzelf. Ze richtte zich alleen nog tot Yuuko, met een air van: 'Jij bent de enige die mij hier begrijpt.' Yuuko zat al etend te luisteren. Ondertussen maakte meisje Nummer 4 zich klaar om te vertrekken. De karaokezanger had Nummer 5 gekozen, zodat Nummer 4 op zichzelf was aangewezen. Van alle meisjes in de bar zagen die twee er het gewoonst uit (ze droegen een truitje met rok, of een truitje met broek), maar het waren echte professionals. De zanger leek dit soort bars goed te kennen, en hij had de situatie snel door. De enige die helemaal alleen achterbleef, was Nummer 3, die op haar beurt de microfoon ter hand nam en deed alsof ze een lied zocht. Zij droeg een mantelpakje, maar was jong. Het was net voorbij tienen, en ik dacht dat zij een hostess moest zijn die voor de nachtploeg werkte, tot vier of vijf uur 's ochtends. Van alle aanwezige meisjes was zij het mooiste. De zaak leek trouwens niet op een bar. Er zat een aantal vrouwen en mannen die ergens op wachtten – het had veel weg van een stationswachtkamer. Naar het schijnt vind je, in Kabuki-cho, en in andere rosse buurten, minder en minder klanten die alleen op seks uit zijn. In Oost-Okubo ligt een straat waar mannen aanschuiven om met schoolmeisjes te praten, en verder niets. Meisjes trekken erheen en krijgen ik weet niet hoeveel duizend yen, alleen om in een lunchroom met zo'n vent te zitten kletsen. Maki, die nog steeds vertelde tussen welke luxegoederen zij ooit haar dagen sleet, had vast gelijksoortige ervaringen achter de rug. Louter en alleen omdat ze tussen tofu van vijfhonderd yen en sashimi van tweeduizend yen had gezeten, dacht zij dat alleen het beste goed genoeg voor haar was. Natuurlijk paste die jurk van Junko Shimada haar niet, maar ze had niet één vriendin die haar dat ooit zou vertellen, en als er wél zo iemand in haar buurt kwam, hield zij zich er verre van. Ik heb op tv wel eens een psychiater horen vertellen dat een mens, om te blijven leven, het gevoel nodig heeft dat hij iets waard is. Dat leek me lang niet gek. Als je denkt dat je van geen nut bent, is je leven hard. De manager van de bar, die bij de toog op de toetsen van een rekenmachientje zat te tikken, leek een typisch figuur uit het seksmilieu. Aan zijn smoel zag je dat hij de vraag of zijn leven waarde had, al lang geleden had opgegeven. Alle uitbaters van *soaplands*[5], Chinese clubs en sm-clubs, plus de pooiers die vrouwen exploiteren, hebben dit gemeen: aan hun smoel lees je af dat er diep vanbinnen iets is weggevreten.

Ooit heb ik geprobeerd om met Jun over zulke kerels te praten, maar het lukte mij niet om uit te leggen wat ik bedoelde. Ze zien eruit alsof ze elke hoop hebben laten varen, hun trots kwijt zijn, zichzelf te lang hebben voorgelogen, geen gevoelens kennen... Ik probeerde op allerlei manieren duidelijk te maken wat ik bedoelde, maar Jun begreep me niet. Pas toen ik zei dat

5. Japanse benaming voor een bordeel waar klanten met een prostituee in bad kunnen.

ze wezenloze gezichten hebben, ging er bij haar een lichtje branden. Een paar weken daarna was er op het journaal een reportage over Noord-Korea. Het ging over de hongersnood die daar heerste. Je zag beelden van hongerende kinderen. Om de een of andere reden leken hun gezichten op die van de mannen die vrouwenlichamen exploiteren.

De jonge ober, die naast de eigenaar tegen de toog leunde, behoorde tot een andere categorie. Hij had zijn haar samengebonden in een paardenstaart, en hij had enkele piercings. De mannen die vrouwen exploiteren hebben geen piercings, niet in hun neus en niet in hun lippen. Die ober zat wel in een bandje of zoiets, maar omdat hij daar niet van kon leven, was hij door een vriend aan dit baantje geholpen. Een verbluffend aantal jonge kerels speelt in bandjes. Avond na avond geven ze in kleine groepjes ouwe folksongs ten beste in het Koma-theater. Meisje Nummer 3 zong stilletjes een lied van Amuro, over hoe eenzaam wij allemaal zijn, diep vanbinnen. De ober lette niet op haar. Hij merkte niet dat er een meisje zat te zingen. Zijn blik was gericht op iets wat wij niet konden zien, alsof hij dacht: 'Ik ben hier helemaal niet.' De man die een lied van Mr Children had gezongen, onderhandelde met Nummer 5 over de prijs, zonder zich iets aan te trekken van zijn omgeving. Ik bekeek Nummer 5 eens goed. Ze leek de dertig al voorbij. Door de hitte en het zweten was haar make-up beginnen uit te lopen. Je zag duidelijk rimpels bij haar hals en ogen. Mr Children zat zo maar te zeuren: 'Ik ken jouw soort wel, jij verkoopt jezelf via de telefoonclubs, ik ken veel meiden van jouw soort!' Nummer 5 scheen per se geld nodig te hebben vandaag, want ze werd helemaal niet boos. Ze had haar beide handen op haar schoot gelegd, schudde af en toe met haar hoofd en keek voortdurend naar de ingang, alsof ze zich afvroeg of er geen andere klanten kwamen. Er is iets niet in de haak, dacht ik. Normaal gesproken let ik in dit soort bar helemaal niet op de andere klanten. Maki zat nog steeds te babbelen, Yuuko had haar yakisoba op. Frank vroeg of ik wou vertalen wat Maki zei en ik gehoorzaamde werktuiglijk.

'Toen ik mijn baantje op die markt had opgegeven, heb ik een tijdje gelummeld, en daarna ben ik in het nachtleven begonnen, maar ik hield mezelf voor dat ik in geen geval zou werken voor een goedkope zaak, want daar kom je alleen goedkope pummels tegen, toch?'

'Wacht eens effe,' onderbrak Frank haar.

'Wat is er?' zei Maki met een uitdrukking van: 'Hou *jij* toch je bek.'

'Wat voer je hier uit? Wat kom je hier eigenlijk doen? Dát begrijp ik niet goed.'

'Ik kom hier om te praten,' zei Maki. 'Ik werk in een superexclusieve club in Roppongi en vandaag heb ik een avondje vrij. Normaal kom ik zelden in Shinjuku, maar als ik hier kom, is het om te praten. Meestal praat ik over dingen waar niemand veel van weet. Daarom luistert iedereen graag naar mij. Ik leg bijvoorbeeld uit wat voor iemand ik ben. Als ik naar Amerika moest vliegen, nam ik nooit *economy class*. Dat begrijp je zeker wel?'

Ze nipte eens aan haar whisky-met-water en keek naar Yuuko voor instemming.

'Ja,' knikte Yuuko, 'zo zijn sommige mensen.' Yuuko keek al een poosje op haar horloge. Ze was naar een saai feestje geweest en wou enkel de tijd doden in een omiai-pub voor ze naar huis ging, maar nu wou ze weg. Alleen was ze minder gehard dan Maki. Ze scheen het niet netjes te vinden om meteen weg te lopen nu ze de *yakisoba* op had die wij voor haar hadden betaald. Ze had niet door dat Frank en ik ons doodergerden aan Maki. Ze reageerde afwezig op Maki's woorden en bereidde in gedachten haar vertrek voor. Ze was mager en had een ongezonde kleur. Haar sluike haar hing tot over haar kraag. Nu en dan wierp ze het met haar onverzorgde vingernagels over haar schouders. Het kon haar weinig schelen wat Maki vertelde, maar toch knikte ze instemmend, telkens weer. Ze leek fatsoenlijker dan de andere meisjes in de zaak, maar ze was toch in haar eentje hierheen gekomen. Kennelijk was ze vertrouwd met de eenzaamheid.

'Als je economy class vliegt, raak je doordrongen van het economy-sfeertje, dat zegt een van onze vaste klanten, en ik ben ervan overtuigd dat hij gelijk heeft. Hij werkt voor de televisie, weet je. *Hier* zou hij nooit een stap zetten. In heel zijn leven heeft hij uitsluitend eerste klas gevlogen, zegt hij. Voor binnenlandse vluchten kiest hij gegarandeerd Super Seat. Nou heeft Japan Air System geen Super Seat, dus als hij ergens heen moet waar hij alleen kan komen met Japan Air System, neemt hij liever de supersnelle trein – luxeklasse, natuurlijk. Ik bedoel maar: zulke mensen zijn er ook, want in de eerste klas, weet je, daar geniet je nog heel wat meer voordelen dan zo maar wat extra ruimte. Wie nooit eerste klas heeft gevlogen, die beseft het niet, denk ik, maar als er iets gebeurt, bij voorbeeld: je vlucht loopt vertraging op of wordt afgezegd, dan behandelen ze je heel anders naargelang de klasse waarmee je vliegt, wist je dat? De meeste passagiers moeten naar hotels bij de luchthaven, maar die van de eerste klas, als ze in Tokyo zitten, die mogen naar het Hilton, vlak buiten Disneyland! Daar droom ik al zo lang van: het Disneyland Hilton – iederéén toch?'

Yuuko reageerde opnieuw met een vaag 'Mmm'. Ik zat nog steeds te tolken, alsof ik een simultaanvertaler was op een conferentie. Ik ben dat soort klusjes niet gewend, ken ook niet genoeg Engels. Ik werd moe en begon er met de pet naar te gooien. Maki's laatste woorden gaf ik weer als: 'Alle Japanners dromen ervan in het Hilton te mogen overnachten,' of zoiets. Ik verwachtte niet dat het veel uitmaakte.

'Het Hilton is anders niet zo'n exclusief hotel,' zei Frank zacht tegen Maki, alsof hij haar wou helpen door een misverstand uit de weg te ruimen. Maar je kon het interpreteren alsof hij haar op haar nummer zette. En ik denk ook wel dat hij dat wou. Zij kon het vast aan hem horen.

'Jij weet er niet veel van af, hè?' zei Frank. 'Neem het New York Hilton. Daar hebben ze zeker duizend kamers. Als een hotel een goeie service wil bieden, mag het maximaal vierhonderd kamers hebben, da's bekend. Daarom logeren de echt rijken nooit in het Hilton. Die gaan liever naar hotels met een typisch Europees karakter, zoals het Plaza Athénée, het Ritz-Carlton of het Westbury. Alleen Japanners willen naar het Hilton. Japanners en boertjes van buten.'

Maki werd vuurrood. Ze was razend dat Frank haar een 'boertje van buten' noemde. Maar als ze boos was, betekende dat ook dat ze een boerenkinkel was!

'Dat kan waar zijn,' zei Yuuko. 'Er zijn nou eenmaal dingen waar alleen Amerikanen het fijne van weten.'

'Ja maar, wacht even,' zei Maki met een pruilmondje. 'Waar logeert die vent zelf?'

'Dat kan *ik* je niet vertellen,' zei ik.

'Watte?' zei Frank, 'wat vraagt ze?'

Ik vertaalde het en hij zei: 'In het Hilton,' waarop Yuuko begon te lachen.

Ik vroeg me af waar Frank nou echt logeerde. Ondertussen deed Maki uit de doeken dat zij overnacht had in Tokyo's exclusiefste hotels. Ze legde uit dat de receptie van het Park Hyatt ontieglijk ver van de ingang lag en dat ze nooit lekkerder had gezeten dan op de sofa in het Westin-hotel, Ebisu Garden Place. Ze legde uit dat ze op zulke plaatsen altijd overnachtte in het gezelschap van dokters, advocaten en tv-producers, en gaf in feite toe dat ze een hoer was, zeer tot genoegen van Frank.

We zaten net iets langer dan een uur in de bar. Ik vroeg hoeveel we de zaak verschuldigd waren. De ober bracht een rekening van bijna veertigduizend yen.

'Wat is dit nou?' vroeg ik, waarop de piercings in de lip van de ober lichtjes beefden. 'Noriko heeft ons een heel andere prijs gegeven.' Ik probeerde rustig te blijven, om hem niet op stang te jagen.

'Wie is Noriko?' vroeg de ober, en keek in de richting van de baas, die aan de toog stond. De baas stevende meteen op ons af en zei zacht: 'Heeft u een probleem?' Ik vroeg of wij een specificatie mochten zien, maar die had hij al bij zich. 'Kijkt u maar,' zei hij. Voor onze eerste tafel betaalden wij tweeduizend yen per persoon. Het kostte vierduizend per persoon om met de meisjes aan een andere tafel te gaan zitten – een bedrag dat ondertussen was verdubbeld omdat er meer dan een uur voorbij was. De yakisoba kostte twaalfhonderd yen per persoon, de chips idem dito, de thee vijftienhonderd yen, de whisky twaalfhonderd yen, het bier vijftienhonderd yen, en er kwamen nog BTW en service bij.

'U had ons wel mogen waarschuwen dat het eerste uur om was,' zei ik. Frank bekeek de rekening en riep: 'Dit is afschuwelijk!' Hij las misschien geen Japans, maar hij zag de bedragen. 'Ik heb twee whisky's gehad en jij, Kenji, één biertje.'

'Wij werken per uur,' zei de manager. 'Door een tekort aan personeel kunnen wij de klanten niet individueel op de hoogte houden.'

Ze hebben ons mooi belazerd, dacht ik. Die kerel houdt gewoon vol dat hij ons in rekening brengt wat de regels van de zaak voorschrijven. Als wij toch voet bij stuk hielden, verscheen er een 'specialist' die voorstelde de onderhandelingen 'op kantoor' voort te zetten. Waarna wij het wel konden vergeten! 'Er zit niks anders op,' zei ik tegen Frank. 'O, gaat het hier zó?' zuchtte hij. Het leken misschien duistere praktijken, legde ik uit, maar strikt genomen deden ze niets illegaals. Het had geen zin om te discussiëren.

'Ik leg het straks wel allemaal uit. Het is voor een deel mijn schuld. De helft van het bedrag mag je wel van mijn honorarium aftrekken.'

Dat meende ik. Het was mijn schuld dat we niet op de klok hadden gelet.

'Prima,' zei Frank. 'Ik betaal alvast wat we totnogtoe schuldig zijn.'

'Totnogtoe?' dacht ik. Frank haalde vier briefjes van tienduizend uit zijn portemonnee van namaak-slangenleer. De smerigste ouwe vodden die ik ooit had gezien. Met een vies gezicht hield de manager ze tussen duim en wijsvinger. Ze voelden vettig aan, zaten vol vlekken en vielen zó uit elkaar. Ik dacht aan verhalen die de ronde deden over zwervers in het park van Shinjuku die aanzienlijke bedragen hadden weggestopt.

Zowel de manager, de ober, de twee meisjes als ikzelf staarden verbijsterd naar Franks bankbiljetten. Zulk smerig geld hadden wij nog nooit gezien.

'Zo,' zei Frank. 'Da's genoeg, voor dit moment.'

'Voor dit moment?' vroeg ik.

'Ik wil nog even blijven,' antwoordde Frank.

Maar de eigenaar, die vele jaren in Kabuki-cho had gesleten, voelde instinctief dat er iets mis was met Franks gezicht, met zijn houding en het onvoorstelbaar vieze geld. 'Op dit punt is het gebruikelijk dat de klanten afrekenen,' zei hij tegen mij, waarmee hij te kennen wou geven: 'Kom, jongens – wegwezen!'

Ik tikte Frank stilletjes op de schouder en zei: 'Frank, zullen we gaan? We hebben hier niks meer te zoeken.' Franks schouderspieren waren hard als staal. Het joeg me weer de stuipen op het lijf.

'Oké, laten we gaan,' zei hij. 'Maar wacht. Die biljetten van daarnet – die heb ik niet zolang geleden in de goot laten vallen. Misschien kan ik met een creditcard betalen?' En hij haalde zijn leren portefeuille weer te voorschijn. Bij de woorden 'creditcard' trok de manager een gek gezicht.

'Kenji, vraag of ik een kaart kan gebruiken.'
Ik vroeg het, en de manager zei zorgelijk: 'Dat kan...'
'Nou heb ik hier een heel vreemde kaart van American Express, kijk eens even, hier is-ie, bekijk hem maar goed, de mythologische held die erop staat ziet er een beetje raar uit, vind je niet? Als je de kaart beweegt, lijkt hij te glimlachen...'
De manager, de ober en de twee vrouwen keken aandachtig naar de kaart, alsof ze ernaartoe gezogen werden. Telkens als er zich in Franks nabijheid iets voordeed, hing er iets ongewoons in de lucht. Die lucht leek zo droog dat ze in mijn huid sneed, en zo dik dat ik moeilijk kon ademen. Zelf keek ik in geen geval naar Franks kaart. Ik merkte dat de gelaatsuitdrukkingen van de manager en de ober in een mum van tijd veranderd waren. In een weekblad heb ik wel eens gelezen dat gehypnotiseerden tijdelijk het dodenrijk in worden getrokken. De manager staarde naar de kaart die voor zijn ogen heen en weer werd bewogen, en sperde zijn pupillen wijd open. Zijn wang- en kaakspieren spanden zich zó dat je zijn tanden hoorde knarsen. Zijn halsaders zwollen op. Zijn gezicht vertoonde de uitdrukking van iemand die plots wordt overvallen door doodsangst. Hierna slonken de aders weer en het licht verdween uit zijn ogen.
'Kenji,' zei Frank met een uitzonderlijk zacht stemmetje. 'Kenji, ga even naar buiten en bel je meisje.'
'Hè?' vroeg ik, en hij herhaalde het nog eens, langzaam en nadrukkelijk: 'Ga. Naar buiten. En bel. Je meisje.'
Frank trok een gezicht dat ik nog niet eerder had gezien – hij straalde. Alsof hij een lange, zware taak had volbracht en eindelijk toe was aan een heerlijk glas bier. De manager, de ober, Maki en Yuuko verkeerden nog steeds in trance. Alle vier hadden ze een wazige blik. De piercings in de lip van de ober beefden zachtjes. Hij leek wel een harlekijn bij de pantomime. Ik had geen idee of de spieren van mensen onder hypnose nou gespannen of ontspannen waren – misschien wel allebei. Meisje

nummer 3 zat nog steeds te zingen. 'Mr Children' onderhandelde met Nummer 5. Zij merkten niets van de gekke sfeer aan onze tafel.

'Frank, dat vind ik niet fraai, hoor,' zei ik, in de overtuiging dat Frank iedereen had gehypnotiseerd om zonder betaling de benen te nemen. 'Zomaar weglopen, dat doe je niet. Ik kan mij in Kabuki-cho niet meer vertonen.'

'Geen haar op mijn hoofd die daaraan denkt,' zei Frank. 'Ga nou maar en laat mij dit afhandelen.'

'Als je weigert, maak ik je af,' las ik in zijn ogen. Mijn ruggengraat voelde aan als bevroren, mijn rug zat volgepropt met ijs. Heel even vroeg ik me af of ik zelf ook gehypnotiseerd was, want voor ik er erg in had, sprong ik al op en glipte tussen de manager en de ober door. Het was of ik mij een weg baande tussen modepoppen in een warenhuis. Mijn elleboog botste tegen de rechterhand van de ober, maar zijn geest verkeerde in verre regionen. Ik liep weg van onze tafel en keek nog één keer om naar Maki en Yuuko. Zij zaten voorovergebogen en schommelden heen en weer, als op een wip.

Ik liep de bar uit en greep vlakbij de lift naar mijn gsm. Jun zat nog bij me thuis maar ik kon me er niet toe zetten haar te bellen. Ik probeerde naar binnen te turen in de bar. Door het donkere raampje in de deur onderscheidde ik vage vormen. Opeens kwam Frank mijn richting uit. Ik wou me nog verstoppen in de lift, maar hij had me al te pakken.

'Kenji, kom er maar weer bij!'

Ik wou niet naar binnen. Frank doorboorde mij met zijn ogen, maar ik kon me niet verroeren. Ik was versteend vanaf het uiteinde van iedere haar op mijn hoofd, tot aan mijn teennagels. Frank greep me vast bij mijn schouders en sleurde me de bar in. Bij de deur verloor ik mijn evenwicht en kwam bijna ten val, maar hij ving moeiteloos mijn gewicht op met zijn rechterarm en droeg me naar binnen. Als een stuk bagage zette hij me op de vloer. Achter mij hoorde ik hoe hij het luik van de zaak naar beneden liet ratelen. Ik opende mijn ogen, en zag vlak voor mijn neus een paar vrouwen- en een paar mannenbenen. Aan de rode schoenen met hoge hak herkende ik Maki. Tegen de scheen van een van haar witzijden kousen blonk een natte, rode streep. De streep bewoog. Als een levend wezen, een parasiet misschien, gleed zij traag en gestaag over de fijne zijden draadjes. Aan de tafel tegenover Maki zaten Nummer 5, Nummer 3 en de karaokezanger. Met wijdopen mond staarden ze naar Maki's gezicht. Ik keek maar eens op om te zien wat zij zagen, en mijn maag keerde zich binnenstebuiten. Het leek wel of Maki onder haar kaken een tweede, wijdopen mond had. Met die mond scheen ze te glimlachen. Er stroomde een dikke vloeistof uit die op koolteer leek. Maki's keel was van oor tot oor doorgesneden. Ze zag eruit alsof haar hoofd er zo af kon vallen. Toch leefde ze nog, hoe ongelooflijk het ook mag klinken. Door de jaap in haar keel perste zij bloed naar buiten, vermengd met schuim. Ze draaide met haar ogen en haar lippen trilden. Het leek alsof ze iets wou zeggen. Naast haar stond de manager. Zijn nek was op een vreemde manier verwrongen. Zijn hoofd was schuin naar achteren gedraaid en hing losjes naar beneden. Maki en de manager stonden tegen elkaar aan, alsof ze elkaar wilden ondersteunen. Yuuko en de ober lagen over elkaar op de grond aan Maki's voeten. Diep in Yuuko's onderrug stak een slank mes, dat eruitzag als een keukenmes waarmee je sashimi in fijne plakjes snijdt. De nek van de ober was verwrongen op dezelfde manier als die van de manager. Meisjes Nummer 3 en 5 en de karaokezanger zaten nog steeds roerloos op hun sofa, maar je kon niet zien of ze gehypnotiseerd waren, of verlamd van de schrik. Ik moest me dwingen om de kots binnen te houden die ik voelde opkomen. Het zuur stroomde door mijn borst en keel, mijn slapen tintelden, ik kon helemaal niet denken, laat staan spreken. Ik had elk besef van de werkelijkheid verloren;

het leek alsof ik in een nachtmerrie zat waaruit ik nooit zou ontwaken. Toen betrad Frank mijn gezichtsveld. Hij stapte naar meisje nummer 3. Frank had het slanke mes uit Yuuko's rug getrokken en hield het in zijn hand. Nummer 3 was zeker niet buiten bewustzijn, en evenmin gehypnotiseerd. Toen ze Frank op zich toe zag stappen, begon ze een eigenaardige beweging uit te voeren. Haar rechterhand, waarin ze de microfoon hield, begon met kleine schokjes te bewegen, alsof ze klauwde naar de sofa waarop ze zat. Ze leek wel een poesje dat opgewonden zat te spelen. De microfoon stond nog aan, het schurende geluid weerklonk door de bar. Ik had de indruk dat ze graag zou vluchten, maar haar lichaam voerde een beweging uit zonder zich iets aan te trekken van haar geest. Haar beenspieren waren gespannen maar ze kreeg niet eens haar tenen van de vloer. Op haar gezicht en haar hals oefende ze zo veel druk uit dat haar schouders trilden. Er zat een kortsluiting in de zenuwen die haar brein met haar spieren verbonden. Haar bewegingen waren chaotisch, onbeheerst. Met mij was het net zo gesteld: mijn gezicht en gehoor waren behoorlijk in de war. De muziek voor het lied dat Nummer 3 had uitgekozen liep nog steeds, maar ik heb geen idee of ik het geluid met mijn eigen oren hoorde. Toen Frank voor Nummer 3 opdook, deed zij het met volle kracht in haar broek, onder haar roomkleurige rok. Haar sappen pletsten op de vloer, haar lichaam verslapte. De schoenen vielen van haar voeten, haar schouders ontspanden zich, ze trok een gezicht alsof ze ging lachen. Toen greep Frank haar bij de haren en stak zijn mes in haar borst. En zoals een klein gevleugeld insect opvliegt uit het gras, maakte er zich iets los uit dat krampachtig lachende gezicht. Op dat moment begon Nummer 5 abrupt te krijsen. Niet zozeer omdat Nummer 3 zojuist was vermoord. Het leek alsof iemand opeens een knop op 'aan' had gezet. Frank haalde het mes uit de borst van Nummer 3 en wou haar de microfoon ontfutselen, maar ze hield het ding zo stevig vast dat hij haar vingers niet open kreeg. Die vingers zagen zo wit alsof ze onder water waren opgezwollen. Frank greep Nummer 3 weer bij de haren en drukte met volle kracht zijn wijsvinger in haar oog. Van waar ik lag kon ik het geluid duidelijk horen. Toen liet ze de microfoon los. Uit haar oogholte vloeide, heel langzaam, iets wat ik nog nooit had gezien. Dik, doorzichtig, rood gespikkeld slijm. Frank hield de microfoon tegen de schreeuwende mond van Nummer 5. Opeens klonk haar schreeuw veel harder, maar gek genoeg leek het of ze zong. Frank wees naar haar keel en keek me aan. Haar stembanden zetten uit en gingen op en neer. Frank wenkte mij met zijn ogen alsof hij bedoelde: 'Klaar? Kijk maar goed!' En sneed diep in de vibrerende stembanden. De schreeuw verdween en loste op in een diepe zucht, als van ontsnappende stoom. Franks handelingen leken zich nu eens vertraagd af te spelen, dan weer versneld, als in een videofilm. Soms leek het wel of hij alles extra langzaam deed; soms ging het beangstigend vlug, zoals toen hij het mes uit Yuuko's rug trok. Ik begreep hoe makkelijk ons waarnemings- en reactievermogen op tilt slaan. In shocktoestand beweegt je lichaam niet langer; je gedachten houden op. Frank had de keel doorgesneden van een vrouw die vijftien centimeter van de karaokezanger af zat, en hij had zitten kijken alsof het een reclamefilmpje was voor *Cup Noodle*. Hij had een uitdrukking alsof niets hem nog raakte. Ik heb ooit gelezen dat het menselijk lichaam in extreme omstandigheden hormonen voortbrengt die je polsslag versnellen, je opwinden en in spanning brengen, zodat je klaar bent om te vechten of te vluchten. Maar een lichaam en een brein die normale, vredige reacties gewend zijn, worden door deze massale toevoer van hormonen enkel in de war gebracht. Aan mijn eigen gedrag, en aan dat van de mensen om mij heen, veranderde niets. Ik bedacht dat ik een spuitbus in mijn binnenzak had en worstelde met de gedachte daarmee iets tegen Frank te ondernemen – maar deze gedachte bleek ondraaglijk. Toen bekroop mij een vreemd idee. Stiekem wou ik naar de plee om mijn spuitbus weg te gooien. Wat de spuitbus ook voorstelde, hij stond machteloos tegenover de overweldigende werkelijkheid waaraan Frank gestalte gaf. Ik koesterde grote weerzin tegen dat eigen ik dat zich van een spuitbus had voorzien. Ik besefte dat ook ik vermoord zou worden, en de gedachte aan verzet verdween onmiddellijk. Toen ik het mes in de borst van Nummer 3 zag verdwijnen, en toen de keel van Nummer 5 zich zo wijd opende als de motorkap van een wagen, was het of alle zenuwen in mijn hele lichaam bevroren. Ontsnappen of om hulp roepen kun je niet als je je er niet eerst een voorstelling van maakt. Normaal gesproken merk je er niets van, maar je moet je altijd voor de geest halen dat je iets gaat ondernemen, en dan handel je dienovereenkomstig. Maar in deze bar had Frank met onze voorstelling van onszelf korte metten gemaakt. In dit land is er haast niemand die voor zijn neus iemands keel heeft zien doorsnijden. Als er zoiets gebeurt, krijg je niet de kans kans om te denken 'wat wreed', 'wat zielig', of 'wat zal me dat een pijn doen'.

Toen Frank Nummer 5 de keel doorsneed, kwam er gek genoeg vrijwel geen bloed aan te pas, maar je zag daarbinnen wel iets donkerroods en glibberigs, waarschijnlijk haar doorgesneden stembanden. Zo lang een keel niet wordt doorgesneden, zie je die stembanden niet, al weet je dat ze deel uitmaken van het menselijk lichaam. De huid onttrekt ze aan het zicht. Als je ze toch ziet, vind je de kracht niet om iets te doen. We leven nou eenmaal in een omgeving waar zulke *realistische* dingen niet te zien zijn.

Eindelijk druppelde er toch langzaam wat bloed uit de snee in de keel van Nummer 5. Het bloed leek niet rood maar zwart, als de sojasaus die je bij sashimi krijgt, dacht ik. Ik zat aan de grond genageld. Mijn nek, schouders en de achterkant van mijn hoofd waren ijskoud en helemaal verstard. Zelfs als Frank zijn mes voor mijn ogen heen en weer had gewuifd, had ik mijn hoofd niet kunnen verroeren, denk ik. De tijd verliep zo vreemd; het was net of hij zichtbaar werd. Er waren geen ramen in de zaak maar er hing een groot videoscherm, en het was of ik daarop zag wat zich afspeelde op straat, buiten de bar. Hoe ver van mij lag de buitenwereld, waar mensen volop leefden, praatten en voorbijliepen. Ik dacht dat ik het dodenrijk al had betreden. Buiten op straat werd er seks verhandeld. Meisjes die hun lichaam verkochten kregen kippenvel in hun minirokjes op straathoeken. Lachende, zingende mannen waren op zoek naar een vrouw die hun eenzaamheid zou verdrijven. Onder flikkerende neonlichtjes riepen klantenlokkers de mannen toe: 'Deze avond vergeet u nooit!' Zulke taferelen zag ik in een waas voor mij; ik had me er bij neergelegd dat dit allemaal voorgoed voorbij was.

Frank greep de zanger bij zijn haar en draaide het gezicht van de man naar Nummer 5 toe. Haar hoofd was naar achteren gezakt. De huid van haar doorgesneden keel zag er glad en zacht uit, als gelooid leer. Frank dwong de zanger naar haar wond te kijken, en de man vertrok zijn gezicht tot een lach – ongelooflijk maar waar. Je hoorde zijn lach zelfs: 'He-he-he!' Het deed me denken aan slachtoffers van aardbevingen of tyfonen die met een bittere glimlach een interview weggeven aan de televisie. 'Wat nu, zit jij te *lachen*?' vroeg Frank. De man verstond waarschijnlijk geen Engels maar hij lachte nogmaals onzeker van 'he-he-he' en knikte heftig. Vervolgens besloot hij een sigaret op te steken, al had Frank hem nog altijd bij zijn haar vast. Hij nam zijn pakje van het tafeltje en haalde er één sigaret uit. Frank hield hem de hele tijd in de gaten. De man stak zijn hand in zijn broekzak voor zijn aansteker. Hij keek alsof hij iets doodgewoons ging doen: even een sigaretje opsteken om tot kalmte te komen. Frank wees naar de aansteker die bij Nummer 5 lag, alsof hij wou zeggen: 'Zoek je dit misschien?' De man lachte weer en knikte. Frank zette de vlam op maximum en richtte hem op de ogen, het voorhoofd en haar van de zanger. Tot vlak bij mij rook je de stank van brandend weefsel. Wanhopig probeerde de zanger zijn gezicht weg te draaien, maar Frank greep hem nog steviger bij zijn haar en gaf hem geen kans. Heel even verwijderde Frank de vlam. Opnieuw begon de zanger met trillende lippen te lachen en knikte enkele keren, alsof hij Frank dankbaar was. Vervolgens hield Frank de vlam tegen zijn neus en lippen. De man sloeg woest met zijn armen en probeerde zijn gezicht uit alle macht weg te draaien. Als een kleine jongen die een woedeaanval kreeg, sloeg hij met beide vuisten tegen Franks buik en borst. Frank mompelde: 'Toe maar, harder, harder!' Hij bleef het gezicht van de zanger roosteren en gaf (ongelooflijk!) een enorme geeuw – groter dan ik ooit had gezien. Net of zijn gezicht openbarstte en er in het midden een enorm gat ontstond. Eindelijk begon de zanger te schreeuwen. Nu en dan sloeg zijn stem over of vervaagde het geluid, als bij een slecht afgestelde radio. Frank veranderde enigzins van houding, zodat ik het gezicht van de zanger goed kon bekijken. Voor het eerst in mijn leven zag ik hoe een menselijk gezicht in brand werd gestoken. De oranje vlam van de aansteker laaide op in de neusgaten van de zanger. Op een gegeven moment was de muziek van Amuro afgelopen. Nu draaide er een lied van Takako Okamura. De zanger wapperde met zijn armen en benen op het ritme van deze muziek, net of hij wou dansen. Met zijn kin knikte Frank in de richting van de man, alsof hij te kennen gaf: 'Kenji, kijk goed.' Het vlees rond de neus van de zanger smolt als was en druppelde neer als bruinige soep, met nu en dan een brandend klompje vet ertussen. Het zweet droop van zijn voorhoofd en slapen en liep nog sneller dan de soep van gesmolten vlees. Toen het gezicht van de zanger helemaal paars zag en het puntje van zijn neus begon te branden, hoorde ik een duidelijk geknetter, als een storing in de ether. De omgeving van zijn neus werd zo zwart dat je zijn neusgaten niet meer van het verbrande vlees kon onderscheiden. Eindelijk hield de man op met schreeuwen en liet zijn armen zakken. Je hoorde alleen nog het lied van Takako Okamura, het knisperende vlees en een derde geluid, waarin ik stilaan het huilen van de zanger herkende. Hij huilde met een krampachtig schokkende kin. Frank bekeek hem aandachtig, trok een curieus gezicht en gaf opnieuw een enorme geeuw. Hij geeuwde zo tergend langzaam dat het leek alsof hij het hele gezicht van de zanger zou opvreten. De man had het bewustzijn nog steeds niet verloren. Frank liet zijn aansteker even zakken en sloeg het rokje om van Nummer 5, uit wier keel nog steeds bloed sijpelde. Toen hij haar aanraakte, viel zij met een schok tegen de rugleuning van de sofa. Haar hoofd viel achterover op de leuning, tot ik niets meer van haar gezicht zag dan haar neusgaten. Er weerklonk een geluid als het snerpen van een roestig slot. Door het gewicht van haar hoofd scheurde haar wond nóg verder open. Het leek nog nauwelijks op een menselijke wond, meer op de opening van een vaas vol roodzwarte vloeistof. Natuurlijk wist ik niet hoe ver een hoofd achteroverboog als je iemands keel doorsneed. In het gat, dat zich honderdtachtig graden had geopend, zag je aders, botten en witachtige smurrie. Tot mijn verbazing gutste het bloed niet naar buiten, maar bleef rustig druppelen. De zanger hield zijn rechterhand tegen zijn verbrande neus en huilde nog steeds. De tranen stroomden als zweet uit zijn ogen. Uit het verbrande vlees van zijn gesmolten neus sijpelde een vloeistof die ik niet thuis kon brengen. Frank deed de benen van Nummer 5 wijd open, scheurde het broekje en de kousen van haar lijf en wenkte mij: 'Kom eens, Kenji.' Ik bewoog niet. Nog steeds zat ik als verlamd op de vloer. Frank liet de zanger los, kwam met grote stappen op me toe, greep me bij de kraag en sleurde mij naar de voeten van Nummer 5. Haar lichaam gaf hier en daar nog kleine schokjes. Wie weet, misschien leefde ze zelfs nog. Haar dijen trilden licht, haar geslacht opende en sloot zich alsof het ademde en haar schaamhaar bewoog mee. 'Kenji, zeg tegen die man dat hij haar neukt,' fluisterde Frank in mijn oor. Ik schudde het hoofd. Of ik nou echt geen woord over mijn lippen kreeg, of weigerde om Frank te gehoorzamen, dat weet ik niet.

'Zeg het!' schreeuwde Frank. Samen met de angst voelde ik een verschrikkelijke afkeer opwellen. Frank had zijn lange, dunne mes in zijn rechterhand en hield het voor mijn ogen. Het gevoel van verlamming in mijn slapen werd ondraaglijk, de zure misselijkheid uit mijn keel kwam naar boven tot aan mijn kiezen, ik zag de vagina van Nummer 5 wriemelen als een levend schaaldier en mijn cappuccino-kleurige kots spatte over de vloer. Terwijl ik zat te kotsen, nam mijn woede toe. Ik denk niet dat ik boos was op Frank. Mijn woede was abstract van aard. Ik probeerde 'Nee!' te schreeuwen, maar bracht niets uit dan vlokken kots. Ik gaf ook het zure, kleverige spul over dat tegen de binnenkant van mijn mond plakte. Om dit te kunnen, boog ik mijn rug en spoog het uit met al mijn kracht. Frank keek geamuseerd op me neer. 'Als deze kerel haar *niet* neukt, Kenji, mag jij het doen. Vooruit, neuk haar dan!' En hij wees met zijn mes naar het geslacht van Nummer 5. Ik kotste al mijn speeksel eruit; hiervoor was de concentratie van mijn hele lichaam vereist. Al mijn zenuwen en spieren moesten meewerken. Toen mijn speeksel op de vloer spatte, was het of er iets dierbaars bij mij terugkeerde dat ik kwijt was geweest. Ik weet niet wat het was. Mijn wil, misschien, of het vermogen me te ontspannen. In ieder geval iets essentieels. Als je dat niet had, werd je door je omgeving beheerst, was je net een plant.

'Nee!' riep ik tegen Frank, terwijl de vlokken kots uit mijn mond spoten. Ik zag de letters N-E-E duidelijk voor me. Ik hield hun beeld in mijn hoofd, samen met het beeld van mezelf die 'nee' riep, en tussen de wortels van mijn tanden ontsprong mijn stem. 'Nee' riep ik nog een keer en dacht: ik zal die gaijin eens duidelijk maken wat ik wil. Voor het eerst snapte ik dat er een verschil is tussen iets zeggen en iets duidelijk maken. Nummer 3 had daarnet met haar microfoon over de sofa geschraapt als een klein kind dat een woedeaanval krijgt. Toen Nummer 5 de keel werd doorgesneden, begon ze opeens te zingen. Ze wilden allebei wanhopig iets zeggen, en dit waren de tekens die ze gaven. Maar daar hadden ze Frank niet mee bereikt. Met zulke signalen schoot je nu eenmaal niets op. Als je de wil niet had om iets over te brengen, kwam je er niet. Vóór Frank in de omiaipub verscheen, verkeerde deze bar in een toestand die symbool kan staan voor onze natie: iedereen begreep onmiddellijk wat er aan de hand was, zonder iets duidelijk te hoeven maken aan derden. Als je heel je leven in zo'n toestand blijft, schiet je bij de minste spanning in paniek. Je vindt de juiste woorden niet en wordt vermoord.

'Nee?'

Frank maakte een hele drukte. Hij trok een gezicht alsof hij zijn oren niet kon geloven, keek naar het plafond, breidde zijn armen uit en schudde het hoofd. Ik weet niet waarom het mij door het hoofd schoot op een ogenblik als dit, maar ik dacht: 'Ah, dit is toch een echte Amerikaan! De Spanjaarden en de Amerikanen hebben massa's indianen over de kling gejaagd, waarschijnlijk niet uit kwade wil, eerder uit onwetendheid. Onwetendheid kan tot veel kwalijker gevolgen leiden dan boosaardigheid.'

'Wat zeg je nou, Kenji? Was dat soms *nee*? Hoor ik het goed?'

Hij zwaaide zijn mes langzaam voor mijn ogen heen en weer. Ik kroop over de grond aan zijn voeten. Vanuit zo'n kruiperige positie schieten er alleen kruiperige woorden door je hoofd. Ik wou wel van houding veranderen, maar met dat mes voor mijn ogen kon ik me niet verroeren. Door het stof kruipend zei ik nog eens: 'Nee!' Franks glimlach verdween. Hij stak zijn mes tussen de benen van Nummer 5, wees ermee naar haar geslacht en zei met een bedroefd gezicht: 'Je hebt geen idee, Kenji.' Het klonk machinaal, als een slechte acteur die zomaar iets opdreunt. Nu gaat hij me vermoorden, dacht ik.

'Je hebt geen idee hoe lekker het is een vrouw te neuken net voor ze haar laatste adem uitblaast, of als ze nog maar even dood is. Het is zalig! Haar hersenen zijn dood, dus ze biedt geen verzet, maar haar kutje zit nog vol leven.'

Frank mompelde dit voor zich uit op het toontje van iemand die zich een tekst voor de geest haalt die hij tien jaar geleden geleerd heeft. Uit de vagina van meisje Nummer 5 stak iets wits, dat tussen haar schaamhaar bengelde. Het touwtje van een tampon. Zoiets had ik nou ook nog nooit gezien. Ik dacht: deze vrouw heeft nooit meer tampons nodig. Het witte touwtje stond symbool voor haar dood. Zij was een vrouw met een erg blanke huid, maar rond haar geslacht werd de huid al rozig grijs.

'Kenji, je stelt me teleur,' zei Frank. Hij veranderde plots van houding, stak zijn lange mes achter het rechteroor van de zanger en sneed dit eraf. De man hield zijn gezicht tussen zijn handen; daarom kwam zijn rechterduim ook mee. Harder huilen deed hij in elk geval niet. Om bang te worden, te huilen of pijn te voelen is energie vereist, en die had de zanger zo goed als helemaal opgebruikt. Frank geeuwde een paar keer, alsof hij zich stierlijk verveelde, en sneed het andere oor er ook af. Als een gummiachtig plakje vis viel het op de grond, zonder geluid, en belandde tussen de haren en de sigarettenas.

'Oké,' zei Frank. 'Je hoeft haar niet te neuken. Maar raap dat oor op en steek het in haar poesje. Wat vind je daarvan? Zoiets kun je toch wel, zeker?'

Hij praatte hoe langer hoe rustiger, en klonk nog neerslach-

tiger dan daarnet. 'Heb je ooit een oor in een kut gestoken?' vroeg hij. Ik zei niets. Zonder uitdrukking op zijn gelaat legde Frank zijn mes op de sofa, raapte het stoffig geworden oor op, vouwde het samen en probeerde het in de vagina van Nummer 5 te wurmen.
Hij scheen niet te merken dat daar een tampon in zat. Ik riep een keer: 'Frank!' maar hij probeerde nog harder het oor erin te wurmen. 'Frank! Hé, Frank!' Vanuit mijn kruipende positie richtte ik me half op en riep hem opnieuw. 'Die vrouw was ongesteld. Er zit een tampon in, daar kan niets meer bij.'
Frank keek me doordringend aan, knikte alsof hij te kennen wou geven dat hij het wel begreep en haalde het oor weer te voorschijn. Toen wond hij het touwtje om zijn vinger en begon de tampon eruit te trekken. Er verscheen een roze staafje, gezwollen van het bloed. Toen het om Franks vinger bengelde, volgde er een heleboel bloed, dat de sofa zwart kleurde. Frank staarde er opvallend lang naar. Hij leek wel gebiologeerd. Op dat ogenblik kreunde de zanger van 'oeh-oeh-oeh' en probeerde op te staan. Niet dat hij wilde vluchten; het leek of hij zich opeens de pijn herinnerde aan zijn neus en oren. Bij dit geluid kwam Frank weer tot zichzelf. Met de tampon aan zijn rechterhand bengelend en het oor in zijn linker, omhelsde hij de zanger alsof de man een geliefde was, en draaide hem de nek om. Het klonk droog als een dorre tak die brak. Met een heftige plof viel de man op de sofa. Zijn hoofd zat in een onnatuurlijke stand. Frank had hem gedood zoals je een hoed die van de kapstok is gevallen opraapt en terughangt. Nu keek Frank naar mij en begon opnieuw te zwaaien met zijn mes. Als een moegespeeld kind kwam hij naar me toe, met een sombere uitdrukking op zijn gelaat. Net toen hij de punt van zijn mes op mijn keel richtte, ging mijn gsm over. Als de wiedeweerga drukte ik op de flitsende groene knop. Frank aarzelde, maar richtte zijn mes opnieuw op mijn keel.

'Jun? Ja, met Kenji! Waar ik zit? In Kabuki-cho, met Frank!'
Ik zei het hardop, in het Engels, en Frank hield zijn mes stil. Op nog luidere toon ging ik verder. 'Bel binnen een uur nog eens terug, en als ik niet antwoord, ga dan naar de politie.' Toen hing ik op. Jun schreeuwde: 'Kenji! Wacht!' maar ik had geen tijd om te antwoorden. Het mes was vlakbij mijn keel. Voor het eerst staarde ik naar het wapen dat net vier vrouwen had vermoord. Het was maar twee centimeter breed en ongeveer twintig centimeter lang. Waarom mij zo'n idioot idee te binnen schoot, weet ik niet, maar ik dacht opeens dat het langer was dan mijn eigen penis als die overeindstond. Aan de voet van het lemmet was een afbeelding gekerfd van een vis. Misschien was het een mes waar je pasgevangen vissen mee schoonmaakte. Het roomkleurige heft leek van ivoor. Het mes was aan de onderkant geribbeld om het makkelijk hanteerbaar te maken. Al had Frank met zijn vingers aan een bloedende vagina en twee bloederige oren gezeten, toch vertoonden zijn vingers gek genoeg geen bloedsporen. En nu je het zegt: toen hij dat oor in die vagina wou wurmen, deed hij dat uiterst voorzichtig, als iemand die iets heel breekbaars hanteert. Er zat absoluut geen bloed op zijn gezicht of kleren. Zo te zien wist hij uitstekend hoe je iemands keel doorsneed zonder dat er bloed aan te pas kwam. Toen hij Nummer 5 in één beweging de strot afsneed, spoot het bloed niet als in een film naar buiten. Frank zwaaide de punt van zijn mes stilletjes voor mijn neus heen en weer en begon iets te fluisteren. Ik kneep mijn ogen dicht. Nu ik niets meer zag, werd ik mij voor het eerst bewust van de allesdoordringende bloedgeur, die mijn adem afsneed. Het was een metalige geur, als van het ijzervijlsel dat in de lucht hangt. Er schoot mij weer een herinnering te binnen aan het magazijn vol reusachtige machines waar ik met mijn vader heen was geweest. Ik zag ook het gezicht van mijn moeder voor me. Bij de gedachte hoe droef ze zou zijn als ik dood was, schoten er bijna

tranen in mijn ogen, maar ik dacht instinctief: 'Niet huilen!' Er lopen kerels op de wereld die mensen juist vermoorden omdat ze hen zien huilen. Frank had vast andere motieven, maar het leek me toch verstandiger om hem niet met gejank op stang te jagen. Ik had mijn ogen nog altijd dicht toen hij zacht op mijn schouder klopte.

'Goed, Kenji, kom maar mee.'

Hij zei dit stilletjes in mijn oor, en zijn stem klonk weer heel normaal, zo van: 'Het is leuk geweest, en nou gaan we ergens anders naartoe.' Eén ogenblik stelde ik me voor dat er, als ik mijn ogen opendeed, helemaal niets raars zou zijn gebeurd. Misschien had ik alles wel gedroomd en zat Maki nog volop te vertellen over bourbon en dure winkels, terwijl de zanger een afspraak maakte met meisje Nummer 5, Nummer 3 haar Amuro-lied zong, de ober met zijn piercings schudde en de manager met een knorrig gezicht onze rekening opstelde. 'Kom, Kenji, word wakker, dan gaan we hier weg.' Ik opende mijn ogen en wendde me af om Frank niet te hoeven zien. Ik had niet gedroomd. Vlak voor mijn neus zag ik de gapende wond van Nummer 5, en de verwrongen nek van de zanger.

Deel 3

Frank opende het winkelluik, trok het achter ons naar beneden en vroeg: 'Was je geschrokken?' Het klonk warempel alsof we samen in een reusachtige achtbaan waren geweest. Ik denk dat mijn lijf en mijn hele zenuwstelsel terug wilden naar normaal. Wat voorbij was, was voorbij, en daar wilden ze het bij laten. Frank zwaaide niet meer met zijn lange, dunne mes. Ik denk dat hij het in een holster tegen zijn scheenbeen had gestoken. Ik wist bijna zeker dat ik hem zoiets had zien doen, maar hield er niet meer dan een vaag beeld aan over.

'Zullen we gaan?' zei Frank. Hij sloeg een arm om mijn schouders en stapte de straat op. Misschien had ik hem af moeten schudden en het op een hollen moeten zetten, schreeuwend van: 'Jij moordenaar!' Maar dat deed ik niet. In mijn knieën en heupen voelde ik doffe pijn, alsof ik een hele dag in bed had gelegen. Mijn polsslag was zwak, mijn gezichtsvermogen allesbehalve normaal. Alles zag wazig. Het flikkerende neon van de seksclubs, dat ik zo goed kende, bezorgde me stekende pijn aan mijn netvlies. Voor ik het wist, zocht ik al naar Noriko, maar ik zag haar nergens. Was ze nog onder hypnose? Hoe was het haar vergaan? Nou, zelfs als ze ontwaakte, zich Frank en mijzelf herinnerde en vernam wat er in de bar was gebeurd, denk ik dat ze zich eerder uit de voeten maakte dan samen te werken met de politie. Waarschijnlijk was zij in voorwaardelijke vrijheid gesteld en mocht ze helemaal niet in de seksindustrie werken.

Frank wees naar een politiepost aan het eind van de straat. 'Zeg, Kenji, zou je daar niet heen rennen en ze waarschuwen?' Deze directe toespeling op de verschrikkingen die zich in de bar hadden voorgedaan, zette mij onder zware druk. Ik begon over mijn hele lichaam te beven.

'Kenji, totnogtoe heb ik je niks dan leugens verteld, maar weet je, dat kan ik niet helpen, mijn hersenen zijn nu eenmaal in de war. Ik kan mijn herinneringen niet aan elkaar knopen. Ik denk dat er niet één ik in mijn lichaam zit, maar verschillende, en tussen die ikken zie ik geen verband! De ik die nou tegen je praat is waarschijnlijk mijn echte ik. Je gelooft me misschien niet, maar deze ik snapt geen bal van wat ik daarnet in die bar heb gedaan. Het klinkt misschien onbeschaamd als ik zeg dat ik op dit ogenblik een ander ben, maar het is of mijn tweelingsbroer daar aan het werk is geweest. Het was niet de eerste keer dat dit gebeurde, hoor. Ik heb zó mijn best gedaan om het te voorkomen, waarmee ik bedoel dat ik hard probeer niet boos te worden, maar je weet wat ik gisteren heb verteld, dat mijn hersenen door een verkeersongeval zijn beschadigd, en daar ligt het aan, heeft een politiedokter gezegd. O, de politie, da's waar, die heeft me al eens opgepakt, da's een van de soorten straf die ik krijg, natuurlijk ben ik al volop gestraft, door God en door de samenleving.'

Terwijl hij sprak, tuurde Frank onafgebroken naar de politiepost. We leunden tegen een muur van grote cementblokken, en de politiepost lag een meter of twintig van ons af, naast een apotheek met een schreeuwerige neonreclame: DRUG DRUG DRUG. Als je oppervlakkig keek, zag je niet dat het een politiepost was. Het gebouw was immers splinternieuw en veel groter dan andere posten; het kon doorgaan voor de ingang van een hotel, of een kleine concertzaal. Maar binnenin zaten agenten. Soms zag je er eentje in een kogelvrij vest. Er werd zelfs verteld dat alle ramen tegen kogels bestand waren. Een geschikte politiepost voor Kabuki-cho.

'Nou ga ik maar eens naar de hoeren,' zei Frank. Met zijn kin wees hij naar een handjevol dames die verspreid stonden op straat, vlakbij de gebouwen aan de overkant. 'Voor mijn allerlaatste seks.' En op zijn gezicht verscheen een heel trieste glimlach.

Frank haalde de portefeuille van slangenleer uit zijn binnenzak en gaf mij het merendeel van zijn biljetten van tienduizend yen. Hij deed dit zonder ze te tellen, en zelf keek ik ze ook niet na, maar ik voelde dat het er een stuk of tien waren.

'Nou heb ik nog veertigduizend yen over, is dat genoeg?'

Hij keek van de hoeren naar mij, en weer terug.

'De gangbare prijs is dertigduizend, en je betaalt ook het hotel, dus dat moet genoeg zijn.'

Frank stapte op de hoeren af. Ik wist niet goed wat te doen. Ik dacht dat hij misschien een tolk nodig had, en volgde. 'Laat mij vertalen,' riep ik, maar Frank zei: 'Je snapt er ook niets van. Ik heb je diensten niet meer nodig, Kenji, je bent vrij. Ga toch naar de politie en vertel ze dat ik een misdadiger ben. Ik ben verschrikkelijk moe, ik was naar Japan gekomen om een soort vrede te zoeken die je alleen hier kunt vinden, en nu heb ik iets ongehoords gedaan. Daarom laat ik het laatste stuk van mijn leven aan jou over, jij mag erover beschikken want jij bent hier in Japan mijn enige vriend – tenminste als je mij nog als vriend beschouwt.'

Voor 'vrede' gebruikte Frank het woordje '*peace*'. Het klonk bevreemdend reëel toen het over zijn lippen kwam. Er klonk droefheid in door. En ik geloofde hem. Ik was ook helemaal overstuur. Nog lang niet bekomen van de slachtpartij.

'Begrijp je?' vroeg Frank, en ik knikte van ja.

Opnieuw maakte Frank zich van me los en liep op de prostituees toe. Zij kwamen bijna allemaal uit Azië, maar werkten om de een of andere reden niet voor Chinese of Koreaanse clubs. Er waren ook oudere vrouwen bij. Velen waren in de steek gelaten door de maffia die hun werk en een visum had bezorgd. Enkelen kwamen uit Latijns-Amerika. In de wijk Okubo zaten meer Peruviaanse en Colombiaanse hoeren dan hier, maar deze meisjes hadden een nieuw werkterrein gezocht omdat ze waren verstoten door hun collega's. Met eentje begon Frank te onderhandelen. Aan het Engels had hij blijkbaar niet genoeg. Van op afstand hoorde ik hem dingen roepen als *'tres'*, *'quatro'* en *'bien'*. Af en toe lachte de vrouw naar hem. De meisjes die hier staan, dacht ik, verkopen hun lichaam omdat ze geen andere bron van inkomsten hebben. Heel wat anders dan schoolmeisjes die aan bezoldigde afspraakjes doen, of de vermoorde vrouwen uit de omiai-bar. Het merendeel van de Japanse hoeren werkt niet voor geld, maar om aan de eenzaamheid te ontsnappen. Dat vind ik vreselijk onnatuurlijk en pervers, want ik ken van dichtbij meisjes die van het Chinese vasteland naar Japan zijn gekomen nadat hun familie met veel moeite geld bijeen had gespaard voor een vliegticket. En nog perverser vind ik het dat niemand deze toestand verkeerd noemt. Telkens als zogenaamde volwassenen het over bezoldigde afspraakjes hebben, geven zij anderen de schuld. Ze denken dat ze er zelf niets mee te maken hebben. Het meisje met wie Frank onderhandelde, droeg zelfs op deze ijskoude dag geen kousen. In haar hand droeg ze het soort tas waarmee je naar het strand gaat en ze had een hoofddoek om, net als het meisje met de zwavelstokjes. Vrouwen als zij verkochten het enige dat ze hadden, om het hoogst noodzakelijke te bekomen voor zichzelf en hun familie. Dit is misschien immoreel, maar niet onnatuurlijk of pervers.

Langzaam kreeg ik weer wat gevoel in mijn lichaam en zette mijn kraag rechtop. Ik voelde de ijzige eindejaarslucht. Mijn huid nam eindelijk weer de grens waar tussen mijzelf en de buitenwereld. Natuurlijk was ik nog niet bekomen van de schok, maar nu ik Frank met de Latijns-Amerikaanse zag praten, werd een van de verhullende vliezen weggestroopt die heel Kabuki-cho schenen te bedekken. Het was alsof ik eindelijk weer scherp kon zien. Frank had gezegd dat ik naar de politie moest. Mijn geheugen functioneerde nog niet al te best, maar ik geloofde echt dat hij dat had gezegd. Wat kon hij daarmee bedoelen? Ik leunde tegen de muur van betonblokken tussen een onpopulaire meisjesbar en een lovehotel. Door de kou, en omdat het bijna oudjaar was, zag je haast geen klanten, en de lokkers deden weinig moeite. Een restaurant waarvan de pikante rāmen zo beroemd was dat de klanten 's zomers aanschoven bij de deur, was nu gesloten. Voor de matglazen deur sliep een opgerolde straathond. Een koksleerling had het rolluik van een sushizaak al half naar beneden getrokken en spoelde met een waterslang kots van de stoep. De kapotte, flikkerende neonreclame van een lovehotel werd weerspiegeld in het glimmende chassis van een Mercedes, de enige auto op de parkeerplaats. Net gele en roze verwondingen. Ik begon de kou te voelen en kreeg op hetzelfde moment dorst. Ik stak over en kocht bij een automaat een blikje Java-thee. Vandaar zag ik de apotheek en de politiepost. Ik kon mij niet voorstellen dat ik naar de politie zou lopen om Frank aan te geven. Waarom holde ik er nou niet meteen naartoe en vertelde wat er in die omiai-bar was gebeurd? Ik keek weer naar het lovehotel en merkte dat Frank en de Zuid-Amerikaanse waren verdwenen.

Het gaf me een ongemakkelijk gevoel dat ik Frank niet meer zag. Ik wou hem al gaan zoeken, maar dacht toen: het is toch zeker een moordenaar! Dertig meter voor me uit lag de politiepost. In twintig seconden kon ik achter kogelvrij glas staan; als ik rende, nog sneller. 'Waar wacht je op,' zei mijn stem. 'Het is een vuile moordenaar, hij heeft er ik weet niet hoeveel kapotgemaakt, en op zo'n wrede manier, hij is door en door slecht...' Slecht? Dat viel toch niet te ontkennen! Waar wachtte ik dan op? Ik zette enkele passen in de richting van de politiepost. Ooit had ik gelezen over een Engels meisje dat ontvoerd was. Na

haar redding beweerde ze dat ze meer hield van haar kidnapper dan van mama en papa. En dan had je ook die bankbediende uit Zweden die verliefd werd op een overvaller die haar had gegijzeld. In extreme situaties ontwikkelt zich, naar verluidt, tussen jezelf en de misdadiger die als enige over je leven en dood beschikt, een intimiteit die aanleunt tegen liefde. Frank had mij geen pijn gedaan. Hij had me bij mijn haar en mijn kraag gegrepen en me tegen de grond gesmeten, maar hij had mijn nek niet gebroken, mijn oren niet afgesneden. Toch moest ik naar de politie. Een moord is nu eenmaal ontoelaatbaar. Ik *moest* erheen. Drie passen verder vooruit, en weer hield ik stil. Ik wou niet stoppen, maar mijn voeten lieten zich niet dwingen, alsof *zij* er niet heen wilden. Ik dronk mijn thee op. 'Kun je de gedachte niet verdragen dat Frank gearresteerd wordt?' vroeg ik mezelf. 'Nee, dat ook weer niet,' klonk het antwoord, klaar en duidelijk. 'Helemaal niet.'
   'Wie praat er tegen mij?' mompelde ik. Ik wou nog wat drinken, maar er was geen druppeltje over. Toch bracht ik het blikje nog een paar keer naar mijn lippen. Wie moest ik bellen? 'Wie?' vroeg de stem. Ik pakte mijn telefoon en zag Juns gezicht voor me. Of anders Yokoyama? Maar wat zou ik zeggen? 'Het was toch een moordenaar, hoor, Yokoyama, en nu zou ik naar de politie willen stappen, maar wat vind jij ervan? Ik kan toch beter gaan, hè?' Ik keek de straat in. Geen spoor van Frank. De hele straat zag er onwerkelijk uit. Het was een zijstraatje van de Kuyakusho-laan in mijn ouwe vertrouwde Kabuki-cho, maar ik voelde me als verdwaald in een vreemde, buitenlandse stad. Het was of ik droomde dat ik hopeloos verdwaald was. Ik prentte mezelf in dat ik nog altijd in shocktoestand verkeerde, en mezelf niet in de hand had. Een politieman in uniform kwam naar buiten en fietste mijn kant op.
   Ik was ervan overtuigd dat de naderende agent mij strak aankeek. In heel de omgeving leek hij het enige dat leefde en

bewoog. Mijn knieën knikten. Net of ze geen bloed meer kregen. Alsof het mijn benen niet waren. Van mijn middel tot mijn voeten had ik het vreselijk koud, maar daar lag het niet aan. Ik bracht het theeblikje nog eens naar mijn mond en proefde enkel metaal. Het riep de intense bloedgeur uit de omiai-pub weer op en ik duizelde. Tegen de tijd dat de agent het kruispunt bereikte, had ik al zonder het te willen mijn mobieltje tegen mijn oor gedrukt. Ik deed alsof ik belde. De agent reed niet eens op mij toe. Hij sloeg af naar links en verdween in de straat met lovehotels. Met mijn mobieltje tegen mijn oor geperst keek ik hem na. Als in een vertraagde film draaide de fiets de hoek om en passeerde de hostessenbars. Toen hij uit het gezicht was verdwenen, was ik zelfs niet zeker of er wel een agent voorbij was gekomen. Na een poosje kreeg ik pijn aan mijn oor. Ik merkte dat ik mijn mobieltje er nog krampachtig tegenaan drukte. In mijn rechterhand hield ik het mobieltje; in mijn linker het blikje, dat nat en plakkerig was van het zweet. Toen ik het mobieltje van mijn oor haalde, bleek ook dat doornat. Ik had niet eens gemerkt dat ik zweette. Net of ik de Java-thee er zo weer uit had gezweet! Het drong eindelijk tot mij door dat ik helemaal niet van plan was naar de politie te stappen. 'Ik *hoef* ze toch niets te vertellen!' dacht ik en voelde me ongelooflijk opgelucht. Nu Frank was verdwenen, wist ik nog niet wat ik zou aanvangen, maar één ding leek zeker: naar de politie wou ik niet. Ik baalde ervan die smerissen netjes te vertellen wat er voorgevallen was. Ik hoorde mezelf mompelen: 'Om de dooie dood niet!' en grinnikte er warempel bij. Want hoeveel uren zouden de smerissen me niet ondervragen! Dat ik zonder vergunning voor gids speelde, daar kregen ze mij wel mee klein. Ook Yokoyama zouden ze lastigvallen. Ik zou mijn moeder verdriet doen, mijn werk niet meer kunnen voortzetten, voortdurend in de gaten worden gehouden. Ik wist hoe de politie te werk ging. Waarschijnlijk beschouwden ze mij als medeplichtige. Weer dacht ik: 'Wat zou mijn moeder het erg vinden' en het schoot mij te binnen dat ook Nummer 3 en de zanger familie moesten hebben. Als in een flashback zag ik voor me hoe die lui waren vermoord, maar de beelden leken absoluut niet wreed. Ik hoorde weer hoe de nek van de zanger werd omgedraaid en dacht alleen: 'O, maak je op die manier een mens kapot.' Waarschijnlijk waren mijn zenuwen nog verlamd. Ik deed mijn best medelijden te koesteren met de slachtoffers, maar tot mijn ontsteltenis lukte het niet. Ik kon geen gevoel voor ze opbrengen.

Was mijn gebrek aan medeleven eraan te wijten dat ik twee dagen met Frank was opgetrokken, terwijl ik Franks slachtoffers alleen in die omiai-pub had ontmoet? Koos ik partij voor Frank? Nee, dat was het niet. Op Frank was ik niet bijzonder gesteld. Als hij gearresteerd werd of doodging, had het mij niet veel kunnen schelen. Maar al die lui uit de omiai-pub waren net robotten. Yuuko had gezegd dat ze zich 'tamelijk eenzaam' voelde. Zij gaf een indruk van *ik wil wel eens iets anders, maar ik heb geen idee wat, daarom kom ik hier een babbeltje maken.* Hetzelfde met Nummer 3. Die had geen idee wat ze met zichzelf moest beginnen. Daarom zat ze helemaal alleen Amuro te zingen in zo'n trieste bar. Toen de karaokezanger zat te onderhandelen met Nummer 5, zei hij dat hij meteen had gemerkt dat zij een derderangs callgirl was. Zij had zoiets geantwoord als: 'Dat valt nu eenmaal niet te verbergen.' Boos was ze niet geworden. De eigenaar van de pub was een typische figuur uit Kabuki-cho, die geen jaloezie of verslagenheid kende. Als zijn eigen vrouw, of de vrouw van een vriend van 'm, iets uitvoerde met zomaar een vent, zou het hem niets kunnen schelen. De ober was zo'n gozer uit een bandje. Hij snapte geen snars van muziek en probeerde niets te leren. Hij zat alleen in een groep omdat hij vrienden nodig had. Al deze lui leken een rolletje te spelen omdat iemand ze had geprogrammeerd. Zodra ik met ze in aanraking kwam, dacht ik: 'Die zijn toch niet van vlees en bloed!' Ze irriteerden mij verschrikkelijk, want het leken pluchen poppen vol plastic of zaagsel. Zelfs toen Frank hun de keel doorsneed, en het bloed langzaam naar buiten sijpelde, leken ze onecht. Het bloed uit de keel van Nummer 5 had eruitgezien als sojasaus. Net een namaakmens. En Maki had zich haar hele leven niet afgevraagd wat ze wilde of wat haar goed paste. Zo lang ze door exclusieve dingen werd omringd, dacht zij dat ze een chic iemand was. Exclusieve dingen, dat waren in haar ogen blokken tofu van vijfhonderd yen, porties sashimi van tweeduizend yen, kleren van Junko Shimada, het Disneyland Hilton en eersteklas vliegtickets. Wie zulke dingen aan de lopende band kocht, vond zij exclusief, en omdat ze met hen omging dacht ze dat ze bij hen hoorde.

Ik beschouwde al die lui als uitschot, maar verschilde er nauwelijks van. Juist daarom begreep ik hen zo goed, juist daarom werkten ze mij op de zenuwen. Bij de ingang van de club, schuin tegenover de politiepost, stond een jonge kerel met een rode vlinderdas, in een pak van zilverlamé. Hij wreef in zijn handen van de kou en sprak alle voorbijgangers aan. Door de flikkerende neonreclame boven de deur kreeg zijn gezicht nu eens een oranje en dan weer een paarse kleur. Als er niemand voorbijkwam, geeuwde hij aan de lopende band. Daarnet had hij de kop gestreeld van een straathond die voorbijkwam. Zelf bracht ik buitenlanders naar bars, strip- en seksclubs en regelde afspraakjes met meisjes. Het was geen baantje om trots op te zijn. Ik verschilde haast niet van die kerel in zijn zilveren pak. Maar door twee jaar met buitenlanders om te gaan had ik één ding geleerd. Iedere klootzak gaat op een klootzakkerige manier met je om. Als een mens niet deugt, ligt het aan zijn communicatievermogen. Als je niet met hem kunt communiceren, kun je ook niet in hem geloven. In die omiai-pub was oprechte communicatie onmogelijk. Natuurlijk moet je in de uitgaansbuurt geen oprechtheid of diepzinnige gesprekken verwachten.

Maar daar gaat het niet om. Neem nou de meisjes die werken voor Chinese of Koreaanse clubs. Om een fooi te krijgen, liegen die je van alles voor. Maar de meesten sturen het geld dat ze verdienen naar hun eigen land, om in het levensonderhoud van hun familie te voorzien. Latijns-Amerikaanse meisjes prostitueren zich om hun familie een televisie te laten kopen, of zoiets. Voor zulke meisjes is het bittere ernst. Zij weten wat ze willen, zijn niet in de war, en zullen je niet vertellen dat ze zich 'tamelijk eenzaam' voelen. Maar naar een plek als die omiai-bar breng je geen kinderen. Niet omdat het daar smerig aan toegaat, maar omdat niemand er een serieus leven leidt. Het kan al die lui niets *schelen* wat ze uitvoeren. Niet één van hen had een doel dat de moeite was om voor te leven. De ober en de baas zagen er verloren uit. Ze zaten enkel in de bar om de tijd sneller te laten verlopen. En dat gold voor heel die troep. Ik had geen zin om voor zulke lui naar de politie te stappen en te worden verhoord. Toch liep ik die richting uit, voor ik er erg in had. Er zat niets anders op. Ik kon toch niet in het lovehotel naar Frank gaan zoeken! Ik kon ook niet naar huis en Jun vertellen dat ik een slachtpartij had bijgewoond. Ik moest naar de politie, maar na enkele passen kreeg ik een naar gevoel. Mijn lichaam leek mij te waarschuwen.

Het signaal kwam uit mijn voeten, misschien wel recht uit mijn ingewanden. Er klopte iets niet. Er bekroop mij schuldgevoel omdat ik in dingen geloofde die ik normaal gesproken zou negeren. Ik besteedde alleen aandacht aan deze dingen omdat mijn zintuigen verlamd waren door de schok. Ik kreeg het gevoel dat ik mezelf voor de gek had gehouden. Ik hield mijn pas in, leunde tegen de muur en haalde mij alles wat er was voorgevallen nog eens voor de geest. Het had geen zin mij af te vragen waarom Frank plots aan het moorden was geslagen. Dat kon ik toch niet achterhalen. Restte nog de vraag waarom hij *mij* niet had vermoord. Tegen Jun had ik gezegd:

'Als je binnen een uur geen telefoontje hebt gehad, stap dan naar de politie.' In het Engels. Stom genoeg wist ik niet hoeveel tijd er sindsdien was vervlogen. Ik keek eens op mijn horloge. Het was net na middernacht. Aan mijn horloge kleefde wat bloed, ik had geen idee van wie. Het was nog niet helemaal droog. Had Frank mijn leven gespaard omwille van Jun? Was hij bang dat zij naar de politie zou stappen? Bij deze gedachte werd ik weer door hevige angst gegrepen. Opeens werd ik mij ergens van bewust. Maar mijn geest verzette zich. Uit pure angst verzette ik me tegen mijn herinneringen. Door de schrik begon ik weer te beven, te beginnen bij mijn voeten, en ik voelde een hevige druk tegen mijn slapen. De verstikkende angst maakte het onmogelijk te denken. Mijn hersens lieten het afweten. 'Denk na!' blafte ik mezelf toe. Maar alleen al door me Franks gezicht en stem voor de geest te halen, kreeg ik het ijskoud. Ik kon er niet tegen en kotste opeens mijn maag leeg. Alle Java-thee kwam naar buiten. Ik moest denken aan de heftige manier waarop ik had overgegeven toen Frank de ene klant na de andere vermoordde, terwijl ik mij niet kon verroeren. Ook toen had kotsen mij het gevoel gegeven dat ik tot mezelf kwam. Java-thee, vermengd met mijn speeksel, spatte op straat. Het moest wel omwille van Jun zijn dat Frank mij niet had omgebracht. Ondenkbaar dat Frank andere gevoelens voor mij koesterde dan voor de overige lui in de bar. Zelfs als hij iets bijzonders voor me had gevoeld, zou hij niet hebben geaarzeld mij te doden. Hij had zijn mes op mijn keel gezet en het pas teruggetrokken na Juns telefoontje. Maar wat had hij daarnet gezegd? 'Ga naar de politie, Kenji, ik vertrouw het laatste deel van mijn leven aan je toe.' Ik stond net te denken: 'Allemaal leugens!' toen ik wéér een vreemd voorgevoel kreeg. Ik draaide me om, en daar was Frank, groot genoeg om me helemaal op te slorpen. Hij stond vlak achter me en benam me mijn uitzicht. Zelfs de politiepost kon ik niet meer zien.

Vreemd dat ik overeind bleef en toch niet flauwviel. Franks lichaam leek enorm groot. Als hij maar even vooroverboog, zou hij me verpletteren. Het was alsof hij me verzwolg. Ik voelde me een minimensje.

'Wat doe je in godsnaam, Kenji?' vroeg Frank. Zijn stem klonk niet erg luid, maar ik sprong een eind in de lucht. Was Frank dan niet met die Zuid-Amerikaanse naar dat lovehotel? Er reed een auto voorbij, en in het licht van de koplampen zag ik Franks gezicht. Toen hij weer begon te praten, zag ik iets gouds schitteren in zijn mond.

'Waarom ben je niet naar de politie gestapt?'

Hij had iets in zijn mond dat hij heen en weer duwde met zijn tong. Ik vroeg: 'Is dat kauwgom?' Waarom die vraag bij me opkwam, weet ik niet. Hij rolde zo maar van mijn lippen, al was het geen antwoord op wat Frank me vroeg. Een gesprek kon je dit niet noemen. Tot converseren was ik niet in staat. Het was alsof je een hete pan aanraakte en onwillekeurig je hand terugtrok. Ik flapte er het eerste uit wat mij voor de geest kwam, zonder te letten op de logische samenhang.

Frank haalde het ding uit zijn mond; hij leek blij dat hij eraan werd herinnerd. Het was een witte ring van ivoor of zoiets, versierd met een slang en een zon.

'Gekregen van die meid. Zij komt uit Peru, en ze kan wat Engels. Wat zei ze ook weer, dit komt uit de zee, vlakbij het grondgebied van de Inca's. Het wordt gemaakt van zeespons, van de skeletten van kalkhoudende spons. Als je erop zuigt, smelt het heel langzaam in je mond. Er zit ontzettend veel kalk in. Ze hebben een speciale methode ontwikkeld om heel kleine stukjes kalkspons te stollen. De Maya's, de Tolteken en de Azteken aten mensenvlees, zei die meid, maar de Inca's niet, en weet je waarom? Het lag niet aan de lama's of de cavia's, maar omdat ze *dit* hadden. Wist je dat nou, Kenji? Die meid begreep mij uitstekend. Ze zei: van kalk ontspant een mens, en jij moet hoognodig kalmeren. Ze was heel aardig. Als ik hierop zuig, kom ik tot rust.'

Trots liet Frank me de ring zien. Hij veegde hem droog en hield hem voor mijn ogen. De ring leek van wit porselein.

'Frank, die heb je toch zeker gekregen? Je hebt haar toch niet vermoord om hem te pakken?'

Ik schrok van mijn woorden. Het leek alsof er iemand anders in mij woonde die Frank aansprak. Op mijn woorden en die van Frank zat een vreemde echo. Alsof we diep in een grot zaten. Mijn hart klopte zo snel dat ik het ritme niet bij kon houden. Ik klappertandde dat mijn kaken ervan rammelden.

'Nee, ik heb haar niet vermoord,' zei Frank en wees met zijn kin naar de straat, waar het meisje op dezelfde plek stond als daarnet, met haar tas in haar hand. Frank wuifde even, en zij wuifde op dezelfde manier terug.

'Waar zijn jullie dan heen geweest?' vroeg ik. 'Opeens was je weg.'

Frank zei dat ze een poosje aan de ingang van het hotel hadden staan praten. Daarna was hij naar de achterkant van het gebouw gelopen en had me van dichtbij een poosje gadegeslagen.

'Echt waar?' vroeg ik, en lachte Frank warempel toe. 'Ik dacht dat jullie naar binnen waren!'

Er was geen sprake van dat ik iets bepaalds wilde zeggen, de juiste woorden koos en in mijn hoofd een keurige zin vormde. Het leek alsof ik mijn lichaam had uitgeleend aan een ander, die in mijn plaats het woord voerde. Misschien was ik gehypnotiseerd.

'Frank, heb je mij gehypnotiseerd?'

'Nee hoor,' zei Frank stomverbaasd. Nu werd ik pas bang. Misschien verloor ik mijn verstand. Ik stond daar maar te praten zonder erbij na te denken. Ik wou helemaal niets zeggen en toch kwamen de woorden over mijn lippen. Ik klappertandde nog heviger. Ik probeerde het geklapper te bedwingen, waar

het juist erger van werd. Het geluid was duidelijk hoorbaar. Frank keek me onderzoekend aan en vroeg:
'Ben je wel in orde, Kenji? Je ogen staan zo raar, ik weet niet wat ze zien. Voel je je misselijk? Herken je me wel?'
Ik lachte weer en antwoordde met een vreemd hoog stemmetje: 'Frank, wat gek dat jij zoiets zegt!' Op een beverige manier weergalmde mijn stem in mijn hoofd. Een poosje lang kon ik niet stoppen met lachen. Zo wordt een mens krankzinnig, dacht ik. Mijn hersenen waren in de war. In mijn hoofd functioneerde niets zoals het hoorde. Ik had niets te zeggen en toch ging mijn mond open. Een gedeelte van mijn hoofd zocht radeloos naar woorden. Het deed er niet toe welke, als ik maar bleef praten. Een gedachte borrelde op en automatisch zette ik haar om in woorden. Alleen mijn spraakvermogen functioneerde, en het was op hol geslagen. Als er een hond langs was gekomen, had ik waarschijnlijk gezegd: 'Ha! Een waf!' Ik zou gedacht hebben aan het huisdier dat ik als kind had gehad, en ik zou tegen Frank hebben gezegd: 'Toen ik klein was, had ik ook een waf!'
'Ga je mij vermoorden?' vroeg ik. Als een kind zei ik het eerste wat er in me opkwam. Eindelijk kreeg ik weer wat gevoel in mijn kaakbeen, dat nog altijd beefde.
'Ik was het van plan,' zei Frank, 'maar doe het nu toch niet.'
Bij die woorden sprongen er tranen in mijn ogen. Ik wou niet dat Frank dit zag en boog mijn hoofd. Mijn tranen vielen op de droge, nachtelijke straat en ik dacht: het was niets dan angst. Uit pure angst ben ik de kluts kwijtgeraakt.
Omdat Frank zo onverwacht opdook, was ik mij lam geschrokken. Heel die verwarring was te wijten aan angst. En mijn angst was zo groot dat ik hem niet eens had herkend. De angst had me doordrongen, maar in plaats van te gaan schreeuwen, was ik beginnen te bazelen. En nou zei Frank dat hij mij niet langer wou doden. Natuurlijk wist een mens niet of Frank de waarheid sprak. Maar zelfs als hij loog, verzwakte het mijn

angst. Ik veegde met mijn mouw mijn tranen weg en stond even op het punt te vragen: 'Heus? Maak je mij niet dood?' Maar ik hield me in, want ik dacht: 'Dan doet hij het misschien toch.' Achter Frank lag de politiepost, maar als ik daar nou heen rende, kon Frank mij pakken en me in een oogwenk van kant maken. De karaokezanger had hij in een wip de nek gebroken. Trouwens, mijn benen bibberden nog steeds. Ik kon helemaal niet rennen.

Frank legde een arm om mijn schouders en we gingen weer op weg. Hij keek nog eenmaal om naar de Zuid-Amerikaanse. Ze wuifde.

'Wat een geweldige meid,' zei Frank, rustig voortstappend, alsof hij tedere herinneringen ophaalde aan een dierbaar verleden.

Voor ik er erg in had liepen wij, beschenen door de bonte neonreclame van de apotheek, de politiepost voorbij. Bij de ingang van kogelvrij glas stonden *kadomatsu*, traditionele versieringen van bamboe- en pijnboomtak voor het nieuwjaar, die hier wel een heel stompzinnige indruk gaven. Binnen zaten drie agenten te babbelen, met kopjes dampende thee bij de hand. Hier buiten loopt nou een seriemoordenaar, dacht ik, die zomaar een aantal mensen heeft neergemaaid. En die agenten weten van niets. Je kunt ze niet eens betichten van nalatigheid. Bij de omiai-pub was het luik naar beneden. Geen klant die dat verdacht vond. Niemand lette erop als bars in de rosse buurt sloten. Als Noriko uit haar hypnose ontwaakte en terugging naar de omiai-pub, dacht ze vast: 'Vandaag zijn ze om god weet wat voor reden wat vroeger gesloten.' Bij niemand zou de gedachte opkomen dat de zaak vol lijken lag. Het zou vast een poos duren voor de moordpartij aan het licht kwam. In het voorbijlopen keek Frank achteloos naar binnen en vroeg: 'Kenji, waarom ben je niet naar de politie gegaan?'

'Net toen ik dat wou proberen, dook jij op,' zei ik.

'O,' zei Frank en stopte de Peruviaanse ring terug in zijn mond.
Ik werd door een vreemd gevoel overvallen. Alsof er een einde aan iets was gekomen. In de pub lagen een hoop lijken. Ik liep over straat met de moordenaar, en we waren net een politiebureau gepasseerd. Het bureau was uitgedost met nieuwjaarsversieringen, en de agenten zaten vrolijk te praten en te lachen. Het leek wel alsof de 'Grote Slachtpartij in de omiai-pub' tien jaar geleden had plaatsgevonden, alsof iedereen die al lang was vergeten. Toen wij de politiepost voorbij waren, keek Frank een paar keer achterom, om zeker te zijn van zijn zaak, en vroeg met een ernstig gezicht: 'Heb je me soms niet aangegeven omdat je jezelf als mijn vriend beschouwde?'
'Nee, dat was het niet,' zei ik naar waarheid. 'Ik weet het zelf ook niet goed.'
'Ja maar, als burger heb jij de plicht om iedere misdaad waarvan je getuige bent aan te geven! Dacht je dat ik je zou ombrengen?'
'Nee, ik dacht dat jij met die Peruviaanse naar een hotel was. Hoe had ik kunnen weten dat je mij in de gaten hield!'
'Maar goed dat we elkaar niet zijn misgelopen.'
Elkaar *misgelopen*, zei hij.
'Ik wilde je even testen. Ik wilde weten of je jezelf echt als mijn vriend beschouwde. Toen je bij de politiepost stond, hield ik je van dichtbij in de gaten, helemaal in mijn eentje. Als je aanstalten maakte om naar binnen te gaan, zou ik je vermoorden. Wie je bij de politie verlinkt, is je vriend niet, da's toch zeker een universele regel? Zo'n klootzak *verdient* het afgemaakt te worden. Of wat vind jij, Kenji? Keur jij het soms goed om een maat aan de smerissen te verraden?'
Ik wou zeggen dat ik het niet zeker wist, maar mijn mobieltje ging af in mijn jaszak. Omdat er net een zware vrachtwagen voorbijkwam, hoorde je er niets van. Ik leunde tegen de muur

van betonblokken, nam mijn mobieltje in beide handen om het te verbergen en drukte op de knop. Het was Jun.

'Kenji?'

'Ja hoor, met mij.'

'Alles in orde?'

'Ja ja, in orde.'

'Wat een geluk! Ik ben net thuis. Daarom bel ik wat later. Sorry, hoor.'

'Maak je geen zorgen.'

'Is Frank nog bij je?'

'Ja, we zijn nog in Kabuki-cho, dus het komt goed uit dat je al thuis zit.'

'Ik was zo bezorgd, want toen ik je eerder belde, zei je iets over de politie en hing meteen op. Niet lang daarvoor heb ik Frank aan de lijn gehad, daar begreep ik niet veel van, was hij dronken?'

'Ja, dronken.'

'Want ja, wat had ik de politie ooit kunnen vertellen? Dat mijn vriend op stap was met een *gaijin* die Frank heette, dat die Frank nogal gevaarlijk leek, en dat je mij had gevraagd hen te bellen als ik na een uur niets van je had gehoord? Zoiets? Dat zou toch niemand serieus nemen!'

'Je hebt gelijk.'

'Kenji!'

'Wat nou weer.'

'Is alles echt in orde?'

'Alles oké.'

Jun bleef even stil, zei toen: 'Kenji, je stem beeft zo.'

Frank stond me uitdrukkingsloos te bekijken.

'Ik bel je nog wel,' zei Jun. 'En bel jij mij ook. Vandaag blijf ik voor je op.'

'Goed,' zei ik, hing op en vroeg me af of het echt waar was dat mijn stem net had gebeefd. Totnogtoe had ik daar nooit iets van gemerkt. Ik weet nooit goed van mezelf hoe ik eraan toe ben. Als anderen me niets vertellen, of als ik me niet met hen kan vergelijken, tast ik in het duister. Als het enigzins kan, wil ik dat iemand op wie ik gesteld ben en die ik vertrouw (niet iemand wiens kritiek ik niet slik) tegen me zegt: 'Je doet wat raar' of: 'Er is toch niks aan de hand?' Ik wil mijn woorden, gedachten en houding vergelijken met iemand die altijd, en onder alle omstandigheden, hetzelfde blijft. Toen ik met Jun had gepraat, overviel mij een vreemd gevoel. Ons gesprek was heel kort maar ik herinnerde mij opeens wie ik was geweest vóór Frank aan zijn moordpartij begon. Maar toen ik ophing en Franks gezicht voor me zag, was het alsof ik weer het donkere gat in werd gezogen waar ik net uit was gekropen. Ik had één minuut van de vrijheid geproefd. Meteen werd ik weer opgesloten.

We zetten ons opnieuw in beweging. Frank vroeg: 'Zit je meisje op je flat?'

'Nee,' zei ik, 'ze is naar huis,' waarop hij reageerde met een dubbelzinnig: 'Hm.' Hij zei dit met een uitdrukkingsloze stem, waaruit je geen opluchting of protest af kon leiden. Bij Frank moest je er altijd rekening mee houden dat je slechtste voorgevoelens werkelijkheid konden worden. Bovendien kon alles wat hij zei gelogen zijn. Ik twijfelde er niet aan dat hij wist waar mijn flat lag. *Hij* had dat stuk huid tegen mijn voordeur geplakt. Nou woonde Jun in Takaido. Dat wist Frank vast niet. 'Jun kan hij niet vermoorden,' dacht ik bij mezelf.

Onder het lopen begon Frank aan een opmerkelijk verhaal. 'Die meid uit Peru is hier drie jaar,' zei hij. 'In die periode heeft ze bijna vijfhonderd klanten gehad. Ongeveer vierhonderdvijftig Japanners, maar ook Iraniërs en Chinezen. Ze is katholiek, maar ze vindt dat Christus in dit land geen macht heeft. Ik denk dat ik wel begrijp wat ze bedoelt, al kan ik het niet goed uitleggen. En vorig jaar rond deze tijd had ze een geweldige ervaring.

Ze beweert dat ze daardoor is gered. Kenji, luiden ze hier morgenavond verlossingsklokken?'
Ik wist niet meteen waarover hij het had. Hij zei eerst 'klokken', en toen nog een keer 'gongen'.
'Dat meisje heeft heel wat doorstaan. Niet dat ze geconfronteerd is met geweld. Maar ze kon moeilijk tegen de sociale druk, en vond het hard dat niemand hier de afstand bewaart tussen twee individuen. De Japanners omringen je in groepen en roddelen over je in groepen, en dat doen ze allemaal met een gerust geweten, zonder zich maar even af te vragen onder welke druk je staat. Alles welbeschouwd snappen ze daar geen bal van, en het heeft geen zin om te klagen, want ze *weten* niet wat ze doen. Als je je beklag doet, begrijpen ze niet eens waar je het over hebt. Als ze zich nou openlijk vijand konden tonen, kon je tot de tegenaanval overgaan, maar daar is geen sprake van. De Peruviaanse heeft iets verteld wat haar is overkomen. Ze was hier een halfjaar en begon eindelijk Japans te verstaan. Toen liep ze over een open stukje grond naast haar appartement. Het was smal, werd omringd door een fabriekje en pakhuizen, en de kinderen speelden er voetbal. Nu is voetbal in Peru heel populair. Toen ze klein was, speelde ze het in de achterbuurt elke dag, met een leeg blik of een prop krantenpapier in plaats van een bal. Ze was al blij dat ze die kinderen zag, en toen de bal naar haar toe rolde, schopte ze hem zonder na te denken terug. Maar de bal kwam niet terecht bij de kinderen, misschien omdat ze sandalen aan had. Hij belandde in een sloot aan de rand van de open plek. Die sloot bevatte het afvoerwater van de fabriek en was heel vies. Er dreef olie op, het stonk verschrikkelijk. Ze bood de kinderen haar verontschuldigingen aan, en toen ze weg wou, riepen die apen: 'Wacht!' Ze gingen om haar heen staan en eisten een vergoeding voor hun bal. Hij was zo vies en stonk zo erg dat ze er niet meer mee konden spelen; daarom wilden ze van haar een nieuwe bal. Zij snapte maar niet

waarover die kinderen het hadden. In de meeste Zuid-Amerikaanse landen is het begrip 'compensatie' volslagen onbekend. Iedereen is er zo arm dat het idee zich er niet heeft ontwikkeld. En de Peruviaanse is ter plekke in tranen uitgebarsten. Ze wist wel dat ze als prostituee uit Latijns-Amerika in dit land ongewenst was, en dacht dat dat in andere landen precies hetzelfde zou zijn, dus dáár maakte ze zich niet speciaal zorgen over. Als ze omwille van haar beroep neerbuigend werd behandeld, kon ze daar wel tegen, maar dat die kinderen een nieuwe bal eisten, daar kon ze niet bij. Ze was in Japan komen werken om haar familie in Peru met hun zestienen een appartementje te laten huren, en kon niet naar huis voor ze een aanzienlijk bedrag bij elkaar had, maar als het zó moest, kon ze het niet langer aan. Ze zat voor het eerst in het buitenland. Het leek haar wel zeker dat de mensen daar andere goden hadden. De gewoonten en heel de natuur waren er anders, dus misschien verloor ook de katholieke God daar zijn macht.'

Frank vertelde mij dit alles terwijl wij rustig verderliepen. Vanaf de westelijke uitgang van het station Seibu Shinjuku liepen we een poosje tussen de wolkenkrabbers, in de richting van Yoyogi. Zo kwamen we in een straat vol houten appartementsgebouwen. Hotels trof je hier niet aan. Het straatje was donker en de appartementen stonden zo dicht bij elkaar dat je niet kon zien wat erachter lag. Al waren de wolkenkrabbers van Shinjuku vlakbij, toch zag je er geen bal van. De hemel boven ons leek plat als een strook donkerblauw papier tegen het plafond. Ik liep naast Frank, maar hij wees de weg. Door het lopen kalmeerde ik wat. Bovendien vond ik het verhaal van de Peruviaanse op een vreemde manier pakkend. Sinds ik Frank had leren kennen, had hij nog nooit zo beheerst tegen me gepraat, en het was ook de eerste keer dat hij iets zinvols vertelde. Zou het echt omwille van Jun zijn geweest dat hij me niet had vermoord? Veel kon het er niet mee te maken hebben. Jun wist alleen dat hij Frank heette en waarschijnlijk uit Amerika kwam. Nou waren er alleen al in Tokyo beslist honderden buitenlanders die Frank heetten, en waarschijnlijk was het niet zijn echte naam. Zoals Jun zelf had aangegeven, had de politie met haar informatie niets kunnen beginnen. De politie had geen foto's van Frank, kende noch het nummer van zijn paspoort, noch zijn ware naam, en wist niet of hij echt Amerikaan was. Behalve Noriko en ik was iedereen die wist dat Frank in de omiai-pub was geweest, dood. Van Noriko kon je honderd procent zeker zijn dat ze niet naar de politie stapte. Misschien was ze nog steeds onder hypnose. Met andere woorden: als Frank mij vandaag vermoordde, was er niemand die hem kon beletten om morgen het vliegtuig te nemen. Hij kon mij op ieder ogenblik uitschakelen, maar deed het niet; hij praatte ernstig door over de Peruviaanse.

'Zij vond dat de inwoners van dit land eens goed moesten nadenken over hun goden, en daar had ze groot gelijk in.'

Ik wist niet dat er vlak bij het hart van Tokyo, op een kwartiertje lopen van Kabuki-cho, een buurt lag waar van die oude houten appartementen stonden. Er stonden zelfs huizen van één verdieping die je eerder in een samoeraifilm verwachtte. Het leken wel modellen, met zulke kleine schuifdeurtjes dat je je moest bukken om in en uit te kunnen. De piepkleine tuintjes waren bestrooid met kiezel en werden verlicht door traditionele lantaarntjes. In de vijvertjes, ingegraven in de grond, zwommen geen goudvissen of karpers, maar kleine rozige visjes. Boven de daken van deze huisjes zag je de nieuwe wolkenkrabbers van Shinjuku. Ik dacht: 'Op zo'n plek ben ik nog nooit geweest.' Frank bewoog zich snel en trefzeker door de straatjes, die al spoedig zo smal werden dat je je afvroeg of er nog een auto doorheen kon.

'Zij probeerde meer te weten te komen over de goden van dit land, maar over dit onderwerp waren er geen boeken vertaald in het Spaans, en ze kende niet genoeg Engels. Ze sprak met verschillende klanten, maar vond niet één Japanner die er iets van afwist. In dit land denkt niemand na over God, dacht ze, is er dan helemaal niemand die zo veel te lijden heeft dat alleen een god troost kan bieden? Degene die haar vertelde over de verlossingsklokken, was een Libanese journalist die hier meer dan twintig jaar woonde. Hij zei dat de Japanners geen figuur hadden als Jezus of Mohammed, en geen God zoals westerlingen zich die voorstellen. Rotsen langs de weg, of dikke bomen omspannen met koorden van gevlochten stro, werden als goden beschouwd, en ook werden de geesten van de voorouders vereerd. En je hebt gelijk, zei hij tegen haar. De Japanners hebben het in de loop van de geschiedenis nooit hoeven ervaren dat ze door een ander volk zijn bezet, uitgemoord, of van hun land verdreven, of dat grote aantallen mensen zijn gesneuveld omwille van de onafhankelijkheid. Tijdens de Tweede Wereldoorlog lagen alle slagvelden in China, Zuidoost-Azië, de eilanden van de Stille Zuidzee, en op Okinawa. Japans dichtstbevolkte gebieden kregen enkel bombardementen te verduren. Zowel Europa als de Nieuwe Wereld heeft een geschiedenis achter de rug van invasie en assimilatie, waarbij hele families werden vermoord en verkracht en de bevolking een vreemde taal opgelegd kreeg. Dit soort ervaringen vormt de basis van de internationale verstandhouding. Maar Japanners weten niet hoe ze buitenlanders moeten benaderen. In de loop van de geschiedenis hebben ze nooit echt contact met hen gehad. Daarom stellen ze zich zo gesloten op. Behalve de Verenigde Staten vind je zo'n land op de hele wereld niet. Dat vertelde die Libanees, maar hij zei dat er ook goeie kanten aan de situatie zaten. En toen begon hij over die verlossingsklokken. Hij legde uit dat een land als Japan, dat nooit een gewelddadige invasie had beleefd, een zachtheid kende die je in andere naties niet vond, en een ongelooflijke manier van helen, en dat was het luiden van die klokken, een traditie die al meer dan duizend jaar in ere wordt gehouden. Met oudjaar luiden alle tempels, of waren het nou de shinto-schrijnen, een grote, zware klok. Hoeveel keer doen ze dat ook weer, een getal met een heel diepe betekenis, meer dan honderd? Weet jij het, Kenji?'

Frank had het over *Joya no kane*. 'Honderdacht keer,' zei ik.

'Precies, honderdacht,' zei Frank, en liep recht naar een nauwe spleet tussen twee huizen aan het eind van het steegje. Vanuit de huizen of straatlantaarns drong er geen licht in door. Het was er pikdonker en angstaanjagend smal. Als je je niet tegen de muur wrong, kwam je er niet doorheen. De steeg leidde naar een huis dat bijna helemaal was gesloopt door louche makelaars, vlak voordat de zeepbel van de Japanse economie barstte, en dat vervolgens aan zijn lot was overgelaten. Er was mortel van de buitenmuren gevallen, waarover zeildoek en plastic hoezen hingen. Frank en ik hurkten neer. Frank trok het zeildoek en de hoezen opzij en we kropen naar binnen. De hoezen, die hadden blootgestaan aan de regen, stonken naar dierenpis en uitwerpselen.

'Die meid vertelde dat ze vorig jaar naar zo'n tempelklok is gaan luisteren, en het was een belevenis die haast te goed was voor deze wereld. Alles wat ze in zichzelf verafschuwde, werd weggewassen door de honderdacht dreunen van de klok.'

Zodra we binnen waren, stak Frank een lamp aan, een kale tl-lamp op de vloer, die de hele ruimte verlichtte en spookachtige schaduwen op Franks gezicht toverde. Het moest daar een soort kliniek zijn geweest. In een hoek van de kamer lagen doktersinstrumenten en een stapel stoelen. Er lag ook een matras die van een bed scheen te zijn getrokken. Frank ging erop zitten en gebaarde mij hetzelfde te doen.

'Zeg eens, Kenji, wassen die klokken heus boze instincten weg? Wil jij mij soms niet meenemen naar een plek waar ik ze kan horen?'

Ik dacht: 'Dáárvoor heeft hij me in leven gelaten!' en zei: 'Dat wil ik wel.'
'Zo? Dat doet me plezier, maar vertel eens *hoe* je door die klokken wordt gereinigd. Weet je daar soms iets over? Het meeste heb ik al gehoord, maar ik wil het ook horen uit de mond van een echte Japanner.'
'Frank, mag ik hier niet overnachten?'
Hij liet me toch niet naar huis gaan.
'Boven staan bedden die je gerust mag gebruiken. Ik slaap op deze matras. Ja, ik zie het al, er is vandaag het een en ander gebeurd, je bent moe, maar vertel nog wat over die klokken, dat kun je toch wel?'
'Tuurlijk,' zei ik en keek om mij heen. Ik vond geen trap naar de eerste verdieping. 'Hoe kom je in 's hemelsnaam boven?' vroeg ik.
'Kijk daar maar.' Frank wees naar een hoek van de kamer, waar een ijzeren kast op zijn kant lag. Op de kast stond een koelkast, en boven de koelkast was er een gat in het plafond, ongeveer een halve tatami-mat groot. Een gat dat tot stand moest zijn gekomen toen de oorspronkelijke trap was verwijderd.
'Door op de ijskast te klimmen, kun je naar boven. Daar staan een boel bedden. Net een hotel,' zei Frank lachend. Als ik boven was, kon hij de ijskast verzetten en hoefde hij me niet de hele nacht in de gaten te houden. Om door het gat naar beneden te springen, moest je erg dapper zijn. De kamer lag vol glas van de omgevallen kast. Als je sprong, gaf dat ook een hels kabaal.
'Dit moet een kliniek zijn geweest,' zei Frank terwijl ik nog steeds om me heen keek. 'Ik heb hem gevonden tijdens een wandeling. Wel een leuke schuilplaats, vind je niet? Stromend water is er niet, elektriciteit wel. In plaats van te douchen kun je water verwarmen in een koffiezetapparaat en je daarmee wassen. Voorzien van alle gemakken!'
In verlaten gebouwen waren de elektriciteit, het water en het

gas toch zeker afgesloten. Ik vroeg me af waar Frank zijn elektriciteit aftapte maar zei niets. Het maakte ook niets uit. Voor Frank was zoiets een koud kunstje.

'Waarom ze die klokken honderdacht keer luiden, daar had die Libanees iets heel interessants over te vertellen, maar de Peruviaanse was het vergeten. Maar na die overweldigende ervaring begon ze van alles over Japan te leren. Ik heb nooit iemand ontmoet die zo veel over Japan wist. Want kijk maar, die meisjes in de bar wisten toch geen bal van hun land? Het interesseerde hun ook niet. Zij wisten alleen dat de eersteklas passagiers van United, als hun vlucht gecanceld is, mogen logeren in het Hiltonhotel van Tokyo Disneyland, dat Brighton goeie bourbon is, en verder een heleboel over kleren en handtassen, en dat soort dingen. Ik stond paf dat Japanse meisjes geen belangstelling hebben voor hun geschiedenis!'

Maar zelfs als ze die geschiedenis wilden bestuderen, kon dat nu niet meer, dacht ik. Bij deze gedachte leek het erop dat het kelen van Nummer 5 weer voor mijn ogen zou verschijnen. Mijn angst kwam opzetten, net als toen Frank plots achter mij op straat opgedoken was, een angst zo diep dat je niet eens wist wat het was. Ik kreeg een vreemd gevoel in mijn ruggengraat en verloor alle kracht in mijn benen. Een sterke schimmelgeur vulde mijn neusgaten, plakte tegen de binnenkant van mijn huid en scheen mijn hele lichaam te doordringen. Maar het beeld van het kelen van Nummer 5 bleef achterwege. Ik had een *voorgevoel* dat er een beeld opdook waar ik misselijk van werd, maar het scherm bleef wit. Ongelooflijk, maar ik begon de hele moordscène te vergeten. Ik probeerde mij voor de geest te halen hoe de oren van de zanger werden afgesneden, en het lukte niet. Ik herinnerde me de feiten, maar de beelden waren uit mijn geheugen gewist. Van een oude vriend weet je soms de naam, en ook wat voor iemand het was, maar zijn gezicht ben je kwijt. Vaak weet je dat je een nachtmerrie hebt gehad, en ben je vergeten wat erin gebeurde. Daar had het iets van weg. Vraag me niet om uitleg.

'De Japanse geschiedenis is fascinerend, en die Peruviaanse wist er alles van. Al meer dan tweeduizend jaar leggen de Japanners zich toe op de rijstteelt. Vanuit Afrika heeft hun de grote trom bereikt, vanuit Perzië het metaal, maar aan de rijstteelt veranderde niets. Maar toen de Portugezen hier vuurwapens invoerden, begon er toch iets te veranderen. Het leidde tot oorlog. Tot dusver was er altijd gevochten met zwaarden, heel verfijnd, een soort dans, je ziet het in films, maar de oorlog met vuurwapens werd ieder jaar erger. De Japanners vielen de omringende landen binnen, maar omdat ze zo weinig omgang met buitenlanders hadden gehad, brachten ze niets terecht van de bezetting, of van de omgang met de inheemse bevolking. In alle omringende landen verloren ze hun goede naam. Hun stuntelige manier van oorlogvoeren bleef duren tot de atoombommen vielen. Toen veranderde hun manier van denken. Ze gaven het oorlogvoeren op en legden zich toe op het produceren van elektrische apparaten. Nou, dat was een voltreffer, die route hadden ze eerder moeten nemen! Ze hadden de oorlog misschien verloren, maar dat was een strijd geweest tegen de Verenigde Staten, over gevestigde belangen in China en Zuidoost-Azië. Na zoveel tientallen jaren kun je misschien zeggen dat Japan heeft gewonnen. Kenji, waarom wordt die klok nou honderdacht keer geluid? Kun jij het me vertellen? De Peruviaanse heeft het ook gezegd, maar ik ben het vergeten.'

Misschien wou Frank mij op de proef stellen. Even nagaan of ik genoeg wist om hem de weg te wijzen naar de eindejaarsklok. Wat gebeurde er als hij mij ongeschikt vond? Ik zei: 'Bij de boeddhisten...' Of waren het de shintoïsten? Frank kende het verschil toch niet. 'Bij de boeddhisten noemen ze alle slechte instincten van de mens *bonno*. Maar die term betekent veel meer dan "slechte instincten" in het Engels.'

De klank van het woord *bonno* leek Frank te fascineren. Hij bleef het maar herhalen: 'Bon-no, bon-no... Tsjonge!'
Toen hij de uitspraak van het nieuwe woord onder de knie had, zuchtte hij een paar keer diep.
'Tsjonge, wat een woord! Alleen al door het uit te spreken, voel je dat je van iets wordt bevrijd, dat je wordt omhelsd. Wat betekent zo'n verheven woord, Kenji?'
'Het eerste dat je moet weten, is dat iedereen het bezit,' zei ik – en schrok van mijn eigen woorden. Nooit had ik gedacht dat ik hiervan op de hoogte was. Ik kon me niet herinneren dat iemand me dit had geleerd, of dat ik erover had gelezen. Ik had het woord *bonno* in geen tijden gehoord. Normaal gebruik ik zulke woorden niet. En toch kende ik mijn les heel aardig. Toen ik zei dat iedereen *bonno* bezat, trok Frank, tot mijn grote verbazing, een gezicht alsof hij ging huilen.
'Alsjeblieft, Kenji, vertel verder,' zei hij met bevende stem.
Ik zette mijn praatje over *bonno* voort, en vroeg me af waar ik die wetenschap had opgedaan. Het was net alsof je, met behulp van de juiste software, informatie wakker maakt die lang op je harde schijf heeft geslapen.
'Er is nog een ander woord, *ma-do-u*.'
Opnieuw herhaalde Frank dit voor zichzelf. Als een buitenlander oude Japanse woorden in de mond neemt, krijgen ze een eigenaardige klank. Ze verwerven een nieuwe mystiek.
'*Madou* is een werkwoord dat "verdwalen" betekent. Het geeft op een eenvoudige manier aan wat *bonno* met je doet. Als je het over "slechte instincten" hebt, klinkt het alsof je over een dier praat, over iets wat aangeboren is en wat je nooit meer kunt veranderen. Het klinkt ook alsof je ervoor moet worden gestraft. Maar bij *bonno* en *madou* ligt het een beetje anders. Soms wordt *bonno* in zes categorieën verdeeld, soms in tien, vaak in niet meer dan twee. Deze categorieën lijken op de zeven hoofdzonden van het christendom, maar het verschil zit in de

gedachte dat *iedereen* er last van heeft. Je zou kunnen zeggen dat *bonno* evenzeer deel van je uitmaakt als je organen. Nou ja, al die categorieën, die zes of die tien, die kan ik onmogelijk voor je vertalen, het spijt me...'
'Begrijp ik, begrijp ik,' zei Frank. 'Vergeleken bij zulke diepzinnige woorden zit het Engels veel te simpel in elkaar.'
'Wat die *twee* categorieën betreft: je hebt *bonno* die ontspringt aan de gevoelens en *bonno* die ontspringt aan de gedachten. De *bonno* die aan de gedachten ontspringt, verdwijnt zodra iemand je op de waarheid wijst, maar de *bonno* die aan de gevoelens ontspringt, levert allerlei moeilijkheden op. Om je daarvan te bevrijden, moet je zware praktijken doorstaan. Frank, heb je wel eens op de televisie gezien dat de boeddhisten vasten, 's winters naakt in ijskoud water stappen, onder een waterval gaan staan, of lang in een onnatuurlijke positie zitten terwijl iemand hun klappen geeft met een stok?'
'Heb ik gezien, da's ook algemeen bekend,' zei Frank.
'Het boeddhisme heeft ook een lieve, zachte kant, en een goed voorbeeld daarvan is de eindejaarsklok. Als je *bonno* verdeelt in een heleboel kleine groepen, hou je honderdacht soorten over, en de klok wordt honderdacht keer geluid om de mensen van al die soorten *bonno* te bevrijden.'
'Waar kun je het beste naar zo'n klok luisteren?' vroeg Frank.
Op dat moment schoot het mij te binnen hoe het kwam dat ik zo veel wist over *bonno* en de eindejaarsklokken. Ik had Jun beloofd dat ik met Kerstmis bij haar zou blijven, maar mij niet aan die belofte gehouden. Ze had zich boos gemaakt, waarna ik haar beloofde om het goed te maken met oudjaar. Om te beslissen wat we met oudjaar zouden doen, hadden we enkele bladen gekocht die we samen bekeken. *Pia* en *Tokyo Walker*, dat soort dingen. En nou weet ik niet meer in welk blad het was, maar ik vond een artikeltje met als titel: 'Over de oorsprong van oudjaar – om nog meer te genieten van je uitstapje'. Jun en ik lagen sa-

men in bed, en ik had het haar voorgelezen.
'De Peruviaanse zei dat het ongelooflijk druk was, want *iedereen* gaat naar die klokken luisteren. Zij wou liever naar een stillere plek. Ken jij een leuke tempel waar het rustig is, Kenji? Tussen de massa voel ik mij niet op mijn gemak.'
Ik had ook geen zin om met Frank door de Meiji-schrijn te strompelen, tussen honderdduizenden anderen.
'Ik weet een goeie plek,' zei ik. 'Bij een brug.'
'Een brug?'
Frank klonk verbijsterd. In een van de blaadjes stond iets over een brug, en Jun en ik hadden besloten daarnaartoe te gaan. Een van de bruggen over de Sumida, maar ik was vergeten hoe hij heette. Ik keek op mijn horloge. Het was drie uur in de ochtend. Was Jun nog op?
'Wat bedoel je met een brug, Kenji? Ik begrijp het niet goed.'
In deze buurt, en in Shinjuku, lagen weinig tempels, zei ik. 'De meeste vind je in de binnenstad, maar die Peruviaanse heeft gelijk, er gaan ongelooflijk veel mensen naar toe, honderd- en nog eens honderdduizenden. Als je zo'n klok wilt horen, moet je naar een rustiger plek. Nu ligt er ergens een ijzeren brug. Als je daarop gaat staan, hoor je het bonzen van de klok weergalmen over het water. Het schijnt heel bijzonder te zijn.'
Toen ik dit zei, kwam er een nieuwe uitdrukking op Franks gezicht. In zijn ogen, zo hol, diep en uitdrukkingsloos, schitterde iets.
'Dáár wil ik naartoe!' zei hij, met trillende stem. 'Neem me mee, Kenji, alsjeblieft!'
Ik belde Jun. 'Mijn vriendin weet hoe die brug heet,' zei ik tegen Frank. Toen ik op de toetsen van mijn mobieltje probeerde te drukken, merkte ik pas goed hoe koud het in het gebouw was. Mijn vingers waren helemaal verkleumd. Keer op keer drukte ik fout.

'Kenji, ben jij dat?'
Ze nam meteen op. Ik zag haar gezicht zo voor me: ze had haar mobieltje naast zich neergelegd en de hele tijd op mijn telefoontje zitten wachten. Ze maakte zich vast grote zorgen.
'Ja hoor, ik ben het,' zei ik zo kalm mogelijk. Maar door de kou, of de zenuwen, trilde mijn stem.
'Waar zit je? Thuis?'
'Nee, ik ben nog bij Frank.'
'Waar dan?'
'In Franks hotel.'
'Het Hilton?'
'Nee, niet het Hilton, een kleiner hotel, iets voor zakenlui, ik weet niet hoe het heet, maar best aardig.'
Ik had een idee. Ik was niet zeker of het deugde, en of ik het wel ten uitvoer kon brengen. Ik had het koud, ik voelde me slaperig en afgemat, misschien schoot ik niets op met mijn idee, maar onder de omstandigheden wist ik niets beters te verzinnen. Het mondstuk van mijn mobieltje zag wit van mijn adem. Franks blik liet mij niet los. De tl-buis op de vloer gaf zijn gezicht een onnatuurlijke, blauwe weerschijn. Het zag er ook verwrongen uit. 'Hij vermoordt me tenminste niet,' dacht ik. 'Niet voor ik hem die brug heb laten zien.'
'Jun, morgen gaan we luisteren naar de eindejaarsklok. Frank wil dat ik hem er naartoe breng.'
'Da's zeker een grapje?'
'Nee, dat hebben we afgesproken.'
'Wist ik anders niets van.' Jun klonk een tikje boos. Haar bezorgdheid was al wat vervlogen, en ze herinnerde zich maar al te goed wat wij hadden afgesproken. Ik wou haar vragen om ons in de gaten te houden. Misschien kon zij Frank zelfs laten arresteren. Daarvoor moest ik haar eerst vertellen wat er in de omiai-pub was gebeurd. Als ze dat hoorde, zou ze haar kalmte vast verliezen. Ik was er niet eens zeker van of ze het allemaal

zou geloven. Zelf begon ik de moordscène warempel te vergeten. Ik wist wel dat ik niet door de politie aan een kruisverhoor onderworpen wilde worden. Mijn baantje als gids wou ik ook niet opgeven. Ik kon me er niet toe brengen om te zeggen: 'Jun, loop naar de politie, of breng ze hierheen, want Frank is echt een seriemoordenaar.'

'Hoe heette die brug ook weer?' vroeg ik haar.

'Brug?' Jun klonk geërgerd. Ik had beloofd dat ik op kerstavond met haar in een chic hotel zou gaan dineren. Toen ik het afzei omwille van mijn werk, was ze echt boos geworden. 'Ik wil kerstavond met jou doorbrengen! Het is juist een van de redenen waarom ik bij je blijf!' Zo had het geklonken. Jun en haar vriendinnen beschouwen een vriendje niet als iets essentieels. Ik hoor ze vaak zeggen: 'Jongens bezorgen ons niets dan last. Je kunt er niet mee praten, en ze hebben geen cent.' Eerlijk gezegd was Jun de zomer tevoren niet met mij naar het strand geweest, maar met haar vriendinnen. Maar Kerstmis is voor die meiden een bijzonder ritueel, een unieke avond die ze heerlijk willen doorbrengen met hun vriendje. Die avond had ik al laten vallen, en nou vertelde ik dat ik met oudjaar bij Frank bleef. Geen wonder dat Jun razend was.

'Och, je weet wel, het stond in dat blad. Er is een ijzeren brug waar je de eindejaarsklok zo goed hoort. Een brug over de Sumida. Hoe heette die ook weer?'

'Geen idee,' zei ze. 'Het spijt me.'

Met als onderliggende gedachte: je gaat er toch met Frank naartoe.

'Jun, dit is heel belangrijk, eh, ik wil niet dat je je zorgen maakt, maar hoe zal ik het zeggen, mijn leven hangt ervan af.'

Ik hoorde haar naar adem snakken, en toen probeerde ze uit alle macht te praten.

'Jun, wacht,' zei ik, en onderbrak haar. Frank staarde mij wezenloos aan.

'Wees nou kalm, en luister goed. Wat ik je nu vertel is geen grap, en niet gelogen. Als ik uitgesproken ben, stel dan geen vragen, want ik heb geen tijd om uitleg te geven. Zo is het nu eenmaal. Kun je me volgen?'

'Ja,' zei Jun stil en zacht.

'Probeer je te herinneren hoe die brug heet.'

'De Kachidokibrug,' zei ze. Natuurlijk was ze het niet vergeten! 'Vlakbij de visveiling, Tsukiji. Eentje verder dan de Tsukudabrug.'

Ze klonk nerveus.

'Morgenavond zien we elkaar daar terug. Maar ik zou willen, Jun, dat je mij en Frank de hele tijd in de gaten hield.'

'In de gaten hield? Wat bedoel je? Ik begrijp het niet.'

Ze was in de war. Onmogelijk om alles uit de doeken te doen. Ik moest vertellen wat absoluut nodig was.

'Morgenavond laat, uiterlijk tegen tienen, staan Frank en ik bij de Kachidoki-brug, aan de kant van Tsukiji. Ik zorg dat we er zeker zijn, aan de kant van de visveiling, en aan de voet van de brug. Begrepen?'

'Kenji, wacht.'

'Wat?'

'Sorry! Waar is dat, de voet van de brug?'

'Waar de brug begint.'

'Goed.'

'Zoek naar Frank en mij, maar laat jezelf niet zien. En zelfs als je ons vindt, doe alsof je niets merkt. Kom zeker niet naar ons toe, en spreek ons ook niet aan. Begrepen?'

'Ik moet de boel in de gaten houden van een afstand?'

'Juist. Zodra de klok geluid is, gaan Frank en ik uit elkaar. Dan kom ik met je mee. Als je zou zien dat Frank mij niet laat gaan, als we ruzie lijken te hebben, wel, morgen is er zeker politie om de massa in bedwang te houden, dan ga je naar die agenten toe en zegt dat ze me moeten helpen. Oké? Morgen neem

ik zeker afscheid van Frank, maar als dat niet lukt, als je ziet dat Frank iets met mij heeft uitgevoerd, begin dan te gillen of zo, zeg tegen de politie dat ze ons uit elkaar moeten halen, maar probeer het zeker niet in je eentje, begrepen?'
'Begrepen.'
'Goed, ik leg neer. Tot morgen.'
'Wacht even, Kenji. Nog één ding.'
'Wat?'
'Is die Frank toch een schurk?'
'Ja, nogal,' zei ik en hing op. 'Ik weet hoe de brug heet, hoor,' zei ik tegen Frank en maakte duidelijk dat ik verwachtte dat hij me liet gaan zodra de klok was uitgeluid. Ik keek er zelf van op hoe kalm ik klonk. Ik dacht waarschijnlijk dat ik alles had gedaan wat ik kon. Mijn inspiratie reikte niet verder dan Jun te vragen ons in de gaten te houden. Hoe lang ik ook nadacht, iets beters wist ik niet te verzinnen.

'Ik vertel de politie niets over jou, Frank, want ze zouden mij verbieden mijn werk uit te voeren, en ik ben sowieso niet op ze gesteld. Ik ken trouwens alleen je voornaam. In ruil daarvoor zou ik willen dat je, als de klok voor het laatst heeft geslagen, mij ook liet vertrekken.'

'Geen bezwaar,' zei Frank. 'Je hoeft je meisje niet eens te vragen om ons in de gaten te houden. Al van het begin af aan was ik van plan je te laten gaan. Ik heb je toch gezegd dat ik je beschouw als mijn vriend.'

Pas toen hij dit zei, drong het tot mij door dat wij elkaar nog maar dertig uur kenden. Frank klonk weer helemaal als bij onze eerste ontmoeting in dat hotel in Shinjuku. Dit betekende niet dat ik hem nu vertrouwde. Hij zei misschien dat ik zijn vriend was, maar ik had geen garantie dat hij mij niet zou vermoorden.

'Kenji, heb je slaap?'
Ik schudde van nee. Net tevoren had ik nog gedacht dat ik

om het even waar kon liggen, zelfs op een vloer vol glasscherven, maar nu was iedere slaperigheid vervlogen, misschien door mijn korte, belangrijke gesprek met Jun. Frank scheen niet helemaal zeker wat hij moest doen. Hij stond op het punt iets te zeggen, maar aarzelde. Hij deed zijn mond open, maar hield zich in. Zo had ik hem nog nooit gezien. Ten slotte pakte hij uit de koelkast in de hoek een fles Evian en nam een slok. 'Wil jij ook iets?' vroeg hij. Ik vroeg om een cola. Het was een kleine koelkast van een oud model. Hij kwam waarschijnlijk uit iemands grofvuil, maar er zat van alles in, tot bier aan toe.

'Ik wil iets vertellen, Kenji. Ik ben bang dat mijn verhaal aan de lange kant is, en een beetje raar, maar ik wil het graag kwijt. Ben je bereid om te luisteren?'

Voor Frank klonk dit wel erg zachtaardig. Veel zin had ik er niet in, maar ik zei: 'Ik luister.'

'Ik ben opgegroeid in een klein stadje aan de oostkust. Als ik zeg hoe het heet, ken je de naam toch niet. Ons huis was een doodgewoon huis, zoals je zo vaak ziet in Amerikaanse films, met aan de voorkant zo'n houten veranda waar een oud vrouwtje in haar schommelstoel kan zitten.'

Franks manier van praten klonk heel anders dan tevoren. Sinds we in dit verlaten gebouw waren beland, waren zijn stem en zijn gelaatsuitdrukking tot rust gekomen. In wat voor buurt waren we eigenlijk beland? Er stonden een heleboel kleine appartementen bij elkaar, en toch drong er geen lawaai tot je door vanuit de omtrek. De kale tl-buis op de vloer gaf een zoemend geluid. De koelkast in de hoek produceerde een machinaal geruis dat als een oorsuizing klonk. Verder hoorde je niets. De gebroken ramen en ingestorte muren waren overdekt met plastic en zeildoek, maar omdat we geen verwarming hadden, was het bitter koud. Ik ademde witte wolkjes uit. Frank niet.

'Wij waren naar dat nieuwe stadje verhuisd toen ik zeven was, want in onze vorige woonplaats had ik twee mensen gedood.'

Bij het horen van dit laatste hief ik onwillekeurig mijn hoofd op en keek Frank aan.

'*Hoe* oud was je?' vroeg ik.

'Zeven,' zei Frank nadrukkelijk en dronk nog eens van zijn Evian. Ik mompelde 'ongelooflijk', wat mij vreselijk dom in de oren klonk. Sinds ik deze Amerikaan voor het eerst had ontmoet, had ik voortdurend gedacht dat hij er maar op los loog, maar bij het woordje 'zeven' vervloog opeens alle twijfel.

'We woonden in een havenstadje met misschien achtduizend zielen, een oud stadje met een lange geschiedenis en een golfterrein waarvan ze zeiden dat het het op drie na oudste was in het land. Geen bijzonder beroemd terrein, maar toch vlogen de mensen erheen uit New York en Washington, speciaal om er te gaan spelen. De dichtstbijzijnde luchthaven was Portland, met de auto kon je zelfs naar Canada, ik weet het nog goed, in Canada spraken ze Frans, je voelde je echt in het buitenland, heel opwindend! En weet je wat zo bijzonder was: ooit hadden er trams door onze stad gereden, iets wat je in Amerika weinig ziet, zeker niet aan de oostkust. Rond de tijd dat ik mijn eerste stappen zette, werden de trams afgeschaft, maar de spoorlijn bleef. Ik was dol op de sporen die in het wegdek begraven lagen. Ik speelde graag een spelletje waarbij ik een bepaalde tramlijn zo ver mogelijk volgde. Ik dacht dat die lijnen almaar verder liepen, over heel de wereld, maar je weet hoe ver een klein kind kan stappen... Hoe ik mijn best ook deed, aan die tramlijnen kwam nooit een eind. Ik wist zeker dat de tramsporen met de hele wereld waren verbonden. Maar wat ik me het best herinner, is dat ik almaar verdwaalde. Kenji, ben jij wel eens verdwaald?'

Ik schudde van nee, en Frank zei: 'Wat gek! Alle kinderen verdwalen toch?'

Het schoot me te binnen dat mijn vader het daar wel eens over had gehad, toen ik nog heel klein was. Hij zei vaak: 'Als kleine jongens in hun eentje spelen, verdwalen ze. Zorg dat je altijd met anderen speelt, want als je in je eentje blijft, komt er een boze meneer en die neemt je mee!' 'Zodra ik buiten ons huis mocht komen, verdwaalde ik. Papa zei dat het was alsof ik speciaal had leren lopen om te kunnen verdwalen.' In het Engels had Frank het over zijn 'daddy'. Dat kwam onverwacht. Toen hij vertelde dat hij op zijn zevende zijn eerste moorden had gepleegd, dacht ik dat hij een weeskind was. Daar had ik ooit een roman over gelezen. Een arme wees werd grootgebracht in een bejaardentehuis dat gerund werd door zijn eigen grootmoeder, en ontwikkelde zich tot seriemoordenaar.

'Hoe gaat het met je vader?' flapte ik eruit.

'Met daddy?' zei Frank, met een wrange glimlach. 'Die zit vast wel ergens, maar het fijne weet ik er niet van.' En hij staarde naar de grond.

'Ik weet nog goed hoe het was als ik verdwaalde. De omstandigheden waren altijd anders, maar het ogenblik waarop je de weg kwijt was, was hetzelfde. Verdwalen, dat doe je plotseling. Kinderen die *rustig* verdwalen bestaan niet. Je belandt opeens in een onbekende buurt, en je bent verdwaald. Een poosje lang passeer je huizen, parken en straten die je maar al te goed kent, maar dan sla je een hoek om en het landschap verandert. Op het moment zelf, als ik eraan terugdenk, voel je grote schrik. Toch vind je het prettig. Ik verdwaalde vaak omdat ik iemand volgde. Dat gebeurde voor het eerst toen ik net buiten mocht. Hoe oud zal ik zijn geweest, een jaar of drie? Ik liep vaak achter de harmonie van de brandweer aan, want die hadden vlakbij ons huis hun kazerne. Hun fanfare was tot ver in de omtrek beroemd, ze wonnen allerlei wedstrijden. Ze oefenden vaak buiten, en marcheerden daarbij. Ik rende achter de marcherende spuitgasten, maar ik was pas drie. Ik kon niet zo snel en raakte achterop. De tuba's en saxofoons liepen achteraan, die waren zo groot, ze schitterden in de zon, een prachtig gezicht! Ik weet nog hoe het voelde als ik ze in de verte zag verdwijnen. Het was alsof de hele wereld me achterliet. Als ik dan om me heen keek, kwam ik tot de ontdekking dat ik de weg niet meer wist. Op een dag botste ik toevallig tegen mama, die net terugkwam van het winkelen en mij vanuit de auto had zien lopen.'

Frank sprak het woord 'mama' uit alsof het de gewoonste zaak van de wereld was. Maar ik vroeg niet hoe ze het maakte. Ik had het gevoel dat ik dát beter kon laten.

'Ik herinner me duidelijk wat voor dag het was, hoe zal ik het zeggen, zo'n sfeertje hing er nou altijd als ik verdwaalde... Ik kende alleen de onmiddellijke omgeving van ons huis, want dat was mijn wereldje. In die tijd had mijn wereldje de vorm van een T, als je begrijpt wat ik bedoel. Je had de straat die voor ons huis liep, en ook een klein weggetje dat tegenover ons huis begon maar in de verte verdween. De grenzen van die wereld herinner ik mij nog goed. Aan de linkerkant had je de blauwe brievenbus van de buren. Rechts, op de hoek van de straat, een kornoelje-boom. Aan de overkant van de straat, beneden aan een helling, lag in de diepte een park met een beekje en een ijzeren zitbank. De brievenbus, de kornoelje en de ijzeren bank: zodra ik die achterliet, verdwaalde ik. Ik weet niet hoe vaak ik mijn wereldje heb verlaten om te kijken wat daarbuiten lag, maar ik kon nooit aan dat onvertrouwde landschap wennen, ik voelde veel te sterk dat het "buiten de wereld" lag, net als de mensen uit de Middeleeuwen, die doodsbang waren voor de bossen, weet je wel. De dag dat ik op mama botste was tegen het eind van het voorjaar, toen het begon te zomeren, en het was bewolkt, want dat heb je vaak in dat deel van de oostkust, maar het is ook heel klam, alsof het motregent, de zon breekt niet door, het is erg zwoel, maar als de wind gaat waaien, is dat erg kil tegen je huid. Daarom krijgen zo veel mensen daar astma of bronchitis; ik herinner me dat alle volwassenen liepen te hoesten. Die dag had ik de Andere Wereld betreden vanaf de brievenbus. Voor een kind is het verdwalen geen gewone toestand, maar een roeping. Je barst van de opwinding – door de angst die je uitstaat, de onzekerheid, het gevoel dat je niet meer terugkan. Je staat niet vast op je benen, het is of iedere overgang tussen jouw huid en de wereld om je heen wegvalt, of je zult opgaan in de asgrauwe atmosfeer. Vaak zette ik een keel op, maar geen volwassene let op een kind dat staat te schreeuwen op straat. Als je huilt, da's wat anders, hè. Op deze dag was ik bovenal in paniek, en toch voelde ik me vreselijk opgewonden. Toen verscheen mama opeens, totaal onverwacht hield haar auto halt en riep ze: 'Hee, mijn ventje!' Ik barstte in tranen uit, niet omdat ik blij was haar te zien, maar puur uit angst, want het was net of mama in die onbekende wereld óók was veranderd! Zij leek een ander wezen! Ik dacht dat we op de een of andere manier terug moesten naar de wereld aan de overkant die mij zo vertrouwd was, dus toen mama mij wou oppakken, probeerde ik haar af te schudden en weg te hollen, want *hier* kon ik haar toch niet ontmoeten, als ik haar terugzag, moest dat aan de overkant gebeuren. En toen dacht ik dat deze vrouw wel op mama leek, maar mijn echte mama niet was, het was een vrouw uit die onvertrouwde wereld, die alleen sterk op mama leek. Ik was doodsbang en beet in mama's pols, zo hard dat ik al het gevoel in mijn kaakbeen verloor. Ik was ervan overtuigd dat ik zoiets *moest* doen, maar mama schrok zich lam. Al was ik pas drie, toch had ik flink doorgebeten en een slagader geraakt, of zoiets. Met een enorme kracht gutste mama's bloed mijn mond in. Ik beet zo hard dat ik niet meer kon ademen, kreeg haar bloed met volle teugen naar binnen en dronk het allemaal op. Ik hing aan haar pols als een baby aan de moederborst en dronk uit alle macht, want ik vond het zo moeilijk om te ademen, als ik niet dronk dacht ik dat ik zou stikken.' Heb jij wel eens bloed van een ander levend wezen gedronken, Kenji?'

Ik walgde te erg om te kunnen antwoorden. Ik tolkte nu bijna twee jaar, en Engelse woorden begonnen eindelijk zonder omweg beelden op te roepen. Vroeger moest ik alles eerst vertalen, als ik de betekenis echt wou begrijpen. Een woordje als *blood*, bijvoorbeeld, moest ik omzetten in het Japanse *chi* voor ik een rode vloeistof voor me zag. Maar nu riepen een zelfstandig naamwoord als *blood* en een werkwoord als *drink* meteen een beeld op, en Frank vroeg op doodgewone toon of ik wel eens bloed had gedronken! Hij klonk overigens helemaal niet als een lugubere verteller uit een horrorfilm, zo van: 'Hoeoe... hoeoe... hebben jullie ooit lekker, vers, warm, kleverig BLOED gedronken?' Nee, hij klonk net alsof hij vroeg of ik als jongen van honkbal hield. Ik staarde naar de grond en schudde langzaam mijn hoofd.

'Dat was mijn eerste ervaring, mama's bloed,' zei Frank somber. 'Maar bloed is niks bijzonders. Lekker kun je het niet noemen. Het is niet bitter en niet zoet. Geen smaak waaraan je verslaafd raakt.'

Ik zat met mijn armen om mijn benen geslagen, keek naar de vloer en knikte af en toe. De tl-buis scheen naar boven, zodat de matras en de vloer in duister gehuld bleven. Pas toen mijn ogen wat gewend waren aan het donker, zag ik op de vloer een dikke laag stof waar kevertjes in kropen. Hier en daar zag je donkere vlekken. De kevertjes waren van een soort die je zelden tegenkomt en ze kropen met zijn allen over de vlekken. Waren het bloedvlekken? Ik dacht: hier heeft-ie ook iemand vermoord. Of hij heeft ergens anders een moord gepleegd, het lijk hierheen gesleurd en het aan stukken gesneden met de werktuigen die hier liggen. Dat lange, dunne mes van hem heeft hij hier misschien ook wel vandaan.

'Toen ik mama had gebeten,' zei Frank, 'brachten mijn ouders mij naar een kinderpsychiater. Die kwam tot de ontdekking dat ik als baby haast geen melk had gedronken. Ik leed aan een chronisch kalkgebrek, dat aan de oorsprong lag van mijn emotionele instabiliteit. Verder luidde de diagnose dat de 'splatter movies' waar mijn broers al die jaren naar hadden gekeken een slechte invloed op mij uitoefenden. In die dagen was de term 'splatter movies' nog niet in zwang, maar mijn beide broers, die heel wat ouder waren dan ik, waren dol op horror. Wat wil je, negenennegentig procent van alle Amerikaanse kinderen is daar verzot op! Toen ik die twee mensen had gekeeld, vonden ze thuis een boel horror- en splattervideo's, plus posters en rubberen maskers, en de media beweerden natuurlijk dat ik daardoor was beïnvloed. Ze voelden zich opgelucht dat ze de reden hadden gevonden waarom een klein kind aan het moorden was geslagen, maar als een kind een moord pleegt, *is* daar geen reden voor. Net als bij een kind dat verdwaalt. Geef je de schuld aan de ouders, dat die hun kind uit het oog hebben verloren? Dat is toch niet de reden! Het maakt alleen deel uit van het proces.'

Ondertussen liep het tegen vieren en de kou werd steeds onverdraaglijker. Frank scheen daar niets van te merken. Ik had een overjas aan, maar hij droeg niets dikkers dan een fluwelen jasje. Op de twee avonden dat we samen op stap waren, had ik hem nooit kou zien lijden. Toen hij zag dat ik in mijn handen wreef en erop blies, vroeg hij: 'Heb je 't koud?' Ik knikte. Tot mijn verbazing trok hij zijn jasje uit en legde het over mijn schouders. Ik riep: 'Dat heb jij zelf nodig!' maar hij zei dat hij geen kou voelde. 'Kijk maar eens hier,' ging hij verder en rolde zijn mouwen een eindje op, zodat ik zijn polsen zag. Zoals ik in de omiai-pub al had gemerkt, zaten die vol littekens. Ik vroeg me af wat Franks zelfmoordpogingen te maken konden hebben met het onvermogen om kou te voelen.

'Toen ik mama's bloed had gedronken, raakte ik geobsedeerd door de gedachte het bloed van iemand anders te proberen. Niet dat ik bloed zo lekker vond. Ik was alleen bezeten van de gedachte om dit te doen. Het is buitengewoon, weet je, wat een mens zich verbeeldt. Onder alle dieren zijn wij de enigen met verbeelding. In vergelijking met andere grote beesten heeft de mens haast geen lichaamskracht. Om te overleven, heeft hij zijn verbeelding nodig. Wil hij aan gevaren ontsnappen, dan moet hij kunnen voorspellen, zich uitdrukken, communiceren, bevestigen. Hiervoor is verbeelding vereist. Onze voorouders riepen zich iedere mogelijke angst voor de geest. Zo voorkwamen ze dat die werkelijkheid werd. Daarom hebben ook de mensen van nu zo veel verbeelding. Als je je verbeelding op een positieve manier aanwendt, geef je gestalte aan kunst en wetenschap. Als je haar op een negatieve manier gebruikt, leidt het tot angst, onzekerheid en haat. Er wordt vaak gezegd dat kinderen wreed zijn. Ze kwellen en doden insecten en kleine dieren, sommige kinderen smijten hun speelgoed zelfs stuk, maar ze doen zoiets niet omdat ze het leuk vinden. Ze proberen in de werkelijkheid gestalte te geven aan hun angsten, om die te verdrijven. Ze kunnen de gedachte aan het kwellen en doden van insecten niet verdragen, maar proberen het uit, onbewust, om zich ervan te vergewissen dat de wereld en zijzelf blijven bestaan. Zelf kon ik niet meer tegen de onzekerheid of ik in de toekomst nog wel eens iemands bloed zou drinken. Daarom sneed ik op vierjarige leeftijd voor het eerst mijn polsen door. Het was de eerste keer dat ik mezelf verwondde, en iedereen schrok. Ze namen mij weer mee naar een psychiater. Die zei dat ik voortaan beter niet meer naar griezel- en splatterfilms kon kijken. Nou had ik zeker geen afkeer van zulke films, maar ik was er ook niet zo gek op als mijn broers. Mensen die dol zijn op horror leiden in principe saaie leventjes, ze willen wat opwinding, en verlangen naar de geruststelling, als zo'n film is afgelopen, dat zijzelf en de hele wereld nog steeds bestaan. Da's de ware functie van griezelfilms. Ze fungeren als schokdempers. Als alle griezelfilms van de planeet verdwenen, ontnam je de mensheid een van de manieren waarop zij met haar angsten afrekent. Waarschijnlijk zou het aantal bizarre moordgevallen geweldig toenemen. Idioten die door een horrorfilm tot moord worden aangezet, kunnen dezelfde gedachten toch zeker krijgen van het tv-journaal! Tussen mijn vierde en mijn zesde jaar sneed ik meer dan tien keer mijn polsen door. Kenji, wat een kilte voel je als je bloed langzaam uit je lichaam vloeit! Mijn ouders huurden iemand in om op mij te letten, en dat was me een lelijk wijf! Toen ze mij erop betrapte dat ik mijn keel door wou snijden, gaf ze mij een enorm pak slaag. Op een late herfstavond, toen ze eventjes op de plee zat, nam ik het mes van mijn broer, stak cakejes in mijn zak die mijn moeder die ochtend had gebakken, en sloop het huis uit. Voor het eerst in lange tijd verdwaalde ik weer. Ik zette er flink de pas in, en stuitte na verloop van tijd op een tramlijn waaraan ik de beste herinneringen had. Hoe vaak had ik er niet langs gelopen! Het roestige oude spoor lag begraven in een wegdek van asfalt vermengd met gebroken schelpjes. De schelpjes schitterden in het zonlicht, het was prachtig om te zien, en ik zette koers naar de top van de heuvel. Nou had ik dat al vaker geprobeerd, maar altijd was ik halverwege gestopt. Zodra ik ons huis verliet, was ik de weg natuurlijk al kwijt. Opeens versmalde mijn pad, maar ik stapte voort zonder achterom te kijken, want als ik dát zou doen, had ik het gevoel dat er iets zou verdwijnen, ofwel ikzelf, ofwel de wereld. Om die reden was ik vastbesloten niet achterom te kijken. Mijn mes was aan de grote kant, en ik vond het heel moeilijk om het onder het lopen te blijven dragen. Het gleed langs mijn been naar beneden, daarom moest ik het flink aandrukken. Zo stapte ik verder, en hield mijn voeten, het roestbruine spoor en het met schelpjes vermengde wegdek in de gaten. Op een gegeven moment kwam er plots een eind aan het spoor, terwijl ik juist dacht dat het eindeloos was, dat was een schok, ik keek heel lang naar het plots afgebroken spoor, ik dacht dat ik aan de rand van de wereld stond, toen merkte ik dat ik de top van de heuvel had bereikt. Voor mijn ogen lag een vijver. Ik draaide me om, en daar, ver in de diepte, zag ik onze hele stad, net een maquette. Het was de eerste keer dat ik dit landschap te zien kreeg, want boven op die heuvel was ik nooit geweest. Ik kon heel de stad overzien, tegen een zachtglooiende helling lagen woonwijken en winkels tegen elkaar, met in het midden een park, een paar kerken en andere grote gebouwen. Vanaf het centrum tot aan de haven lagen fabrieken met rokende schoorstenen en opslagplaatsen. De enorme kranen van de scheepswerf, die ik vroeger wel eens met mijn broers was gaan bekijken zagen er uit als speeltjes. En daarachter schemerde een asgrijze zee, met een enorme zon die wegzonk aan de horizon. Vanaf de zee waaide een zilte geur op mij toe, en ik zag alles. Tezamen met een gevoel van almacht bekroop mij een panische angst. Het was alsof de wereld voor mij op de knieën viel, maar tegelijkertijd was het alsof alleen ik van de wereld was afgesneden, en ik prevelde: 'Jemie!' Ik was overweldigd, het was of ik een goddelijke openbaring kreeg. Nou lag er op die heuvel een verlaten, bovengrondse mijn. De kronkelende oude mijnschachten waren nu een vijver, waarop tientallen zwanen zaten die overgevlogen kwamen uit Québec. Ik kroop door het riet en ging op een rots zitten. Ik haalde een cakeje uit mijn zak, verkruimelde het en gooide de stukjes vanaf de oever naar het wateroppervlak. Ik wist niet of zwanen cakejes lustten, maar ze gleden naar mij toe, een heleboel zwanen kwamen mijn kant op, ik wist dat ze weg zouden vliegen als ik ze naderde want zo was ik zelf ook, als er iets of iemand op mij toekwam, vluchtte ik altijd. Wie je zonder waarschuwing probeerde te naderen, was altijd een vijand. Eén zwaantje kwam vlak bij me staan, een onvoorzichtig kleintje. Zijn hele lijfje bestond uit delicate gebogen lijnen en kleurde roze in het licht van de ondergaande zon. Van schrik klopte het hart in mijn keel, en ik fluisterde mezelf toe: 'Nog niet, nog niet.' Het dier kwam tot vlak bij het riet. Als ik mijn hand uitstak, kon ik de sierlijke witte nek pakken, maar ik bleef stil zitten, verkruimelde het cakeje en gooide de kruimels rustig naar het wateroppervlak. Toen, heel stilletjes, opdat het zwaantje er niets van zou merken, haalde ik het mes uit mijn broek, het was groot en zwaar. Ik dacht: 'Hiermee breng ik alles in orde.' Het gevoel dat ik afgesneden was van de wereld, en het gevoel dat de wereld zich aan mij onderwierp, zouden zich in mij verenigen. Het zwaantje zat nog maar een paar centimeter van mijn vingertoppen. Ik legde het mes voorzichtig op mijn schouder en liet het in één beweging aan de onderkant van de zwanenek neerkomen. Ik had nooit geweten dat zwanen botten in hun nek hadden, het gaf een eigenaardig geluid – als het breken van droog hout. Ik sneed het beest de nek door en er spoot bloed naar buiten, anders dan mama's bloed smaakte het zoet, in die tijd dacht ik nog dat de smaak zich had vermengd met die van het cakeje. Ik geloof dat ik heel wat bloed heb gedronken. Aan die verlaten mijn werden verkrachtingen gepleegd, en allerlei andere misdaden. Toen ik klein was, kwam er haast niemand. Daarom heeft niemand ooit ontdekt dat ik die zwaan heb gedood.'

Frank onderbrak zijn verhaal, boog zijn hoofd en drukte zijn beide handen tegen zijn ogen. Het leek alsof hij huilde, maar hij zei zacht dat zijn ogen alleen maar vermoeid waren.

'Ik heb niet geslapen, en als die toestand lang blijft duren, krijg ik pijn in mijn ogen. De rest van mijn lichaam vormt geen probleem. Alleen mijn ogen. Het is een ondraaglijke pijn.'

Hoe lang heb je dan wel niet geslapen, vroeg ik. Zo'n honderdtwintig uur, zei Frank. Honderdtwintig uur, pakweg vijf dagen, rekende ik uit. Nam Frank soms speed, of andere drugs? Veel van mijn eigen vrienden gebruikten speed. Ook klasgenoten van Jun. Met behulp van speed bleven ze dagen achtereen op. 'Slik je iets?' vroeg ik aan Frank. Maar hij schudde van nee.

'In dat stadje waar ik zwanenbloed dronk, vermoordde ik

twee mensen. Toen moest ik naar een inrichting, naar ik meen eigendom van het leger, want alle dingen die ik de politie vertelde klonken zo krankzinnig. Sinds die avond aan de vijver had ik mij niet kunnen bevrijden van het gevoel dat de wereld aan mijn voeten lag, en van de heftige angst dat alleen ik van de wereld was afgesneden. In de inrichting lieten ze mij een ongelooflijke hoeveelheid medicamenten slikken. Ze deden al dat spul in mijn eten, dat ze mij vloeibaar toedienden of ik nou wou of niet, door een plastic buisje met een knop van siliconen. Het buisje was vast ontworpen voor mensen die niet meer konden eten omdat ze keelkanker hadden of zo. Het zat heel slim in elkaar. Door al dat vloeibare voedsel, en door de neveneffecten van het medicijn, werd ik dik en opgeblazen, en zag heel bleek. Het was of mijn lichaam mij niet meer toebehoorde, alsof ik een speelgoedbeest was vol zaagsel, of een mens die uitsluitend uit vloeistof bestond. Die toestand duurde jaren, ik kon mijn eigen zelf niet eens voelen, ik denk ook dat ik mijzelf niet was, maar wat doet het ertoe, want het is zo stompzinnig: wat is je echte ik? Doorzoek je ingewanden eens, je vindt het nooit! Snij je keel open en je ziet niks dan bloed en darmen en spieren en botten... Een jaar later mocht ik uit het instituut. Ik was vreselijk dik, mijn fysiek was niet langer normaal. Ons hele gezin was verhuisd naar een stadje in Virginia, maar mijn vader en broers weigerden ook maar een woord met mij te wisselen. Een jaar of tien nadien, toen ik als volwassene in de gevangenis belandde, kwam mijn oudste broer mij een keer bezoeken. Hij legde uit wat er aan de hand was geweest. 'Het probleem was niet dat je die mensen had vermoord,' zei hij. 'Je was alleen zo vreselijk dik geworden dat je eruitzag als een ander.' Toen ik voor de vierde keer naar een inrichting werd gestuurd, sneden ze een stuk van mijn brein weg. Vanaf die tijd miste ik meer en meer slaap, al deed ik korte dutjes. Bij lobotomie boren ze een gaatje in je schedel, waar ze een apparaatje in steken dat *lobotoom* heet.

Het snijdt de zenuwvezels in de hersenmassa door. Zo maken ze foto's van je brein. Ik ben geopereerd, en normaal gesproken word je daarvan een heel zacht en volgzaam mens. Amerikanen lopen in de neurochirurgie voorop. Aan iemands hersenen prutsen, daar zijn ze dol op! Toen ze mij onder handen namen, was ik vijftien en een aanhanger van de zwarte kunst. In de kliniek en het hervormingsgesticht leerde ik allerlei mensen kennen die mij bijbrachten hoe je iemands keel doorsnijdt zonder dat er veel bloed aan te pas komt, en waar je iemands achillespees moet doorsnijden zodat het een schril geluid geeft, heel leuk om te weten! In die tijd heb ik ook leren hypnotiseren, een fluitje van een cent. Ik wil niet beweren dat het mij de grootste *voldoening* geeft als ik mensen vermoord. Ik denk vaak dat ik iets anders zou kunnen doen, en soms lijkt het alsof ik bijna heb gevonden wat dat is, maar weet je, het interessante is, als ik iemand vermoord, concentreer ik mij meer dan ooit op mijn leven, mijn hoofd is knalhelder, en ik merk nog iets *anders*... Heb jij ooit in een psychiatrische inrichting gezeten, Kenji?'

Wat Frank vertelde, was zonder meer weerzinwekkend, en er zat veel bij dat ik niet begreep, maar ik moest wel luisteren. In plaats van het opnemen van iemands woorden, had het meer weg van luisteren naar muziek. Er zaten een melodie en een ritme in die me niet bereikten via mijn oren, maar recht door mijn poriën leken te dringen. Ik ging helemaal op in Franks verhaal. Toen hij vroeg of ik ooit in een psychiatrische inrichting had gezeten, dacht ik niet eens: 'Wat stelt die vent stupide vragen!' Ik antwoordde gewoon van nee. Ik vond Franks verhaal trouwens niet krankzinnig. Het was alsof ik luisterde naar een oeroude legende, iets in de trant van: 'Lang, lang geleden, toen de mensen elkaar nog afmaakten en opvraten...' De grens tussen normaal en abnormaal vervaagde. Ik wist niet meer wat goed of slecht was. Hoe huiverig ik er ook tegenover stond, ik proefde een totaal nieuw gevoel van bevrijding. Het was alsof ik in glibberige gelei zat, en de grens tussen mijzelf en de rest van de wereld werd opgeheven. Van de talloze onnozele probleempjes uit ons dagelijks leven hoefde ik mij niets meer aan te trekken.

Ik werd naar regionen gesleurd waar ik nooit was geweest. 'Psychiatrische ziekenhuizen zijn boeiende plekken. Het experiment met de kat is me altijd bijgebleven. Ze stoppen een kat in een kooi. Als hij op een knop drukt, krijgt hij eten. Door de herhaling leert hij wat hij moet doen, en als hij het eenmaal onder de knie heeft, geven ze hem een tijdje niets. Dan stoppen ze hem in dezelfde kooi, met precies dezelfde knop, maar als hij er nu op drukt, krijgt hij een elektrische schok. Geen zware schok, niet meer dan een zuchtje wind in je haar, maar dat komt op hetzelfde neer. De kat raakt de kluts kwijt en wordt helemaal neurotisch, op den duur weigert hij alle voedsel en sterft de hongerdood. Dat is toch fascinerend? Een specialist in psychologische testen heeft het mij verteld. Ken jij dat soort testen? Ik heb er honderden ondergaan. Op den duur kende ik alle vragen uit mijn hoofd. Ik was nog maar een tiener, maar wist er meer van af dan de onderzoekers. De beroemdste is de *Minnesota Multiphasic Personality Inventory*. Wil je hem eens proberen?'

Dat van die kat vond ik buitengewoon interessant. Met zijn poot drukt hij in zijn kooi op een knop. Dan krijgt hij eten, dat vind hij erg leuk. Maar daarna laten ze hem een poosje verhongeren, en als hij precies dezelfde techniek uitprobeert, wordt hij met pijn bestraft. Het spreekt toch vanzelf dat zo'n beest in de war raakt. En ik heb de indruk dat ik als kind elke dag iets gelijksoortigs te verduren kreeg. Ik heb het nou niet over de dood van mijn vader, of andere dramatische voorvallen, maar over heel alledaagse ervaringen. Als kind ben je niet in staat om in je eentje te wonen, maar de wereld der volwassenen functioneert niet zoals jij het wilt, met als gevolg dat je opgroeit als die kat. Kinderen horen van grote mensen allerlei tegenstrijdige dingen. Dat weerspiegelt zich in het gedrag van hun ouders. In dit land gaat het wel erg ver. Niemand schrijft je voor wat belangrijk is in het leven. Volwassenen leven alleen voor het geld, of voor dingen met een van tevoren vastgestelde waarde, zoals producten van prestigieuze merken. Uit kranten en tijdschriften, radio en televisie, zeg maar: uit alle media, maak je op dat volwassenen alleen geïnteresseerd zijn in prestigieuze merken en geld. Nergens anders hechten ze waarde aan. Van politici en hoge ambtenaren, tot de nederigste kantoorslaaf die sake drinkt aan een eenvoudig kraampje: allemaal geven ze door hun manier van leven te kennen dat ze alleen om geld geven. O, ze zetten een hoge borst op en preken dat geld niet alles is, maar kijk hoe ze leven, dan zie je meteen waar hun prioriteiten liggen. Populaire weekbladen voor kerels van middelbare leeftijd uiten volop hun ongenoegen over schoolmeisjes die zich aan bezoldigde afspraakjes bezondigen, maar in hetzelfde blad wordt *Erotische massage tegen een gunstig tarief* aangeprezen, of ochtendbezoekjes aan een *soapland*. Die bladen stellen de corruptie van politici en de overheid aan de kaak, maar tegelijkertijd bieden ze hun lezers 'supervoordelige tips voor speculanten en voor de markt in onroerende goederen!' Ze publiceren ook glamoureuze fotoreportages over 'succesverhalen' waarin ze allerlei idioten voorstellen in dure huizen, met dure kleren of juwelen aan hun lijf. Iedere dag van het jaar, van 's morgens tot 's avonds, krijgen de kinderen van dit land hetzelfde te verduren als die veelgetergde kat. Maar als je daar met één woord over rept, komen er een heleboel ouwe lullen op je af: 'Wat ben jij strontbedorven, dat je daarover zeurt in een wereld van overvloed, waar je volop te vreten krijgt! *Wij* hadden vroeger alleen zoete aardappelen; we hebben ons uitgesloofd om van dit land te maken wat het nu is!' Altijd ouwe lullen aan wie je zó ziet dat je voor geen geld hun leventje zou willen leiden. 'Als we leven zoals jullie het willen, worden we net als jullie,' denken wij. En

da's onverdraaglijk. Die ouwe lullen trekken het niet lang meer, dus wat doen ze ertoe, maar wij moeten het in dit rotland nog vijftig of zestig jaar uithouden!
'Wat heb je, Kenji?' vroeg Frank en keek me aan.
'Niks, hoor,' zei ik.
Frank nam een slok Evian en zei met een glimlach: 'Je kijkt zo boos.'
'Dat van die kat was echt interessant,' zei ik en dronk eens van mijn cola. Het blikje dat ik op de grond had gezet was nog zo koud als wat. Wat was dat toch een vreemde plek! Je voelde je volledig afgezonderd van de omgeving. Het leek alsof we op een andere planeet zaten, ook al omdat het zo koud was. Ik vroeg me af of er planeten waren waar je mensen mocht vermoorden. In de oorlog waren moordenaars in ieder geval helden, bedacht ik, en voor het eerst werd het me duidelijk waarom ik in Kabuki-cho niet naar de politie was gestapt. Toen de slachtoffers uit de omiai-pub in dezelfde situatie verkeerden als die kat uit het experiment, boden ze geen enkele weerstand. Ik keek eens naar Franks gezicht. Maar neem nou deze vent, dacht ik bij mijzelf. Kun je niet van hem zeggen dat hij zich verzet? Is hij niet een van de weinigen die zich verweren tegen deze wereld, die kattenkooi waar ze je eerst voeren en je daarna een elektrische schok geven, al heb je niets misdaan? En ik zag Frank, die van onderaf door de tl-buis werd verlicht, als een man die vreselijk was behandeld maar zich absoluut niet had laten intimideren.
'Laten we een psychologische test proberen,' zei Frank. Hij vuurde allerlei uitspraken op me af die hij uit het hoofd had geleerd. Ik hoefde alleen maar te antwoorden met 'waar' of 'niet waar'. Er zat van alles bij, zoals: 'Ik hou van gedichten over bloemen', 'Ik vind dat mijn lul een gekke vorm heeft' en: 'Door degene van wie ik houd word ik het liefst *gekweld*'. In totaal meer dan tweehonderd uitspraken. 'Leuk, hè?' zei Frank lachend. 'Al die vragen heb ik bedacht. Bij een psychologische test moet je

ogenblikkelijk antwoorden, zonder erover na te denken. Ik heb honderden tests ondergaan, ik ben een autoriteit!'

'En is er volgens jouw test iets mis met mij?' vroeg ik.

'Maak je geen zorgen, jij bent heel normaal. Misschien ietwat verward, en je spreekt jezelf tegen, maar dat hoort bij een gezonde geest. Mensen wier voorkeur in steen is gehouwen, verkeren veel meer in gevaar. Iedereen leeft in verwarring en onzekerheid. Dat is normaal.'

'Hoe zit het met jou?' vroeg ik.

'Ik ben óók normaal,' zei Frank. Het klonk niet eens gek. Hij had waarschijnlijk gelijk. Vandaag waren er aan één stuk dingen gebeurd die je niet voor mogelijk hield, te beginnen met het stukje huid dat Frank tegen mijn voordeur had geplakt. Hoe uitgeput ik ook moest zijn, toch voelde ik me klaarwakker. Ik had niet de minste slaap. Daar kwam nog bij dat we in een ijskoud, verlaten gebouw zaten, waar ongebruikte doktersspullen op de grond lagen. Waarschijnlijk was het aan al deze dingen te wijten dat ik mezelf niet was. Niet dat Frank zo veel invloed op mij had, of dat ik de wereld door zijn ogen zag. Maar ik twijfelde er niet aan dat ik mij lichamelijk en geestelijk op nieuw terrein had begeven. Ik voelde mij alsof ik mij in geheime, onontgonnen gebieden waagde, en zat te luisteren naar mijn gids.

'Je zult wel moe zijn,' zei Frank. 'Er is nog veel meer dat ik je kan vertellen, maar voor vannacht is het genoeg geweest. Nu kun je beter wat rusten. Straks moeten we naar die klok gaan luisteren.'

'Ik denk niet dat ik kan slapen.'

'Wat, ben je bang dat ik je ombreng?'

'Dat niet, maar mijn zenuwen zijn tot het uiterste gespannen.'

'Misschien moet je iets eten.'

Ik zei dat ik geen honger had, maar Frank dacht dat ik beter zou slapen met iets in mijn maag. Uit een van de kartonnen

dozen aan de muur haalde hij een koffiezetapparaat. Hij goot er water in en stak de stekker in het stopcontact. Uit dezelfde doos haalde hij twee pakjes kant-en-klaar rāmen van het merk *Koning Ra*. Ik vroeg of hij altijd instantproducten at.
'Nou ja,' grijnsde Frank. 'Ik ben geen fijnproever.'
Uit het koffiezetapparaat steeg stoom op.
'Is daar een reden voor?' vroeg ik.
'In de kliniek hebben ze zo veel smakeloos spul door mijn keel gewurmd, dat ik niet eens weet wat lekker is, dat denk ik tenminste. Als ik toch iets lekkers wil proberen, is het of er iets aan mijn lichaam ontsnapt. Of er iets kostbaars verdwijnt.'
'Maar wat dan?'
'De opdracht die de hemel mij heeft toevertrouwd. Het moorden.'
Al gauw was de rāmen klaar. Frank gaf mij een plastic vork. De geur en de hete stoom van de rāmen doordrongen mijn lichaam.
'Als je die eindejaarsklok hebt gehoord, zul je dan nog mensen ombrengen?' vroeg ik.
'Weet ik niet,' zei Frank. 'Moorden is altijd het enige geweest wat me te doen stond. Absoluut essentieel om in leven te blijven. Mijn polsen doorsnijden, die zwaan de nek omdraaien en haar bloed drinken, en mensen ombrengen: al die dingen zijn fundamenteel hetzelfde. Als je leeft zonder je hersenen en je lijf ooit op te zwepen, word je seniel, zelfs als je nog kind bent. De bloedtoevoer naar je hersenen neemt geleidelijk af, als bij de kat uit het experiment. Toen dat beest weigerde te eten, stroomde er haast geen bloed meer door zijn hersens. Om deze toestand te vermijden, heeft de mensheid allerlei dingen bedacht, van het jagen op groot wild, tot popsongs en races. Maar zo veel manieren om seniliteit te voorkomen bestaan er niet. Vooral onze kinderen zijn erg verzwakt. Er is niet veel waaruit ze kunnen kiezen. Over heel de wereld is de controle zo toegenomen

dat ik denk dat je in de toekomst veel meer mensen krijgt als ik.'

Met zijn plastic vork had Frank in wat rāmen geprikt, die hij nu onder zijn kin hield, maar hij ging door met praten en dacht er niet meer aan de vork naar zijn mond te brengen. Er vielen druppeltjes soep op de vieze vloer. Na een poosje steeg er uit zijn plastic bekertje geen damp meer op. Toch bleef hij aan het woord. Hij was vergeten dat hij zat te eten. Je kon niet beweren dat hij zich *concentreerde*, want het was sterker. Hij klonk zo intens, hij leek wel bezeten. Alsof er een eind aan zijn leven zou komen als hij zweeg. Hij had nog niet één hap genomen. De rāmen op zijn vork veranderde al van kleur, maar onophoudelijk praatte hij door. Ik staarde naar de verschraalde, verkleurde, bevende rāmen op Franks vork. Met de beste wil van de wereld had ik niet kunnen vertellen wat het was. Het bengelende, slierterige goedje zag er hoogst verdacht uit. Frank had beweerd dat hij nauwelijks geïnteresseerd was in voedsel, en vrijwel nooit sliep. Hij had ook gezegd dat hij moest moorden om in leven te blijven. Stilaan begon ik te begrijpen wat hij bedoelde. Toen hij een korte pauze inlaste in zijn verhaal, keek ik veelbetekenend naar zijn vork om aan te geven: 'Als je nou eens at?' Hij trok een gezicht van 'was ik helemaal vergeten,' stopte de vork in zijn mond en begon met een mistroostig gezicht te kauwen, alsof hij dacht: Waarom moet een mens zoiets suffigs doen als eten.

'Toen ik twaalf was, vermoordde ik er drie achter elkaar, allemaal oude mensen die op een veranda in hun schommelstoel zaten. Ik maakte een bandje waarop ik schuld bekende en stuurde het naar de plaatselijke radio. Die had een diskjockey op wie ik erg gesteld was. Ik wou hem laten weten dat ik de seriemoordenaar was over wie iedereen het had. Ik propte mijn mond vol watten, stak een potlood tussen mijn tanden, plakte mijn lippen dicht en gebruikte de oude cassetterecorder van mijn vader. Vreselijk leuk om te doen. Het kostte meer dan twintig uur, maar ik heb me geen moment verveeld. Op den duur heeft de FBI mij toch geïdentificeerd, met behulp van stemanalyse. Ik heb er lang spijt van gehad dat ik dat bandje heb opgestuurd. Maar jaren later schoot het mij te binnen hoeveel plezier ik had beleefd aan het maken van de tape. Ik had toen echt het idee dat ik contact kreeg met dingen buiten mezelf. Ik weet niet hoe ik het moet zeggen, maar als ik iemand vermoord, voel ik mij helemaal mijzelf. Dan weet ik honderd procent zeker dat ik eindelijk in mijn lichaam pas. En nu wil ik zo'n tempelklok horen, om eens na te gaan of al mijn slechte instincten, of mijn *bonno* zal verdwijnen. Ik zou willen zien wat er uit mij verdwijnt.'

Niet lang nadat ik mijn rāmen op had, kreeg ik zin om te slapen. Ik wreef in mijn ogen. Frank wees naar de matras en zei: 'Je mag hier best slapen, hoor. Boven staat ook een bed, maar het is niet niks om naar de eerste verdieping te klauteren.' Ik ging liggen met al mijn kleren aan. De tl-buis gaf volop licht en Frank zat nog altijd te eten. Ik hield één hand voor mijn ogen om in slaap te komen. Toen Frank dat merkte, deed hij het licht uit. Mijn matras was ijskoud en klam. Zou Frank altijd op zulke plekken slapen, vroeg ik me af. Een paar keer viel ik bijna in slaap, maar steeds weer werd ik wakker door de kou. Het effect van de hete rāmen was gauw vervlogen. De kou drong vanaf de vloer door mijn matras. Op een gegeven moment begon ik te bibberen. Frank haalde ergens een kreukelige deken vandaan of zoiets, en legde die stilletjes over mij heen. Als ik bewoog, ritselde de deken. Ik vroeg mij af of hij gemaakt was van dik, zacht papier. In het donker hoorde ik Frank verder eten. Vlak voor ik in slaap viel, schoot weer de angst door mij heen: 'Misschien vermoordt hij mij toch!' Maar ik maakte mezelf wijs dat hij het niet zou doen voor hij de eindejaarsklok had gehoord. Voor ik door de slaap werd overmand, hoorde ik de schrille schreeuw van een vogel.

Om me te laten slapen had Frank inderdaad kranten over mij heen gelegd. Ik hoorde hem zeggen: 'We komen hier niet meer terug, dus laat niks liggen.' Ik keek op en zag dat hij zich stond om te kleden. Ik kon mijn ogen nauwelijks geloven, maar hij hulde zich in een smoking! Hij zei dat hij ermee had gewacht tot ik wakker werd, 'want hier hangt geen spiegel, en ik weet niet of mijn dasje goed zit'.

Hij droeg een broek met een glanzende streep langs de pijp. Het overhemd waar hij zich in wurmde was gemaakt van glanzende stof, met een sierstrook op de borst. Op een stapel kartonnen dozen hingen een vlinderdas en een jasje. 'Heel chic,' zei ik. 'Dank je,' lachte hij en knoopte zijn overhemd dicht. Ik keek toe hoe hij in dit schemerige, verlaten gebouw, met glasscherven op de vloer, zijn smoking aantrok, en vroeg me af of ik soms droomde. 'Heb je die smoking meegebracht?' vroeg ik aan Frank.

'Jazeker! Zo'n ding is heel handig als je bij feestelijke gelegenheden geen aandacht wilt trekken.'

Rond vier uur 's middags verlieten wij de eenzame bouwval. Ik had geen idee hoe druk het aan de Kachidoki-brug zou zijn. Als we niet dichtbij konden komen, zat ik in de penarie. 'Heb je hier nou gelogeerd sinds je in Japan bent?' vroeg ik terwijl we naar buiten liepen. 'Ik heb ook een hotel geprobeerd, maar voelde me daar slecht op mijn gemak,' zei Frank. De avond tevoren was het zo donker geweest dat ik er niets van had gemerkt, maar het hele steegje hing vol waarschuwingsbordjes waarop stond: GEVAAR! GIFAFVAL! VERBODEN TOEGANG! Toen ik een van die bordjes wat nader bekeek, zei Frank dat het te maken had met polychloorbifenyl. 'In deze buurt werkten vroeger dokters en accountants. Ze gebruikten kopieerpapier dat geen carbon bevatte maar polychloorbifenyl. Er lagen ook fabriekjes die van dat papier maakten, en groothandels die het verkochten. Toen de overheid erachterkwam dat pcb giftig was, werd de buurt afgesloten. De politie weet niet dat er geen dioxine vrijkomt zolang je pcb niet verbrandt. Daarom waagt zij zich hier nooit. Een ideale plek om je te verbergen!' Al die informatie had Frank van een zwerver die, volgens hem, prachtig Engels praatte, met een Brits accent. Ik heb maar niet gevraagd of het de zwerver was wiens verbrande lijk gevonden was in Shinjuku.

Over zijn smoking droeg Frank een rode sjaal. We hadden het station Yoyogi al bereikt, maar deze kleren vielen helemaal niet op. Wij zagen eruit alsof we naar een eindejaarsfeestje gingen.

Ik zei tegen Frank: 'Met oudjaar is het de gewoonte om *soba* te eten, deegwaren van boekweit,' en troonde hem mee naar een restaurant bij het station. Ik was uitgehongerd. Zelf bestelde ik soba met zoete, gemarineerde haring in een soepje. Frank nam koude soba, opgediend op een rieten matje. Het restaurant zat vol studenten en scholieren. We vielen helemaal niet op. Zelfs iemand als ik, die weinig van mode wist, kon zien dat Franks smoking er goedkoop uitzag, en zijn sjaal was beslist geen kasjmier. Mijn pak was erg gekreukeld, want ik had ermee op de matras gelegen, en het zat onder het stof. Wie ons goed bekeek, moest ons wel verdacht vinden, maar al die jongelui praatten zacht met elkaar in kleine groepjes en besteedden niet de minste aandacht aan ons. Ik dacht dat ik snapte hoe het kwam dat Frank zonder moeite zo veel mensen kon vermoorden zonder te worden gepakt. Dat kwam omdat het niemand in ons land iets kon schelen wat er met anderen gebeurde. Terwijl we op onze soba wachtten, vroeg ik Frank hoe het er in Amerika aan toeging. In de grote steden is het net als in Japan, zei hij.

In het soba-restaurant hadden ze geen plastic vorkjes, en het duurde wel een uur voor Frank zijn portie op had. Terwijl hij worstelde met zijn minder en minder verse soba, werd het donker. Er werd heel veel eindejaarssoba bereid. Het restaurant gonsde van de bedrijvigheid. Ik excuseerde me bij de eigenaar, een kleine oude man, dat het eten ons zo veel tijd kostte, maar hij lachte: 'Dat heb je nou met gaijin!' Het gaf mij een vreemd gevoel dat Frank en ik als gewone klanten golden, in een sobazaak zoals je ze overal aantreft. We waren weer in de alledaagse werkelijkheid, wat het bloedbad van de avond tevoren des te onwezenlijker maakte. Toch ging ik nog gebukt onder de wezenlijke angst die ik had gevoeld toen Frank met zijn mes tekeerging. Ik was nog altijd niet mezelf. Het was alsof er een dun, onzichtbaar vlies over Frank en mijzelf hing, alsof wij in een diepe kloof waren beland die zich tussen ons en onze omgeving had geopend.

Terwijl Frank at, las ik het avondblad dat daar lag van voor tot achter, maar er stond niets in over de omiai-pub. In die pub was het rolluik nu eenmaal naar beneden, en omdat het eindejaarsvakantie was, rook niemand onraad. Zelfs als het vermoorde personeel familie had, stapte die niet naar de politie, omdat het over zo'n dubieuze business ging. Misschien waren de lijken nog steeds niet ontdekt. Hoe lang duurde het voor lijken begonnen te rotten? Het koude winterweer stelde dit proces misschien uit.

Frank probeerde de koude soba met zijn stokjes in stukjes te snijden en vroeg waarom zulke deegwaren nou met oudjaar werden gegeten. Ik legde uit: ze zeggen dat je even lang zult leven als die soba! Frank gebruikte zijn stokjes als een mes; hij schepte er de soba mee op en probeerde zo de slierten naar zijn mond te brengen. Eerst viel alle soba van zijn stokjes, maar na verloop van tijd was de soba zo zacht en kleverig dat hij tegen Franks stokjes plakte. Een toeschouwer die van niets wist had deze manier van eten misschien wel koddig gevonden – maar ik niet.

'En waarom dachten de Japanners van vroeger dat je niet doodging als je soba at?' vroeg Frank met een doodernstig gezicht.

'Ze dachten toch niet dat ze *niet doodgingen*,' verbeterde ik. Frank begreep er niets van. Ik zag in dat ik iets vreemds had gezegd, want 'lang leven' betekent toch zeker hetzelfde als 'niet doodgaan'! Maar misschien had 'lang leven' in ons land een andere bijbetekenis. De Japanners van vroeger hielden vast geen rekening met de mogelijkheid dat er iemand van buitenaf naar ze toe zou komen om korte metten met ze te maken.

Frank zaagde met zijn stokjes in de verdroogde, grijze brij.

We namen de Yamanote-lijn, stapten een paar keer over in de metro, en bereikten ten slotte het Tsukiji-station. Een van de metrostations waar we overstapten was Ginza, waar het zo ontieglijk druk was dat Frank er ongemakkelijk van werd. Ik vroeg hem of hij niet van grote menigten hield, en hij zei dat ze hem bang maakten.

'Als heel veel mensen opeen gepakt zitten, jaagt dat mij angst aan, en da's altijd zo geweest. Dat wil niet zeggen dat ik de eenzaamheid zoek. Ik vind het alleen moeilijk om een comfortabele afstand te bewaren tussen mijzelf en de menigte.'

Toen wij in Tsukiji de straat op stapten, was het nog vroeg. Je zag er maar weinig mensen. Vanaf de voetgangersbrug zag Frank de Honganji-tempel en zei: 'Dat lijkt net een moskee van de moslims.' Hij had zijn reistas achtergelaten in een kluis op het station van Yoyogi, maar er eerst een grijze regenjas uit gehaald, die hij nu over zijn smoking droeg. Een doodgewone regenjas, zoals veel Engelsen dragen, waardoor Frank nog minder opviel. De straat naar de Kachidoki-brug was breed maar aan de donkere kant, want er waren weinig winkels of restaurants en er kwamen ook niet veel auto's voorbij. Het was de eerste keer dat ik hier kwam. Een heel ander sfeertje dan Shibuya of Shinjuku. Houten speciaalzaken voor visbenodigdheden, waarvan het dak en het uithangbord uit elkaar vielen, zij aan zij met gloednieuwe supermarkten, 24 uur open. Naast hoge, hypermoderne flatgebouwen lagen oeroude straatjes vol groothandels die stokvis verkochten. We zagen de brug: een lage, oude boog van steen en ijzer. 'Mooie brug, zeg,' mompelde Frank. Langs de rivieroever lag een smal parkje, het Sumidagawa River Terrace. Niet ver van de ingang van het park stond een stenen bassin met een fontein, maar vanwege het seizoen, of omdat het avond was, spoot die niet. Het zou nog een poos duren voor de klok werd geluid; daarom daalden wij door het park af naar het water en namen plaats op een bank, vanwaaraf je de brugleuning duidelijk zag. Een goeie plek vanwaaraf Jun ons in de gaten kan houden, dacht ik. Tegen de brug hingen om de zoveel meter ijzeren lantaarns, waarvan het schommelende gele licht weerspiegeld werd in de rivier. Misschien omdat ik zo lang niets anders had gezien dan het schelle wit van tl-buizen, wenkten die lantaarns mij als ouwe vrienden. Aan de rand van het water zat een groep mannen in een kring sake te drinken. Ze zagen eruit als arbeiders uit een afgelegen provincie. Eerst roosterden ze ook iets boven een vuurtje, maar twee agenten kwamen naar hen toe en zeiden dat ze de vlammen moesten doven. De mannen gehoorzaamden zonder te protesteren. Ofschoon het al laat op de avond was, vloog er nu en dan een zwerm duiven hoog door de lucht. De witte dingetjes die ik in het midden van de brede rivier zag dobberen moesten wel meeuwen zijn. 'Het duurt nog een tijdje,' zei ik tegen Frank. Hij bracht zijn vlinderdas in orde en zei dat hij het gewend was om te wachten.

De avond verstreek, maar er woei geen krachtige wind over de rivier en het was veel zachter dan de voorbije avonden. Frank observeerde de confrontatie tussen de politie en de flink aangeschoten arbeiders. De agenten hadden de mannen weliswaar verplicht om het vuur te doven, maar zonder een al te autoritaire houding aan te nemen. Toen het vuur uit was, gingen de agenten tussen de arbeiders zitten en begonnen een praatje.

Uit welk deel van Japan waren ze afkomstig? Hoe kwam het dat ze met oudjaar nog niet naar huis waren? Dat soort vragen. De mannen kwamen allemaal uit dezelfde streek in het noorden. Ze waren te laat geweest om treinkaartjes te kopen voor oudejaarsavond. Ze wilden de nacht hier doorbrengen en de volgende ochtend naar huis vertrekken. Stilaan werd het drukker. Er zaten veel paartjes en groepen jongelui. Sommige paartjes dronken koffie uit een thermosfles en aten samen boterhammen. Velen luisterden samen naar dezelfde walkman. Er was een groep die met z'n allen wuifden naar iedere boot die voorbijkwam. Die zijn hier allemaal naartoe gekomen omdat ze dat blad hebben gelezen, dacht ik. Van Jun nog geen spoor.

De agenten kwamen op ons af. Al wist ik dat de lijken in de pub nog niet gevonden waren, en dat ze ons dus niet kwamen arresteren, toch maakte het me nerveus dat wij werden benaderd door twee geüniformeerde mannen met knuppels. Frank vertrok geen spier.

'Goedenavond,' zei de oudste agent tegen mij, en ik groette terug. Vanwaar hij zat, knikte Frank beleefd. Een stuntelige maar sympathieke geste, waarmee hij zijn respect uitdrukte voor de Japanse traditie.

'Een gast uit het buitenland?' vroeg de agent aan mij. 'Voor de eindejaarsklok?' Ik antwoordde: 'Ja.'

'Wij verwachten vanavond niet zo veel volk, maar wees op uw hoede voor dieven, zakkenrollers en dergelijke.'

Ik vertaalde het even. Frank antwoordde: '*Arigato gozaimasu*,' en knikte weer. Met een glimlach vertrokken de agenten.

'Vriendelijke jongens,' zei Frank, en keek ze na.

Het werd drukker. Wij verhuisden naar de brug. Aan het uiteinde daarvan, aan de kant van Tsukiji, zat een zwerver. Hij had zijn hebben en houden in een kinderwagen gepropt, troonde op een kartonnen doos en stonk behoorlijk. Wij hielden ons op veilige afstand en gingen tegen de brugleuning staan om de klok af te wachten.

'Wie is er nou schadelijker voor de maatschappij, die zwerver of ik?' vroeg Frank.

Ik vroeg of er wel zoiets bestond als een schadelijk individu.

'Tuurlijk,' zei Frank, die de zwerver nog steeds bekeek. 'Iemand als ik is toch zeker schadelijk? Ik heb veel weg van een virus. Wist jij dat maar een klein percentage van alle virussen ziekte onder de mensen veroorzaakt? Er zijn ontelbare virussen in omloop, en hun ware functie, om het eenvoudig uit te drukken, is bij te dragen aan mutaties, en diversiteit te bewerkstelligen onder de levensvormen. Ook over virussen heb ik nogal wat boeken gelezen. Als je zó weinig slaap nodig hebt, heb je volop tijd om te lezen. Als er geen virussen op aarde waren, zou de mensheid zich nooit hebben ontwikkeld, denk ik. Sommige virussen dringen naar binnen in ons DNA en veranderen de genetische code. Zo weet niemand zeker of het aids-virus onze genetische code niet herschrijft op een manier die onontbeerlijk is voor het overleven van de mensheid. Zelf vermoord ik mensen, en bij mijn volle bewustzijn. Ik jaag ze de stuipen op het lijf, ik verander hun hele manier van denken. Ik weet zeker dat ik onmisbaar ben, maar die kerel daar?'

En hij keek weer naar de zwerver. Die zat op zijn kartonnen doos en bewoog niet. Er verschenen hoe langer hoe meer mensen, maar ze bleven bij de man uit de buurt.

'Ik wil niet zeggen dat zulke kerels de wil om te leven hebben laten varen, maar ze proberen niet meer om met anderen om te gaan. In arme landen vind je vluchtelingen, geen zwervers. Eigenlijk leiden die zwervers het lekkerste leventje van ons allemaal. Als je de maatschappij de rug toekeert, zou je eigenlijk ergens anders heen moeten, risico's moeten nemen. Dat heb ik tenminste gedaan. Maar zulke kerels zijn zelfs niet tot misdaden in staat. Ze zijn gedegenereerd – en ik ben gekomen om ze te verdelgen.'

Hij sprak langzaam en duidelijk, om zijn Engels voor mij verstaanbaar te maken. Het bezat allemaal een zekere overtuigingskracht, maar toch accepteerde ik het niet. 'En dat schoolmeisje, dat je in stukken hebt gesneden, was dat ook gedegenereerd?' wou ik vragen, maar de energie ontbrak mij.

Van de zwerver zwenkte Franks blik naar het Sumidagawa Terrace. 'Daar is ze, hoor,' zei hij. Ik kreeg een schok. Jun was inderdaad in het park verschenen. We zagen haar op een bank zitten. Ze keek even onze richting op, en wendde haar blik meteen af. Ze had wel gemerkt dat wij naar haar staarden. Ze boog haar hoofd, wist vast niet goed wat te doen. Ik had er allang spijt van dat ik haar had gevraagd om hierheen te komen. Niet omdat Frank haar bleek te kennen. Dat had ik kunnen voorzien. Hij was naar mijn flat gekomen en had er een stukje mensenhuid tegen de deur geplakt. Wat zou het hem ook maar enige moeite kosten om erachter te komen hoe Jun eruitzag? Maar er bekroop mij spijt omdat Jun voor mijzelf stond, zoals ik was geweest vóór ik Frank kende. Ik was zo dom geweest een volkomen onschuldig iemand toe te laten in de nabijheid van het monster. Tussen Jun en de nieuwe ik gaapte een onvoorstelbaar diepe kloof. Wat er ook gebeurde, ik had deze zaak tot het einde in mijn eentje moeten oplossen. Ik had Jun er niet bij moeten betrekken. Ik zocht naar de politie die de buurt in de gaten hield, want Jun moest beschermd worden. En terwijl deze gedachten mij bekropen, maakten mijn gevoelens zich van Frank los. Net alsof er een betovering werd verbroken. Nu begreep ik ook waarom ik niet had kunnen accepteren wat Frank net had gezegd. Er was toch zeker niemand die wist wie je 'gedegenereerd' mocht noemen! En om op eigen houtje een oordeel te vellen, dat ging al helemaal niet aan.

'Weet ik ook, Kenji,' zei Frank. Mijn hart stond bijna stil.

'Ja, soms lees ik andermans gedachten,' ging Frank verder. 'Niet altijd, natuurlijk, want dan zou ik meteen mijn verstand verliezen. Maar als ik aan het doden sla, ben ik tot het uiterste gespannen en geconcentreerd, dat kun je je niet voorstellen. Ik ben zo alert, dat ik de signalen lees die anderen uitzenden, signalen uit de bloedcirculatie in hun brein. Ontaarde figuren hebben in hun hersenen een heel zwakke circulatie, waarmee ze onbewust te kennen geven: 'Maak mij dood.' En dat doe ik dan. Maar niet met jou, Kenji, en ook niet met je meisje, want jij bent de enige vriend die ik heb gemaakt in Japan, in heel mijn leven zelfs. Maar nu is het goed, ga maar naar haar toe, en bedankt dat je me hierheen hebt gebracht, het is mooi geweest, ik luister wel ergens anders naar die klok, in mijn eentje.'

Hij gaf met zijn kin een knik in Juns richting, maar toen ik mij als een slaapwandelaar van hem los wou maken, greep hij opeens mijn schouder beet.

'Ik zou mijn geschenk nog vergeten,' zei hij en stak mij een envelop toe. 'Hier heb je iets wat veel meer voor mij betekent dan geld. Neem het alsjeblieft aan.' En toen ik de envelop aannam, ging hij verder: 'Er is nog één ding dat ik graag met je had willen doen. Ik had zo graag een keer misosoep gegeten, maar we zien elkaar niet meer, dus da's uitgesloten.'

'Misosoep?'

'Ja, dat leek me wel leuk. Lang geleden heb ik het eens besteld in een sushizaak in Colorado, raar soepje, ruikt gek, daarom heb ik het toen laten staan. Toch vond ik die soep heel bijzonder, hij heeft zo'n gekke bruine kleur en ruikt naar mensenzweet, niet? Maar op de een of andere manier zag hij er verfijnd uit. Ik vroeg mij af wat voor lui elke dag zulke soep aten. Daarom ben ik hierheen gekomen. Een beetje sneu dat we hem niet samen hebben geprobeerd.'

'Ga je onmiddellijk terug naar Amerika?' vroeg ik. Toen hij antwoordde van niet, vertelde ik dat hij overal misosoep kon krijgen. In ieder Japans restaurant, hoe klein ook, en in elke supermarkt. Maar nee, het hoefde al niet meer, zei Frank met die gepijnigde glimlach van hem die eruitzag alsof zijn gezicht zich niet ontspande maar ineenzakte.

'Ik hoef geen misosoep, want ik zit er middenin. Daar in Colorado dreven allerlei gekke dingetjes in de soep. Ze zagen er uit als groenterestjes. En nu zit ik zelf in een enorme kom misosoep. Net als die restjes van toen. Daar ben ik heel tevreden mee.'

Ik schudde hem de hand, wij gingen uit elkaar, en helemaal stijf van de spanning begon ik op Jun toe te lopen. Zij zat nog altijd op haar bank en keek beurtelings naar Frank en naar mij, met een verbijsterde uitdrukking op haar gezicht. De tempelklok hoorde je nog niet. Omdat mijn handelingen van het draaiboek afweken, wist Jun niet wat ze moest doen. Ze wees naar de brug. Ik draaide mij om en Frank was weg. Jun schudde het hoofd, om aan te geven dat ook zij niet wist waarheen.

Onder een straatlantaarn maakte ik Franks envelop open. Hij was dichtgeplakt met zeven van de purikura-fotootjes die wij op onze eerste dag hadden getrokken. Ik stond erop met een bozig gezicht, voor ik van iets wist, en Frank uitdrukkingsloos. In de envelop zat een vieze, grijze vogelveer.

'Wat is dat?' vroeg Jun, en kwam dichterbij.

'Een zwanenveer,' zei ik.